Best Time

白 马 时 光

时光行者的你

的你

木浮生 ／ 著

百花洲文艺出版社
BAIHUAZHOU LITERATURE AND ART PRESS

图书在版编目（CIP）数据

时光行者的你 / 木浮生著 . — 南昌：百花洲文艺
出版社，2018.8（2019.3 重印）
ISBN 978-7-5500-2908-8

Ⅰ.①时… Ⅱ.①木… Ⅲ.①长篇小说 – 中国 – 当代
Ⅳ.① I247.5

中国版本图书馆 CIP 数据核字（2018）第 128568 号

时光行者的你
SHIGUANG XING ZHE DE NI

木浮生 著

出 版 人	姚雪雪
出 品 人	李国靖
特约监制	夏 童
责任编辑	游灵通 程 玥
特约策划	何亚娟
特约编辑	张 丝
封面设计	小茜设计
版式设计	王雨晨
封面绘图	Pigsney 舒先生
出版发行	百花洲文艺出版社
社 址	南昌市红谷滩世贸路 898 号博能中心 Ⅰ 期 A 座 20 楼
邮 编	330038
经 销	全国新华书店
印 刷	三河市金元印装有限公司
开 本	880mm×1230mm 1/32
印 张	10.75
字 数	297 千字
版 次	2018 年 8 月第 1 版
印 次	2019 年 3 月第 2 次印刷
书 号	ISBN 978-7-5500-2908-8
定 价	36.00 元

赣版权登字：05-2018-264
版权所有，侵权必究
发行电话 0791-86895108
网 址 http://www.bhzwy.com
图书若有印装错误，影响阅读，可向承印厂联系调换。

CONTENTS

目　录 ◀

CONTENTS

目　录◀

▼

▼

▼

第一章
阿布辛贝的神迹

埃及时间，凌晨两点。

叶佳楠坐在进入撒哈拉沙漠无人区的车上。

车厢内开着冷气，一片静谧，除了司机以外的其余二十几个人似乎都睡着了。

迷迷糊糊间，她看了一眼车窗的外面，漆黑的夜幕上挂着几颗暗淡的星子，路的两侧是漫漫沙漠。沙漠腹地穿行，没有路灯，也没有月光，都是一样的景致，所以不知道他们的车已经到哪儿了，也不知道还有多远。

远处，能隐隐看见前方开路的军车车灯。

那是负责他们这个车队在沙漠中安全的其中一辆车。

从阿斯旺深入撒哈拉沙漠再往南走三百多公里，就是埃及与苏丹的边境线。这片敏感又危险的无人区归属埃及军方直接管辖，出于安全考虑，军方不允许游客私自进入，所有进出的人和车辆都需要提前向军方申请报备。

每天，军方会根据情况将所有车辆安排成一个车队，全副武装地统一护送各国游客穿越撒哈拉前往沙漠腹地闻名全球的阿布辛贝神庙。

阿布辛贝……

想到这座神庙，叶佳楠突然没有了睡意，想要给妈妈发条信息。

时差六个小时，现在应该是国内的八点多。

她掏出手机四处晃了晃，还是没有信号。

上车前在阿斯旺手机的信号是满格，而在这里，什么信号也没有。

就在这时，前排有人说话。

那是坐在叶佳楠前面的一家三口，一对白人夫妇带着一个十岁的小姑娘，刚开始三个人还是低声说话，后来小女孩哭了起来，哭声将周围的人都吵醒了。

这一家子不知道是俄罗斯人、乌克兰人、乌兹别克斯坦人还是哈萨克斯坦人，总之说着一口语速极快的俄语。叶佳楠只能听懂一两个单词，所以并不清楚他们需要什么帮助。

因为散客几乎不能通过军方的报备，所以他们一车人是昨天临时在阿斯旺的城里拼凑而成的，车上游客的国籍五花八门，但她并不是其中唯一的中国人，另外还有两名中国女孩。

除此以外，他们车上还配了一名领队和一名持枪的军人。

此刻，坐第一排的领队听到动静走了过来。

孩子的父亲用英文和领队沟通，大致是说孩子想要上厕所，问能不能临时停车。

领队看了一眼孩子，回头和那军人用阿拉伯语沟通。

军人是一名小麦色皮肤的年轻人，摇着头斩钉截铁地拒绝了对方。

于是，领队转身朝夫妇俩耸了耸肩，做了个无可奈何的表情。

临行前领队反复强调全程至少三四个小时，进入沙漠后出于安全考虑，整个车队不能停车。因此叶佳楠一直不敢喝水，原本看到车上的厕所还松口气，可谁想，这破车的厕所也是坏的。

过了一小会儿，领队还是从司机那里拿来钥匙，将厕所打开，说就当给孩子救救急，其他人下不为例。

经过这个小插曲，车里又重新恢复了安静。

哪知没过多久，一波刚平，一波又起。

他们的车先是抖了两下，然后就缓缓地靠边停了下来。

司机下车检查了一番，用阿拉伯语絮絮叨叨地朝两位工作伙伴汇报着。

领队安抚乘客说没有大碍，只是车胎爆掉了，需要换辆车。这时，那位军人拿起手里的对讲机向上级请示。

所有人在熄了火的车厢中，等待着。

又有一个年轻白人小伙子想借机下车小解，也被军人拒绝。

叶佳楠看到后面有灯光缓缓地接近他们，是一直远远地跟在他们后面的那辆大巴，没有减速，从旁边直接超过了他们。

接着是第二辆、第三辆、第四辆……

等领队和人沟通好，放乘客下车的时候，这个车队的大巴已经半数越过了他们。

叶佳楠背着个包，裹着一条披肩，站在凌晨撒哈拉的黑夜下，静静地看着从眼前一个接一个一闪而过的车灯。

十月份的沙漠里，夜风有些冷。

她抬头看了一眼夜幕，原来今晚是有月亮的，只不过刚才从她车窗的那个方向恰恰看不见，只是没有书上写的那么亮、那么美。

车队的引擎声让这片沙漠的夜空显得并不静谧。

这时，同车的两位中国女孩主动来和她闲聊。

两个姑娘是从约旦到西奈半岛，然后沿着尼罗河逆流而上，一路玩到上埃及的，短头发那个又说："明天是太阳节，人都挤爆了，据说整个阿斯旺能开的大巴都被征用了，估计没有空车，我们这个团肯定得拆。"

是的，所有人都憋着这一天，等着去看三千三百年前太阳留下的神迹。

果不其然，只见前方领头的军车中的其中一辆折了回来，替他们拦下后面的车，只要还剩空位的，就将他们这个团队的人见缝插针地安插进去。

叶佳楠是一个人，没有必须同车的同伴，但是领队大概误以为她和那两个中国女孩是一起的，所以将她们三个人一并安排到此时迎面而来的一辆车上。

那是一辆崭新的深蓝色客车，车上下来一位略胖的中国导游，因为事先联系过，胖导游看到人群中的三个同胞眼睛一亮，连忙热络地招呼她们上车。

看来这是一个全是中国游客的旅行团，坐得满满的。一上车，三个女孩看到一堆说汉语的黑发黑眼的同胞，心中都倍感亲切。

胖导游笑眯眯地指着车尾那边说："美女们，后面有空位，随便坐。"

她们三个按照导游的指示穿过过道，往车尾走去。

两个女孩走在叶佳楠的前面，先走到了倒数第二排，刚好有两个连着的座位，二人毫不犹豫地坐了下去。

等到叶佳楠走近一看。

最后一排有位壮硕的中年人直接横躺着，占了整整一排座位。留给她的也只有倒数第二排右手边的座位，只是挨窗的位置已经有了一个人。

叶佳楠没得选，只能在靠着过道的这个位子坐下。

那两个女孩落座后没多久就频频地看向叶佳楠这边。叶佳楠不知道自己身上是不是哪里有不妥的地方，狐疑间顺着她们的视线也朝同一个方向看。

原来，她们在看自己邻座的男人。

然后她这才注意到男人英俊得叫人意外。

男人环抱着双臂，头靠在椅背上，一顶黑色的鸭舌帽扣在脸上，脸微仰起，因为帽子的关系，只能看到鼻子以下的嘴和下巴。

他的嘴十分好看，双唇不厚不薄，尤其是上唇中部的唇峰之间微微突起形成一颗唇珠，浓淡合适，让唇形显得饱满微润。

叶佳楠第一次发现唇珠这种东西长在男人的嘴上居然比女人还要迷人，再配着那刚毅的男性下巴，又将性别衬托得恰到好处。

车才重新起程不久，过道上方用作车厢照明的灯带还亮着，所以能将一切看得清清楚楚，更何况男人被遮挡着眼睛，如睡着了一般，更能让旁人肆无忌惮地打量他。

于是，哪怕这人仅仅是露了半张脸，仿佛就已经将叶佳楠旁边的两个姑娘迷得七荤八素。

叶佳楠收回视线，垂着头，觉得姑娘们的眼睛就像 X 光一样已经快要穿透自己的身体，直接扫向旁边靠窗的这位男士了。

突然，和她隔着一条过道的栗色大波浪卷的姑娘，伸手碰了碰她的胳膊。

叶佳楠转过头。

波浪卷用手指了指自己，又指了指叶佳楠，问道："我们可不可以换下座位？"

这时，波浪卷旁边的短发姑娘又不服气了，探出头来说："别跟她换，跟我换。你这个见色忘义的家伙。"后半句话是对同伴波浪卷说的。

短发的声音有些大，前面一个大哥正在酝酿睡意，不太高兴地回头瞪了三个人一眼。

偏偏两个人丝毫没有自觉，居然嘻嘻哈哈地相互打闹了起来。

叶佳楠皱了皱眉，懒得理她们，合上眼帘闭目养神去了。

过了一会儿，待她快要睡着的时候，那波浪卷再一次叫了叶佳楠，将她从昏昏欲睡中喊起来，又说要换座位。

被打断了瞌睡的叶佳楠有些不耐烦，是她们先选的座位，如今翻来覆去又要换，于是直接说："我不想换。"

波浪卷大概没有料到叶佳楠会这么直接地拒绝自己，愣了愣，冷哼一声，对同伴抱怨道："切，有什么了不起的。"

叶佳楠不想理她们，换了个姿势准备继续睡，却不想旁边男子的膝盖动了一下，随后伸出手将脸上的帽子摘了下来。

人人都有爱美之心，叶佳楠当然也对他全脸的长相十分有兴趣。

她这人素来坦荡，随即抬起脸，毫不掩饰地看向他。

于是，她的视线撞上一双墨黑的眸子，就在两个人的目光相碰的瞬间，车灯却熄了。

整个车厢陡然陷入了黑暗。

窗外的沙漠，既无月色，也无星光，夜幕黑得十分沉闷，所以车内熄灯后，四周几乎是瞬间就变得伸手不见五指。

对于这突如其来的光线的变化，两个人似乎都没有意料到。

叶佳楠对着满目的黑暗，侧了下头，回味了一下那双转瞬即逝的眼，然后意犹未尽地继续睡觉。

-2-

十月二十二日，埃及人将这一天称为太阳节。

在尼罗河上游的纳赛尔湖边有一座叫阿布辛贝的神庙，神庙内部原本终年不见天日。但是，每年太阳节的这一天清晨，太阳升起时的阳光会恰好射入这座山洞一般的神庙大门内，穿过六十多米的漆黑狭长的长廊，神奇地照在立于神庙最深处的神像身上。

那一刻，太阳黄金般的光芒会让原本隐藏在山洞之中的那些晦暗无光的壁画和神像顿时鲜亮起来，满室辉煌。

仿佛是太阳神对这座神庙特别的恩赐。

这是从神庙落成后就开始，一直持续了三千三百年的奇观。

可是现实和叶佳楠的想象总有些差距。

因为，人实在太多了，就连进神庙也排了很久的队。

叶佳楠最后从神庙里挤了出来，拿出相机拍了几张外景。

不得不承认，这里风光十分不错。若不是亲眼所见，谁会想到在撒哈拉沙漠的腹地会有这样的一汪湖水。

满目的黄沙和山丘旁边，居然是碧波连天的淡水湖。远远望去，竟然看不到湖面的尽头。

而阿布辛贝神庙则是这样依山面水而立。

叶佳楠走在神庙面前广场中央，朝湖边走去。

"小美女——"突然有个声音从身后传来。

这里中国游客也不少，叶佳楠没有意识到这个中文称呼是在叫自己，直到对方提高音量重复第二遍。

叶佳楠闻声望去，看到收留自己的那位中国旅行团的胖导游。

那人三十多岁，有点胖胖的，此刻正一个人坐在旁边台阶上叫她。

叶佳楠不确认这胖子是不是在喊自己，于是左右看了看。

胖子手指夹着一支烟，招手说："我就是在叫你，别看了，全广场就你最美。"

叶佳楠只好走回去。

胖子旁边蹲着一个十多岁的埃及少年，因为胖子身高体胖遮住了人家，所以叶佳楠从刚才那个角度乍一看还以为只有他一个人。

待到叶佳楠走近，胖子从少年手里接过一套景区的明信片说："老乡，支持下工作？"

叶佳楠反问："谁跟你是老乡？"

胖子说："异国他乡，都是中国人。"

"那你得有十多亿老乡。"话虽这么说，她还是接过明信片打开看了看。少年很开心地走到她跟前，说了句："Three dollars."一脸灿烂无邪。

胖子说："小美女，三美金，你买不了吃亏，买不了上当。"

叶佳楠倒没被他逗笑，只是认真将里面的图片翻了一遍，随后还真心觉得拍得不错。

她看了眼胖子："你有提成？"

"天地良心，绝对没有。只是我每次来，他都在这卖东西，混熟了。"胖子答。

于是，她对着少年砍了个价。

少年咧嘴一笑，立马成交。

这时，胖子的搭档来了，是他们团的那个导游。

导游穿着阿拉伯人挚爱的格子衬衫，深肤色，眼窝很深，络腮胡剃得只剩下一点，是常见的阿拉伯人的长相，一看见叶佳楠就有点激动地说："哦，是你！我见过你！"导游中文说得很溜，仅仅有一点点口音。

胖子扑哧一笑说："哥们，人家刚才坐的我们的车，当然见过了，你不能见我们中国姑娘长得好看就这样搭讪。"

导游倒是很认真地说："真的见过，在阿斯旺夜市，我在那里喝茶，当时你也在。"说完，又看了一眼叶佳楠。

她个高腿长，皮肤也白，梳着一个黑亮的马尾，又是一副鲜见的亚洲人面孔，在阿斯旺那黑袍和白袍攒动的狭窄街道上，让人不记住也难。

胖子回头问导游："你跟他们说的几点集合？"

"九点半。"

看样子导游已经安顿好他们团的游客，两个人当着叶佳楠的面聊了几句。

过了会儿，导游问："你是别的团的？"

"嗯。"

胖子打岔，指着神庙问："你也是里面这位法老的女粉丝？"

叶佳楠笑了，摇了摇头，忽然说："我在书上看到阿布辛贝的太阳节，所以特别想要来看一看。"

"那你觉得怎么样？"胖子好奇。

"蛮震撼的，觉得神奇又敬佩。"

"震撼？"胖子问。

叶佳楠回头看了一眼耸立在晨光中的金色雕像，在太阳的照射下金碧辉煌毫无破败感，喃喃说道："按照天文来看设计这么巧妙就不说了。可是，时间真是一个神奇的东西，这么多年，什么都可以被它消灭，可是对金字塔也好，对这里也好，它又那么仁慈。好像时间对埃及会特别仁慈。"

导游看着她，说道："我们埃及有一句谚语，有点像你刚才说的话。"

"什么？"叶佳楠好奇。

导游仿佛在斟酌用词，想了想："谚语说的是——一切都惧怕时间，而时间惧怕金字塔。"

叶佳楠听见这句话，问道："三千年前这里也是现在这样吗？"

她是在图书馆的书上恰好看到十月二十二日这一天在地球的另一端居然会有这样的奇迹，所以才突发奇想有了来埃及的举动，其他情况并不是特别了解。加上他们那辆车纯粹是临时拼凑而成的杂牌军，领队和导游的英文都不怎么利索，解说也不上心。

"不是，几十年前这座神庙搬迁过。"导游说，"以前它在尼罗河边，后来阿斯旺修了这个水库，才搬迁到这里。"

"湖对岸是哪里？"叶佳楠抬手指了下。

"苏丹。"导游知无不言。

胖子似乎开始有点耐不住热，要准备撤到门口咖啡馆去了，便对叶佳楠说："姑娘，过一会儿他们这太阳会越来越毒，别太掉以轻心，不要在广场上傻站着，去躲躲。估计你们也得坐我们的车一起回去，九点半，记得把和你一起的那两个叫上。"

叶佳楠谢过他的提醒，和二人分道扬镳后，自己又继续沿着湖边转悠。

湖边有几排看台一样的座位，据说晚上会有灯光秀，所以座位安置成背靠纳赛尔湖，面向阿布辛贝神庙的那两座山。

叶佳楠看到看台不远处的一丛野草。

这里因为挨着湖，靠近水源，所以即使土地十分贫瘠也能长出一些绿色的植物。而那簇黄色的小野花，就这样贴着地面，从杂草丛中露出头来。

她走过去，蹲下身，盯着看了它们一会儿，不禁伸手摸了摸，也舍不得摘。

这时，七八点钟的太阳已经开始热辣起来，果然和胖子说的一样。

波浪卷和短发也朝这个方向走了过来。两个人的目标并不是她，而是离她不远的一个保护游客的景区军人，那军人站在路边，端着一支步枪。

波浪卷说要合影，小鲜肉一般的年轻士兵娇羞一笑，就同意了。

叶佳楠想起胖子的交代，将集合的事情转达给了两人。

两个人没有表情地点了点头。

因为气温实在太高了，不到规定时间，叶佳楠就已经转悠到了景区门口，上了那辆车。约定俗成一般，大家都按照来程的位置坐好。

叶佳楠懒得去抢那个帅哥旁边的座位，不如让给她们，于是一上车便一心朝最后一排走去。

没想到走到刚才自己坐过的那里，发现旁边乘客变成了胖子。

叶佳楠见状，朝前看了看。

胖子朝她嘿嘿一笑，拍了拍身边的座位说："坐吧。"

叶佳楠也不客气，就在老座位坐下。

结果，直到大家都上了车，波浪卷和短发也来了，导游清点好了人数，车子开始发动，那人也没出现。

叶佳楠一愣，提醒胖子说："不是还有人没来吗？"

"没了。"胖子又确认了一下人数。

叶佳楠指了指胖子的座位。

"你说的是挨着你坐的那个帅哥吧？"胖子恍然大悟问。

"是啊。"叶佳楠答。

"他是我一个朋友的熟人，不是我们团的，只是搭个顺风车。"

"他不回去？"

"他在这里住了好几天了，昨天好像是去阿斯旺有点事情，临时去一趟，回来的时候正巧遇见我。"胖子解释。

"住哪儿啊？"叶佳楠想起那一望无边的纳赛尔湖和漫漫黄沙，"不是沙，就是水的。"

胖子闻言一乐："是你没看见吧。姑娘，不能让贫穷限制了我们的想象，人家神庙旁边有大酒店，等咱们叽叽喳喳的几十车人走了，从酒店里休息好走出来就可以慢慢看了。晚上还有灯光秀呢。"

"哦。"叶佳楠没继续问。

途中，胖子无聊着又问她："你们不是一起的？"胖子指的是波浪卷和短发。

"不是。我一个人。"

"你一个人都玩了些什么地方？"

"我从开罗转内陆飞机来的，看过金字塔了，想去卢克索再看看帝王谷。"

胖子点了点头。

随后，一路无话。

回程的路上，叶佳楠才算是见到了撒哈拉沙漠的真面目。

渐渐正午，阳光也越来越烈，碧蓝的天空一丝云也没有。

目及之处皆是连绵不绝的金黄沙漠与戈壁，寂静又神秘。

一条笔直的黑色柏油路，一直延伸到沙漠的远处，看不到尽头。车队里车与车之间的距离拉得十分远，她甚至看不到前后的那些车，好像大家都借着灿烂的阳光在撒欢跑一样。

周围的人不是睡着了，就是在垂头安静地查看着刚才拍的照片。

窗外除了黄沙和蓝天，再也没有其他，她却盯着外面一动不动。

叶佳楠突然想起那首叫《平凡之路》的歌，脑中回响着曲子，静静地望着不停地往身后飞驰而过的景色。

"我曾经跨过山和大海，也穿过人山人海。

我曾经拥有着的一切，转眼都飘散如烟。

我曾经失落失望失掉所有方向……

我曾经像你像他像那野草野花，绝望着，也渴望着，也哭也

笑平凡着……

冥冥中，这是我唯一要走的路啊……"

在这茫茫的沙漠中，不知道自己怎么的，居然生出来一些伤感。

这时候，他们好像到了一个哨卡一样的地方，车稍微停了一会儿。大概是突然有了信号，叶佳楠的手机响了几下。

她掏出手机看了看，是连续进来的两条消息。

第一条是叶优桢的："姐姐，生快，恭喜你又老了一岁。"

第二条是妈妈的："怎么也不打个电话给妈妈，我的乖，生日快乐。"

她读着短信，眯眼抿着嘴，甜甜地笑了。

-3-

之前，叶佳楠把墨镜忘在阿斯旺的酒店里，于是一双眼睛赤裸裸地暴露在撒哈拉的烈日下太久，当时只是觉得有些刺眼，回到城里之后，发现自己的眼睛好像被晒伤了，一见光就流泪。

于是，她在阿斯旺又休整了一天才继续上路。

待她坐船顺着尼罗河而下，到达卢克索已经是两天以后。

这座城市旧称底比斯，因为曾是古埃及的首都而闻名全世界。

叶佳楠在卡尔纳克神庙旁边的码头坐了渡船去尼罗河的西岸，然后又搭了辆车辗转来到帝王谷。下车刚开车门，她一弯腰，头发上别着的墨镜跌在地上，她来不及收回自己的腿，迈脚踩了上去。

"咔嚓——"一声，眼镜被自己给一脚踩碎了。

她自认倒霉地骂了一句脏话。

司机清点了一下到手的路费之后，有些同情她，将自己鼻梁上架着的

那副墨镜摘下来，递给她："Ten dollars?"

叶佳楠瞥了一眼他墨镜鼻架上的那一层一层已经干涸了的油渍，用中文反驳了一句："落井下石，你怎么不去抢？"随即摆了摆手，朝帝王谷景区入口的安检处走去。

帝王谷果真和传说中一样，比阿斯旺还要干燥炙热。

虽然已经深秋，但是叶佳楠依旧觉得烈日之下自己身体里的水分正在急速地蒸发，也许在这里压根儿不需要经过什么制作工序，死了之后就地躺下直接就可以成干尸。

坚持了几分钟后，叶佳楠觉得自己的眼睛快要被阳光刺瞎了，痛得难受不说，还止不住地流眼泪。可是，此刻就算花一百美金，她也找不到卖墨镜的地方。

叶佳楠一边掏出随身物品过景区安检，一边擦着眼泪，双眼红肿，梨花带雨。以至于那位穿着白衣服的安检大叔好奇地瞥了她很多眼。

后来，她实在没法，将早晚御寒的披肩像搭新娘子盖头一般搭在自己头上，将自己全身罩了起来。那披肩其实只是一张大尺寸的丝巾，白色底子上有蓝紫色的花纹，四个角还垂着同色的穗子，是叶妈妈去年给她的新年礼物，没想到这样覆在脸上刚刚好，既阻挡了刺眼的阳光，还可以看见路。

在这样的国家，对于女人而言只要不是穿小吊带和超短裙，哪怕把自己裹成粽子也没人打量，于是叶佳楠索性就以这样的打扮逛了起来。

她是独自一个人，没有紧迫的行程，也没有需要将就的同伴，所以自由自在地东看一下西看一下。

逛到图坦卡蒙的墓室的时候，门口有检票员。因为这里需要重新坐交通车去景区大门单独购票，很多人不想折腾，所以即使这是帝王谷最具有传奇色彩的墓穴，游人也很少。

叶佳楠将预先买好的票拿出来给门口两位管理员查验了之后，自己一个人下了墓室。

刚下完门口的台阶，一拐弯，看到里面的情况之后，她就有点后悔。

这墓室的墓道比其他法老那里都要狭窄昏暗，一条笔直的长廊一样的墓道渐渐通往地下，看起来好像一个游客也没有，所以觉得阴风阵阵，让人不太舒服。

跟这里比起来，其他墓室的墓道简直像康庄大道一样，灯光照得壁画金灿灿的，来往的游客进进出出，络绎不绝，十分热闹。

她走到墓道的中途，看了下不远处亮着灯的墓室，又回头看了看来路，决定继续往前。墓道其实有些短，只有十米左右，尽头便是墓室。

墓室十分小，呈 L 形，进墓室一眼就能看到左手边摆着一口密封的玻璃棺，小法老的木乃伊就躺在里面，瘦瘦小小的。木乃伊并没有被传说中一层一层的白布条裹着，而那裸露的皮肤已经变成了一种腐朽的黑褐色，干枯地贴在骨头上。

不过后人还是很有良心，知道要给法老的重要部位搭一块白布……

她比一般女生的胆子大许多，也不怎么害怕，猫着腰盯着躺在那里的图坦卡蒙的真身仔细观察了半晌，然后抬头准备看下墓室里面的其他陈设，没想到一转身却看到身后的墙下有一团移动的阴影。

那一刹那，她被吓得差点心脏骤停，与此同时，她的脑子居然把所有和帝王谷有关的恐怖电影的精彩片段都回闪了一遍。

若不是在安检的地方已经上缴了手机、相机和包，估计此刻她已经将手里能扔的东西全部砸了过去。

她嘴里发出的那声惊呼才叫了一半，又被自己强制压了下来。

因为她发现，阴影的主人是个人。

她迅速地将脸上的面纱扯了下来，放亮双眼后又确认了一遍。

大概是因为她一进门就被木乃伊吸引了注意力，又大概是因为她一直蒙着头巾，进入室内都忘记掀开，没能将周围看清楚，所以一直没有发现墓室里其实还有一个游客。

那人却压根儿没将她放在眼里，背对着她，正在看墓室另一侧的石椁内的黄金棺。只是在叶佳楠发出那短促的半声惊呼后，他才回身，淡淡地瞥了她一眼。

墓室内照明的灯光是橘黄色的，虽然不太亮，却将墙壁上的壁画照得如镀了一层薄薄的黄金一般。

壁画上画着古埃及神话中关于祈祷和灵魂的故事，颜色五色斑斓，绚烂多彩。

男人就站在这样的光和影中，回首看她。

他穿着一件质地很轻薄的浅蓝色牛仔衬衣，袖子卷到了胳膊上，两只手揣在裤兜里。金色的灯光映在他的脸上，轮廓美好得好像带着一种神话般的魔力。

男人的肤色很白，眉梢稍显锋利，看她的时候目光微凛，视线有些冷，而唇峰中间那颗微润可爱的唇珠，虽然看起来似乎和整个人格格不入，却又是那么和谐完美。

仅仅凭借他的唇和下巴，叶佳楠几乎就可以肯定，他便是去阿布辛贝神庙的路上的那位邻座。

这时，墓道入口处的景区管理员因为听到叶佳楠刚才的惊呼，疾步走了进来。

管理员是一位又胖又高的穿着灰蓝阿拉伯袍子的大叔，指了指壁画上的众神，随后又将食指放在唇前，对叶佳楠做了一个噤声的手势。

直到现在，埃及人也相信那个传说，完全禁止在墓室里高声说话，以免打扰到法老的沉睡，更何况她这样也影响别的游客。

叶佳楠羞愧极了，手里拽着自己的面纱，又是比画又是无声地做着口型，向在场的二位道歉。

随后，管理员看了叶佳楠一眼，示意了下手里的手持专用照明灯，拿着在室内晃了一圈，那墙上的壁画瞬间亮堂了很多倍，随即压低声音问叶佳楠要不要讲解。

叶佳楠清楚，在墓室里面讲解是违规的，管理员不过是为了赚她一点小费，但她摆手婉言谢绝了对方。

管理员闷闷不乐地走了之后，又只剩下叶佳楠和那个男人。而后，他们一起站在墓室里，静静地看着壁画上讲述的那些故事。

过了一会儿，又来了一群别的游客，墓室陡然就变得狭窄起来。

待叶佳楠再回首，已经没了那个男人的身影。

而后在其他墓室里，叶佳楠偶尔在游客中搜索，却再也没有见过那个人。

下午，她回到酒店休整了一下，第二天按照预定行程，她从卢克索机场到伦敦转机回到了美国的学校。

而那一天，在那个闻名全球的墓室里，叶佳楠才是第一次真正见到行崇宁。

当时的行崇宁，刚过三十岁不久，几乎有一个月的时间都辗转于北非的沙漠中寻找自己工作的灵感。事后，他甚至不记得这次相遇，直到时隔一年，两个人再次见面。

针尖遇上麦芒

A城，雨师湖。

这是小时候母亲带叶佳楠来过一次之后，她第二回看到的雨师湖。

出于这段年少时的经历，在她的记忆中，她一直认为从A城市区到雨师湖的公路是她见过的最美的公路。

路修在山腰上，右边傍山，左边邻着碧波微澜的湖水。人坐在车里只需微微一抬头就能将远处绵延的青山尽收眼底。

她至今记得，当时晴空万里，天碧如洗，真令人心旷神怡。

而今天的天气却又和过去不同，金秋裹着细雨，放眼望去烟尘缥缈，隐隐约约。

在雨师湖的尽头有个山月庄，那是鼎鼎大名的厉氏集团与国际知名酒店联手打造的别墅型度假酒店。叶佳楠和同事小肖此行去山月庄，却和这个酒店没什么关系，而是代表千重珠宝去见正在酒店里的甲方公司。

坐车无聊中，叶佳楠打开微信新消息，发现是公司营销部的同事在公司的群里发的一个推送，标题为——千重珠宝与泊灵表业首次跨界合作，受人瞩目。

这是一个国内时尚杂志上的文章，先是介绍了一下千重珠宝的历史，再说领衔女士中高端饰品的千重珠宝决定重磅推出自己旗下的第一款女表，并且找到了泊灵表业作为合作伙伴。她瞄了一眼，正要往下翻，旁边的小肖就凑过来："他们发的什么？"

这个小肖，虽然前面有个小字，但是叶佳楠却应该叫她肖姐，三十岁的一位骨感美女，只因为她觉得叶佳楠叫姐把自己叫老了，所以才叫小肖。从上个月叶佳楠进千重珠宝上班开始，就一直跟着小肖实习。

叶佳楠将手机屏幕转到她眼前："正在对外宣传咱们的项目。"

小肖接过手机，拉了一下网页，匆匆瞥了一眼，又还给叶佳楠："这边设计八字都还没一撇呢，就这么着急。"

"上次开会的时候不是说，机芯都已经没问题了，这次去敲定细节就好了？"

"怎么可能没问题，你不知道那个泊灵表业的行崇宁有多变态，每次谈到设计他都是一副狂拽酷的态度，我们都要被他虐死了。"

叶佳楠忍俊不禁。

小肖收敛了一下自己的情绪："我的抱怨你听过就好了，立刻把它从你脑子里删除，一会儿咱们见到他，把他当菩萨一样供着就行了。他说什么就是什么，要不然他一翻脸，我们就死了。"

小肖又说："你不知道咱们公司能够找到泊灵表业合作，还能让他老人家亲自参与设计机芯，有多难。何况，他以前从来不设计女表。"

"那咱们是怎么和他搭上线的？"叶佳楠问。

"靠老板刷脸啊。"小肖又翻开资料，在心里熟悉了一遍内容。

"贺总和他有私交？"千重珠宝的总经理姓贺。

小肖抬起脸，摇了摇头："不是，贺总哪有那么大的脸，是咱们的大老板——厉总。"

这个叶佳楠倒是知道，本来千重珠宝这块牌子虽说有历史有口碑，却始终是个小作坊似的企业，自从十年前被厉氏集团收购以后，名气与市场都如日中天。所以，厉氏才是千重珠宝如今真正的幕后大老板。

小肖又八卦地说："厉总和他是亲戚，我以为这应该不属于业内秘密了吧。"

"什么亲戚？"叶佳楠却一头雾水。

"表兄弟啊。你这都不知道，他妈妈是厉总的姑妈。"小肖简明扼要地总结。

两个人在车里又交流了一会儿八卦之后，雨又突然停了。

眼看离酒店已经不远了，车拐入了山坳中，却不想前面因为一辆工程重卡和一辆面包车发生了些剐蹭，把整条道堵住了。

叶佳楠看了下手机上的时间："怎么办？"

小肖指着不远处一条石板路说："不知道还要堵多久，不如我们在这里下车，沿着这条道翻过去就是了，我认识路。"

叶佳楠欣然同意。

于是她俩辞别了司机，提着笔记本电脑，拎着一堆资料和图纸开始步行。

林间的山路蜿蜒，却不崎岖，雨又刚刚停，空气显得格外清新。她们走了十多分钟因为走得急又是爬坡，出了一身的汗，于是，停下来歇口气。

这时，叶佳楠看到对面走过来两个人。一个是山月庄的吕静，之前跟着小肖一起见过。而另一个远远却看得不清晰。

二人一路说着话走来，吕静看到叶佳楠和小肖，随后对旁边拿着伞的男人笑着说："您瞧，千重珠宝他们的人都来了。"

小肖立刻站站好，笑脸相迎地打招呼："吕总。"又看了一眼那男人，说："行先生好。"笑得更灿烂了。

叶佳楠随声看去，微微一愣。

居然是一年多以前在撒哈拉沙漠遇见的那个男人，在她差不多快要忘记的时候，没想到又见面了。

第二眼她就瞥向他的唇。

此刻因为他微微抿着嘴，那颗唇珠便消失不见了。

男人对着她们浅浅颔首。

小肖向对方介绍叶佳楠说："这是我们公司的小叶。"

叶佳楠回过神，急忙错开留恋在他唇间的视线，顺着小肖的话说道："行先生，我叫叶佳楠。"

行崇宁没有接话，收回目光，对一旁的吕静说："我们继续转转，会不会迟？"

吕静展颜一笑："当然不会，我带您再到那边看看。"然后又回头对身后这两人说："请叶小姐和肖小姐先过去，你们刘总刚才已经到了，我陪着行先生随后就来。"

待两人远去，叶佳楠才问："他是？"

"这不就是行崇宁，"小肖说，"伺候不了他，刘总会叫我们滚蛋吧。"

刘总是他们这个组负责设计的刘总监。

这个话题一结束，小肖想要看时间，才发现手机忘拿了，不禁懊恼地说："糟了，手机忘在车上了，一会儿我还要去见我未来的婆婆……"

"趁着于师傅还堵着，你赶紧回去拿吧。"叶佳楠说。

"东西呢？"小肖示意了一下自己手里的一堆东西。

"给我呗。"叶佳楠说。

"你拿得了吗？"小肖担心。

"女汉子有什么做不了的。你这一来一回的还要提东西，多麻烦。"

于是，小肖犹豫中将东西交给她："你要么等等我，要是等不了，你就慢慢沿着这条路一直下山，也没有岔路，再走个七八分钟就到了。"说完后，小肖拎着自己的电脑便消失在路的尽头。

走了几步，天空突然又下起雨来，叶佳楠才觉得有些失算。

她本来抱着一沓铜版纸的资料，又厚又重，现在加上小肖的那个装样品的箱子和几张 KT 板，简直不堪重负。

叶佳楠一个人慢悠悠地走了一截路，觉得手酸，想把左右手的东西交换下，哪知一个不留神，手中抱着的几张半米宽的 KT 板掉在地上，风一吹，其中一张还翻滚到石板路旁的草丛里。

她欲哭无泪，只好把腋下的伞垫在地上，将资料放在上面，才小心翼翼地去捡。

待捡齐了东西，又上路的时候，雨已经渐渐变大了。

叶佳楠腾不出手来打伞，只好淋着细雨，独自走在林间小路上。

这一路的路边种着银杏。

在这样的时节，满树的叶子都被秋风染成了金色，格外迷人。

她又走了几分钟，一拐弯便又见到了山那一边的雨师湖，虽然阴雨绵绵，但是湖水在蒙蒙烟雨中却透出另一种婉约的气息。她在雨中有些陶醉地站了一会儿，忽闻身后有脚步声传来，顿时期待能来个好心人帮把手。

只听脚步渐近，却因为地势，而迟迟没有见到人影。

雨又大了些，比刚才那细的雨丝厚密了许多，才一小会儿，低洼处就积起了一团团的山雾。

然后，叶佳楠轻轻一回头，便见到了一幅动人的画面。

深秋飘着雨雾的山林间，行崇宁独自一人去而复返，在金色的银杏树下出现，黑发明眸，不沾纤尘地走在三尺宽的青灰石板路上，左手撑着一把藏青色的长柄伞。

他朝她渐行渐近，好似穿过雨云，破雾而来。

一时间，她有些愣住了，甚至忘了自己驻步不前的本意。

他缓缓走近时，叶佳楠慌忙挪开几步，给他让出道来。

行崇宁脚步微微一顿，跟她打招呼："叶小姐。"

她敛住心神，胡乱地问一句："怎么您一个人回来，吕总呢？"

"她临时有些要事需要处理，从近路先回去了，我自己想转会儿。"他说话的语气不冷不热，声音如这山间清泉一般静静地流进旁人的心田。

"哦。"叶佳楠点头。

一来一回的交谈后,两个人再无别话。

擦肩而过,继续前行,眼看他就要从旁边的路远去,叶佳楠急急地喊了一声:"行先生!"

他眉毛挑了挑,继而回头。

叶佳楠说:"能不能帮个忙?我们去往同一个方向。"

她性格素来比较直,不太和人拐弯抹角,说完这话直接将几张 KT 板递过去。

那些 KT 板一面是放大的样图,一面是白色,本来干干净净的,但是刚才落到草丛里却沾了不少泥水,加之又被雨水淋得湿漉漉的,连着她的五个手指头都沾满红黄色的泥沙。

行崇宁一手撑着伞,另一只手气定神闲地揣在裤兜里,垂眼打量了一下叶佳楠递来的东西却没有伸手接,说了句:"你搁地上,我叫人回头来拿。"连眉毛都没动一下。

要是换成别人听见这种嫌弃的语气,估计会被呕出一口血来,叶佳楠却没有,第一是因为她想起小肖说要把他供着,其次她觉得他大概是嫌那KT 板拿着不顺手才不愿意帮忙。于是,她再掂量了一下自己另一只手上公司纸袋里的资料,又说:"要不你替我拎这袋?"

走在前面的行崇宁回头,只见她左手揽着 KT 板,胳膊上挽着自己的包,而右手用两个指头拎着塑料袋子,剩下三根手指捏着一把折叠伞,还没来得及撑开。雨水已经淋湿了她额发的发梢,贴在眉毛上面。

纸袋印着千重珠宝的标识,里面装着很多资料,显得鼓鼓的,几乎要超出其承受的负荷,而且袋上也有泥浆。

"你同事呢?"他突然反问她。

"她回车上拿手机去了。"叶佳楠答。

他又瞟了一眼那个递到自己眼前的袋子,问道:"这些是你们公司的资料?"

"是啊。"叶佳楠傻傻一笑。

"但是——"他说，"它和我有什么关系？"

"啊？"她没太懂。

"叶小姐，要么你搁地上等人来，要么你自己拿，我无能为力。"他撂下这样一句话后，不再搭理她，迈着长腿径自朝前走去，剩下叶佳楠一个人留在雨里。

那条青石板路，大概每天被酒店的保洁员打扫得干干净净，所以几乎连银杏的腐叶也找不着一片，何况今天下了雨，又将石板冲刷得几乎一尘不染，行崇宁闲庭信步地走在上面，连鞋底都是洁净的。

而反观她，却是满手泥，一身湿。

只见雨中的行崇宁，悠闲地迈步，带着惬意缓缓远去。

这下，叶佳楠才真的恼了。

-2-

叶佳楠站在树下躲着雨，等着小肖回来。幸而小肖动作十分快，不一会儿就到了。

叶佳楠也没有提起刚才的小插曲，两个人合力搬着东西并肩走了片刻后，便看到了湖边山坳里的山月庄。

那别墅群远远看去就像一个建筑特色一致的小村落，古朴简洁，叫人眼前一亮。

小肖给刘总监打电话衔接了一下，带着叶佳楠去了酒店大堂主楼二楼的小会议室。

时间尚早，刘总又说先陪着行崇宁品茶，一会儿再过来。

负责酒店会议室接待的小哥，帮着叶佳楠将带来的资料一一摆在椭圆桌上，又调好幻灯片。

如今，高档珠宝品牌推出自己旗下的腕表，已经是整个行业的大势所趋。因为自身品牌的价值，与零起点的独立制表厂比起来，简直是事半功倍。

所以千重珠宝也不想落于人后。

而千重珠宝能找到泊灵表业则十分不易，更别提让行崇宁担任这个系列的高阶复杂功能女表的设计师。

对于这次新鲜的尝试，千重珠宝十分谨慎，刘总监是以前专门从瑞士挖过来的，对于腕表外观设计在业内很有知名度，至于小肖，也有着多年的珠宝设计经验。

万事俱备之后，吕静领着行崇宁和刘总监一同来了。

大概有了厉氏集团那边的叮嘱，吕静全程陪同，一边请行崇宁入座，一边还不忘记跟他解释："厉先生本来是要来的，但是家里临时有事抽不开身……"

因为是私事，所以吕静说得很小声，叶佳楠也没有闲心仔细去听。

会议室陈设十分华丽，坐在室内一眼就能看到落地玻璃窗外的雨师湖，叶佳楠拣了个桌尾的位置坐下，拿出记事本和笔。

开始的时候，行崇宁的助理方昕打开自己的电脑，连接上投影仪，将泊灵表业的机芯设计的正反平面图和动态图演示了一遍。

对于这款机芯，叶佳楠不是第一次见到，但是在屏幕上见到放大几十倍后的图，仍然觉得精致又美妙。

那位长发干练的方昕按部就班地将机芯的构思、建模、设计理念和数据详细地介绍了一遍之后，又请行崇宁补充。

行崇宁没有看屏幕，却盯着窗外，静默了一会儿，才说道："我一直觉得高级复杂功能是男表的天下，但是你们品牌出于自身的原因要做女表，女表就牵涉到机芯结构性策略的改变。"

"其实我最初的方案不太建议在女表里面使用飞行陀飞轮，它会比较大，驱动起来需要更大的扭力，而女表首先要求的是纤薄。"说完这句，他扭头看着屏幕，伸手向助理方昕示意了一下，方昕忙把自己手上的激光笔递给他。

行崇宁打开激光笔。

笔头射出的绿色小光点出现在投影画面上。

动态画面中，机芯内的那枚飞行陀飞轮在做永不停歇的旋转，给人的视觉上带来一种匪夷所思的新奇感。

他一边用光示意着机芯上对应的地方，一边说："所以我们最后决定采用了滚珠的方案，将陀飞轮和底座相连的承轴用滚珠解决，这样滚珠承轴可以减少摩擦力，节省动力。"

待行崇宁说完之后，刘总监按照之前公司开会的意见，又进行了一些询问。

这时，会议室的小姑娘烧好水，进来给大家泡茶，叶佳楠目前在公司也属于打杂阶段，于是连忙站起来帮忙。

会议室用的是玻璃杯，叶佳楠帮着冲上热水后，一一端给在座的各位。

大家都客气地双手接过，还不忘笑着说谢谢。

哪想轮到行崇宁时，他正在听小肖说话，叶佳楠将茶水已经递到他眼前，他也没动，淡淡地用余光扫了眼叶佳楠的手，继而用指尖轻轻点了下桌面，示意放下，有些轻慢。

叶佳楠见状，从银杏林开始憋在肚子里的那团火终于要喷发了，忍不住想要将杯子恨恨地搁在桌上，哪知开水太满了，手一滑，杯里的开水一股脑洒了出来，洒在她手上。

她被烫得一缩手，瞬间将杯子扔了出去。

杯子滚到地毯上。

水洒了不少在桌面，行崇宁袖子上也沾了几滴。

他旁边的方昕第一个跳起来："行先生，有没有烫着？"

"没事，我们继续。"行崇宁说话的时候连眼皮也没抬。

小肖坐得远，又在全神贯注地讲述公司的方案，压根儿也没注意这点小插曲。叶佳楠默默地去洗手间冲洗了下烫红的手，回来又收拾刚才的残局。

会议的后半程，在表壳的材质和宝石设计上，双方有了些分歧。

千重珠宝为了增强卖点和设计的视觉效果，想要将腕表的底壳从钢质改成透明。但是泊灵表业以陀飞轮的稳定性为由拒绝了这个建议。

本来所有设计都应该以行崇宁马首是瞻，但是小肖却对自己公司的建议有些执拗，有时候一碰到和设计有关的地方就会钻牛角尖。

此刻的小肖已经忘了之前教导叶佳楠要将对方供起来的言论，也忘记了看刘总监的眼色。

行崇宁靠在椅子上，双臂抱胸，冷冷说："正面表盘我们已经预留了一个副表盘的透视效果，本来机芯没有正面表桥，陀飞轮运行的精准度就已经难以把控了，虽然你们对精准度的预期效果是日差 -2 到 +8 秒以内，这在业内已经不算低了，但是就我个人而言，我对我的每一款表的要求是希望能够达到 0 到 +4 秒。"

他说话的语气冰冷又坚决，几乎是不容他人质疑的，甚至在结尾的时候略讽刺地说："要知道，这是一款腕表，不是一件单纯的首饰。"

叶佳楠于公于私都应该站在小肖那边，静静地听了一会儿后，插嘴道："行先生，我想说句话。"

行崇宁不置可否，只是抬眼看她。

叶佳楠看着展示画面中，依旧在旋转着的陀飞轮。那样悬浮在机芯中的效果，展现着别具一格的轻盈美感："正因为机芯的精妙，所以如果它能透过底盖露出来，才能让整个设计更加赏心悦目吧。"

方昕代答道："所以行先生在正面的表盘上设计了一个透视的副表盘。完全镂空的设计会十分影响腕表整体的稳定性，那需要将我们之前结构上的预案都推翻。"

叶佳楠说："之前千重珠宝决定用二十颗红宝石做承轴的方案，如果不能直观上展现内部承轴上镶嵌的宝石，消费者不会为此埋单，也许就达不到全球限量三十八只的珍藏价值标准。"

她说完之后，行崇宁改换了一下坐姿，身体略微前倾，将两手的手肘支在桌面上，十指交叉，凝视了她两秒钟后，开口道："叶小姐，一款表是否有限量级别的珍藏价值，并不是靠它外表镶嵌了多少宝石而决定，而是一个品牌长年累月的不懈追求，也是制表师和设计师心血的结晶。"

他继续说："有的人认为时至今日腕表的技术都只是在重复一百年以前做过的事情，我承认这基本上是真的。但是这丝毫不妨碍我们的想象力和将它付诸现实的热情，而这一切的元素融汇在一起才是一款表真正的价值所在。"

叶佳楠也和他杠上了，又说："行先生也许在男表领域有十分令人崇敬的地位，可是，这是您第一次参与女表设计，也许您并不了解女表以及女性消费者的心态和审美，而这恰恰是我们的专长。"

她说完这句话，包括小肖在内的其他人都惊呆了，几乎大气也不敢出，空气中仿佛有一种在等待暴风雨来临的凝固感。

行崇宁听完后，却没有当场发怒，只是透过椭圆的会议桌将视线静静地放在叶佳楠的身上，然后挑了挑眉毛，突然问出了一个毫不相干的问题。

"叶小姐，我刚才注意到你手上戴了一块月相表？"

随着他的话，叶佳楠点了点头，然后将袖子遮住的表盘露了出来，示意给大家看。

这是前年她满二十岁的时候，妈妈送给她作为生日礼物的腕表，上面除了长短指针以外，六点钟附近还有一个下沉的小表盘，每天会根据月历来显示月亮的盈亏状态，据说这种浪漫的视觉感受，极受年轻女性消费者的喜爱。

"叶小姐戴了它多久了？"

"两年。"

"那你使用它两年了，知不知道上面月亮的旋转周期？"行崇宁将手放在桌面上，十指微微卷曲，左手的中指和食指轻轻叩着。

叶佳楠顿时怔忡，然后想了一想，回答道："大概二十九天或者二十八天。"

行崇宁盯着她，纠正道："既然叶小姐很推崇自己对女表的看法，那么这么受女性喜爱的东西也应该多了解了解。如果按照现代精确的定义，一秒钟是铯原子放射的 9，192，631，770 个时长的话，那么月球平均公转一个周期就是二十七天七小时四十三分钟十一秒。"

叶佳楠被他讥讽得尴尬极了，脸色一红。

行崇宁继续说："女表不像男表要考虑很多防震和防水的问题，但是经常出现在女包上的磁铁扣和电子设备这些东西，都是机芯精准度的大敌。不透明的底盘不但可以加固稳定性，还可以提高防磁效果。要达到我们追求的日差精准度，那么必须要有取舍。刚才我说过的，它首先是一个精密的计时仪器，其次才是饰品。"

叶佳楠和小肖一起各自准备还要再说什么的时候，行崇宁却直接用行动打断了她们。

只见他一面起身，一面扣起西服上的纽扣，发话终止了双方的会谈。

"叶、肖两位小姐，我佩服你们初生牛犊的勇气，也觉得假以时日，两位在自己的领域也许能成大器。但是今天，对于给我提出的这些东西，我的态度只有一个字——不。"

−3−

受挫的叶佳楠半路上下了公司的车，转而搭地铁回家。

坐上地铁后，她摸了摸头顶，发现被雨淋湿的头发因为一直捂着，总也干不了，于是拆开发髻，用手随意拨弄了下头发，她肤白高挑，眉眼浓密，一头乌黑的长鬈发放下来，引得旁边的小伙子一个劲地用眼瞄她。

这是地铁的起点站，乘客十分少。

她靠在座位上看着对面玻璃窗上映出的自己，突然想起了妹妹。

于是，她拿出手机写了封短短的邮件。

亲爱的优优，见信好。

上次你说你在加拿大，后来又说等天冷了就要跟队去澳大利亚训练，不知道你现在在地球上的哪个地方。微信也不见你回复，大概是手机又被你们汪教练收走了。有点想你。我们好久没有见面了，确切地说是十一个月吧，不知道你什么时候可以回来。

你以前常说这是个看脸的世界，哪知今天我遇见了一人看起来不错，可是相处起来真是糟糕透了。突然很想念你和妈妈，我回来了一个月她也不知道，我没敢声张，你也懂的，我要来 A 城，谁也阻止不了我，所以你要帮我一起保密。

就这样吧，我今天心情真是很差。

姐姐

没坐多久，小肖就打电话说刘总监通知她立刻回公司针对泊灵表业的意见再开个会。

"他大爷！"叶佳楠突然压低声音来了这么一句，引得刚才对她目不转睛的那个小伙子立刻又看了她一眼。她挂了电话干脆直接朝对方笑了笑，那人才有些尴尬地转过头去。

地铁到站后，她准备立刻原路返回。

她挤到门口，迎面急匆匆地走来一位拎着个蛇皮袋子的阿姨。那蛇皮袋子正巧从叶佳楠今天被烫伤的手上重重地刮过。本来没有起泡，就是皮肤有点红肿，她也不是个娇气的人，便自己用自来水冲了下，哪想现在被这么狠狠地擦了几下，又开始火辣辣地疼。

她不禁又在心中骂了一遍行崇宁，才稍稍觉得解恨。

半路上，叶佳楠打了个电话给室友何茉莉。

何茉莉是她中学时候的好友，因为她临时到 A 城还没租到合适的房子，便和她挤在一起。何茉莉一接电话就问："今天怎么样？"

"我去，别提了，遇见一极品。"叶佳楠在闺密面前压根儿没有淑女形象。

"极品帅，还是极品讨厌？"

"都有，烦死。"叶佳楠又说，"我不回家吃饭，睡觉不用等我。"

"你约会？"

"加班——"叶佳楠哀号。

次月的周末，叶佳楠和何茉莉一起去参加中学同学会，其实就是一个极小规模的饭局。因为高中的班长来到 A 城出差，何茉莉便多约了几个在本市的同学一起聚了聚，有同班的，也有隔壁班的。

其中一个叫朱小蓝的因为还没来，大家便一边聊着一边等着她开饭。

同学 A 说："说起咱们班朱小蓝，就想起一件事情。"

同学 B 笑道："哎哟，我前段时间遇见一个别班的校友还八卦那个了呢。"

何茉莉瞅了叶佳楠一眼，阻止着那两人说："别八卦了吧，这么多年了。"

班长却好奇地问："什么事？我怎么不知道。"

同学 A 说："老班长，你两耳不闻窗外事当然什么八卦都不知道。"

同样不知情的校友 C 说："快点，趁她没来，我们说说。"

同学 A 娓娓道来："当年，朱小蓝特别喜欢十九班的班草。有一天，她终于跟那男的告白，写了封情书。然后——"

说到这里，同学 A 和同学 B 憋不住相视一笑。

班长问："然后怎么？别卖关子。"

叶佳楠替她们补充道："然后，那人渣把朱小蓝给他的那封情书印了几百份，在走廊上见人就发。"

班长听完后惊呆了。

"关键是这事还没有完。"同学 A 说，"人渣复印的那几百份情书的最后，还被他加了一行红字：对不起，小蓝，十三班的叶佳楠才是我的真爱。"

　　班长和同学 C 差点一口茶喷在坐对面的叶佳楠脸上。

　　叶佳楠听完，挥了挥手说："但是，你们知不知道，后来读大学了，有次过年，我回国在电影院遇见他，他跟一个男的手牵着手，还主动对我介绍说：'叶佳楠，这是我的 boyfriend。'我的自尊心当场就碎了一地！"

　　"扑哧——"班长嘴里的那口茶这回终究没忍住，直接喷了出来。

　　"为什么偏要让我背这个锅？"叶佳楠愤愤不平地说。

　　同学 A 说："壮士，您辛苦了。"

　　"谁叫你当时是我们男同学的梦中情人，反正背后也被插很多刀了，也不介意加这一把。"

　　那个时候的叶佳楠模样好，而且还代表学校得了好几个数学竞赛奖，他们年级主任正好是数学科的骨干教师，一提起叶佳楠就笑开花，每去一个班上教育课，总把叶佳楠当作正面典范挂在嘴边，替叶佳楠俘获了不少少年的心。

　　同学 A 说："我还记得情书的第一句，"随后深情吟道，"亲爱的智，初次见到你，你那和煦温暖的笑容就瞬间感染了我……"

　　说到这里，何茉莉的手机响了。

　　何茉莉一看屏幕，做了个噤声的手势，然后接起电话："喂——小蓝啊。我们都到了，就差你了，二楼雅六，你直接进来就行了。"

　　等何茉莉一收线，同学 A 忙正色说："来了来了，大家注意收敛一下表情，换个话题。"

　　两分钟后，朱小蓝婀娜的身影出现在大家眼前。

　　"不好意思啊，迟到了。"

　　叶佳楠旁边的同学 A 连忙起身招呼道："来来来，朱小蓝，坐我这里。"说完，拉起自己的包，挪到了里面的位子。

　　朱小蓝一坐下，看到右手边的叶佳楠，眼睛里几乎要喷出仇人见面的火花，冷笑着问一句："你现在住哪里？"

"住茉莉家里啊。"

"她那里那么窄，你俩怎么睡？"

"挤一张床呗，等我找到合适的就搬出去。"叶佳楠说。

过了会儿，等何茉莉去叫服务生的时候，朱小蓝又八卦地问："你们住一起不尴尬吗？"

"为什么？"

"徐庆浩，你不认识吗？"朱小蓝问。

徐庆浩是何茉莉的新男友，也是朱小蓝的同事。何茉莉跟徐庆浩能谈恋爱，也全靠朱小蓝牵线搭桥。

"他们又没同居。"叶佳楠很想翻她一个白眼。

朱小蓝不置可否，只是皮笑肉不笑地反问了一句："是吗？"

先不说以前那封情书的事情，是谁欠谁的。叶佳楠本来就一直讨厌这人，老是不阴不阳的，要不是因为她和何茉莉要好，叶佳楠才懒得和她有什么联系。

饭局结束后，何茉莉的男友徐庆浩如约来接她俩。

何茉莉坐在副驾驶，叶佳楠则坐后面。

她因为连续加班，体力实在有些透支，坐在车里眯着眼，一会儿就睡着了。

等她醒来，抬手一看表才不到十分钟，车还在路上走走停停。

何茉莉坐在前排正在和徐庆浩聊天，大概因为发现她睡着了，所以说话的声音压得极低。

"下周要降温了，你得多穿点。"徐庆浩说。

"嗯。我准备明天去买冬装。"

"我陪你。"

"好啊，晚上要不要看电影？"

"那白天逛街、吃饭，然后看电影。"徐庆浩总结说。

"对了，不行不行，我本来是和佳楠约好去买衣服的。"

"那怎么办？"徐庆浩委屈地问。

"一起吧。"何茉莉说。

"OK、OK."徐庆浩有些心不甘情不愿地答应着，又抱怨道，"我的神，行走的电灯泡。"

何茉莉佯怒拍了他一下。

叶佳楠想起饭桌上朱小蓝暗示她不识时务的话，一直靠在原位没有动，闭上眼睛继续装睡。

第二天，她故意找借口说自己还有工作没做完，避开了何茉莉和徐庆浩的活动，然后一个人在家偷偷地上网找房子。

其间，网上遇见老妈，还说给她寄了吃的。她也不敢说实话，只好装着很欣喜的样子。然后跟在纽约的前室友打电话叫人家帮忙代收。

一个星期转眼就过去了，她根本没时间去实地看房子。

周五，叶佳楠加班到天黑才回家。

她用钥匙打开门，徐庆浩正将何茉莉整个人压在沙发上接吻。沙发斜对着大门，这个暧昧又火热的拥吻站在门口便一目了然。叶佳楠还没来得及换鞋，在原地愣了一下。

何茉莉第一个发现门口的动静，推了一下徐庆浩，哪知徐庆浩置若罔闻，根本没有停下来的意思。何茉莉只好使劲扭头，避开对方，然后红着脸对叶佳楠干笑了两声。

叶佳楠尴尬地笑着，挑着眉说："你们可以……继续。"

"啊呸——"何茉莉推开徐庆浩，立刻起身。

徐庆浩带着怨怼的情绪瞄了叶佳楠一眼。

叶佳楠立刻明白其中的含义，她移开视线，假意翻了下自己的包说："哎呀，我刚才说回家前去超市买点东西的，接个电话就给忘了，我现在去还来得及。"

"明天我和你去吧。"何茉莉劝道。

"不用啦。"说完，叶佳楠便转身出了门。

她拿着包，在超市里逛了一圈，实在觉得累，便在商场底楼的咖啡馆消磨时间，直到手机都玩得彻底没电了，杂志也翻来覆去地看了个遍。

最后，服务生告诉她还有十分钟打烊。

此时已经是深秋，夜里的冷风吹得人直哆嗦，她一个人走回小区，在楼下看到徐庆浩的车还停在那里，她抬头看了眼二楼的阳台，灯影有些暗。

一时间，她竟然不知道如何是好，在楼下踟蹰了半晌，最后选择了离开。

—4—

叶佳楠既不是本地人，也没有在这里念过书，除了公司同事以外，放眼整个 A 城，她认识的人屈指可数，就算加上小区门口卖豆浆的大婶，也不会超过十个。

她这人因为从小离家在外求学，懂事早，性格独立又好强，也不喜欢服软求助。她晃晃悠悠去了小区附近的酒店，却发现自己没有带身份证。无论她怎么解释，前台都是那句话："对不起，小姐，这是公安机关的规定，我们也没有办法。"

过了会儿，经理来问了句："您还可以去派出所开个证明。"

"算了。"她有气无力地答。

叶佳楠这人从来都不傻，一条路没走通，马上又有了第二个主意。她出门打了辆车，下一站直奔洗浴中心，她知道这种地方，可以洗澡、吃饭，还可以过夜，就是条件寒碜了些。

她存了包，冲了个淋浴，换上浴袍一边吃饭一边看电视，瞅着周围的大叔们，自己突然有了种已提前迈入中年的感觉。

而何茉莉家里却是和她想象中不一样的另一番风景。

第一个打电话来找叶佳楠的是她妹妹叶优桢。

"茉莉姐姐。"叶优桢说。

"是优优啊。"何茉莉笑。

"嗯。这么晚打电话给你，你没有睡觉吧？"叶优桢的语气里难掩激动，"我这边还是白天。"

"没有，没有，反正周末。之前听你姐姐说，你在参加比赛。"何茉莉瞅了一眼旁边衣冠不整的徐庆浩。

"嗯，我刚才游进了半决赛！"叶优桢兴奋地说，"我姐睡了吗？我给她打电话关机了。"

这下，何茉莉才想起叶佳楠已经出门好久了，回头再看了眼墙上挂着的钟，顿时吓一跳。她再不敢跟徐庆浩继续叽叽歪歪，立马把他推出了家门，然后不停地给叶佳楠打电话，对方却一直关机。

何茉莉有些着急了。

过了半个小时，叶优桢又来了越洋电话："茉莉姐，找到我姐了吗？"

"没有。"

"那怎么办啊？她不是说一直和你住一起吗？"

"是啊，每天都是，刚才她就说出门去超市买点东西，就一直没回来。"

"她交男朋友了？"叶优桢问。

"没有，不可能。"

"那她去哪儿了？"

"不知道，超市早关门了。"

"啊？我姐会不会遇见坏人，出什么意外？"叶优桢心急如焚。

"我再打电话问问。"何茉莉说。

然后，在这个时间点，何茉莉厚着脸皮跟几个老同学打了电话，无果。

至于千重珠宝公司的人，她只听叶佳楠提起过，却一个都不认识。何茉莉不禁有些自责，所以第三次接到叶优桢的电话，已经没法再安慰她。

"我只有给我妈打电话了。"叶优桢心里藏不住事，一遇见急事，要么找老姐，要么找老妈。

"也只有这样，问问阿姨你们在 A 城有没有别的什么亲戚。"何茉莉说。

凌晨三点，老家 A 城的叶妈妈林曼仪在睡梦中接到了小女儿的电话。

"妈——"

"怎么了？"林曼仪蹙着眉，她没搞懂，睡觉前才和小女儿联系过，怎么前头一个电话还欢天喜地的，现在就变了个样。

"姐姐不见了。"

然后叶优桢一五一十地将姐姐如何背着母亲回国，再来到 A 城，又找工作，竹筒倒豆子似的全部交代了出来。

林曼仪听着先是生气，接着觉得惊心，最后突然有点心酸。她没敢让小女儿听出来，只是说："没事，你姐那么大一个人了，也不是小孩，你别瞎操心。"

挂了电话后，林曼仪一个人坐在黑暗里，不知不觉流下泪来。

第二天，一觉睡到天亮的叶佳楠收拾好东西，从洗浴中心出来，慢悠悠地吃了早餐，才荡着步子回到何茉莉家里。她一进门，看到沙发上端坐着的母亲大人，下巴都惊掉了。

何茉莉起身，一把抓住她："你去哪儿了？"

"我……"叶佳楠将事先想好的理由编排出来说，"我去超市遇见一个同事，然后去她家玩，喝了点……"

喝了点酒，就睡在她那里了——但是面对母亲，这话实在说不下去。

林曼仪看了一眼叶佳楠，又转头含着笑对何茉莉说："茉莉啊，阿姨有些话想单独跟佳佳说，你可不可以给我几分钟？"

"啊！好。"何茉莉立马应着，三秒钟后关门，消失。

叶佳楠垂着眼帘在母亲对面坐下。

从小到大，母亲都是个温和的人，对她们姐妹俩别说动手指头，连责骂也很少。此刻，她的出现却让叶佳楠一阵心惊肉跳。

"你说吧。"林曼仪说。

"我……我昨天遇见何茉莉和她男朋友在家里，不好意思当电灯泡，所以我就去酒店凑合了一晚上。"实话只说了一半，洗浴中心换成了酒店。

"你知道我不只是问这个。"林曼仪冷冷地说。

"那您也该知道为什么我要来 A 城？为什么还不愿意告诉您？"叶佳楠的犟脾气开始发作，"您要是来带我回老家去，或者撵我去美国，我是绝对不会照做的。"

林曼仪蹙着眉看了她一眼，对于女儿的个性显然早就预料到了，于是浅浅地叹了口气。

两个人静默了一会儿后，林曼仪说："听你这么一说，你也不能住这里了。妈妈有位老同学在 A 城，早上找你的时候，也联系了他，一会儿我给他打个电话，看能不能委托他帮你马上找个合适点的房子，你先暂时住着。"

"我先住酒店得了。"叶佳楠说。

"不行，酒店人来人往的，一个女孩子下班就住酒店像什么话。"

叶佳楠见气氛缓和，突然想起来问母亲："您怎么知道我在这里？"

"优优说的。"

"哎——这妞从小就爱大惊小怪的，还出卖我。"

没想到，母亲打电话一提，那位老同学就说有个现成的房子，是他们自己家的，并且就在叶佳楠的公司附近。

"这多不好。"母亲在电话里推辞。

"别客气，本来就是闲置的，一直也没人住，放着也是放着，物业、治安都不错，不然我也不放心给我侄女一个人住。"

"争鸣，谢谢你。"

"几十年的老同学了，还说什么客气话，就冲你这声争鸣，我也得把她当我自己女儿。"

　　凑着耳朵偷听电话的叶佳楠顿时觉得这人真爱顺杆爬，刚才还是侄女，现在就变成女儿了。

　　于是，她笑着瞅了母亲一眼，压低声音问："你这老同学不会早就看上你了吧？"

　　母亲一拍她的脑袋，又继续说："现在孩子大了，也实在管不了。你在这里人脉广，以后还得托你多照看照看。"

　　"那还用说吗？等我过几天出差回来，一起吃个便饭。"

　　"你忙正事重要，我还要赶着先回去。"

　　"行李收拾好了吗？中午我就叫司机过去接你们怎么样？"

　　"也行，有劳了。"林曼仪说。

第三章
开启同居模式

林曼仪看起来柔弱，做事却一点儿也不拖泥带水，马上就替女儿解决了问题。

等到了新住处，叶佳楠拿着司机给的钥匙打开那房子，她被惊呆了："妈，您这同学是土豪吧？"

叶佳楠一边说，一边放下行李进了玄关，再往里走，才是彻底被震撼了。

两层的别墅，客厅的层高很高，正中的楼顶还开了个巨大的椭圆形天窗，却不是简单地用一块平整的玻璃将它封闭起来。

事后，叶佳楠想了好几次都不知道怎么和别人形容它。

好像是一个两层楼的水晶玻璃的巨型甜筒立在客厅中央。甜筒上面开口的地方便是楼顶那个椭圆形的天窗。阳光从上面透下来，落到地上，让客厅的中间多了一个天井一样的地方，可以享受阳光、空气和风雨的天井底部，种着各种各样的植物，高低相间，繁密郁郁。

叶佳楠被此番景象迷住了。

这个上宽下窄的天井就像是一个被隔绝出来的世界，此刻，天上正在飘着雨，雨滴从天而降，落到那些树木花草上，引得叶子一颤一颤的。叶佳楠脱掉外衣，吹着暖气，站在沙发旁，透过擦得透亮的玻璃，看着这些绿色生命的细微变化，比最逼真艳丽的 3D 电视画面还要让人着迷。

"别傻愣着，住楼上还是楼下？"母亲的声音打断了她。

"我看看。"她说。

大概因为客厅太大，占了两层，也可能由于房子的主人家先前并没有想要住多少人。所以楼上楼下加起来才两间房子。

楼上的那间却打不开。

叶佳楠视察了一圈后对母亲说："那只有住楼下的。"

"你别乱动别人东西啊！"母亲一边帮她腾箱子，一边叮嘱道，"你看人家原来这么干净，你也该每天都打扫打扫。"

"司机不是说每个星期有钟点工吗？"

"你要懒得一个星期都不擦桌子，等着人家来干？"母亲反问她。

"知道了。我找到地方就搬出去。"叶佳楠答。

"叫你住，你就安心住吧。你一个人单独租个房子，人生地不熟的我也担心。你没看前段时间的新闻，说一个小姑娘去租房，跟着房东去看了下房，就有去无回了。"

"妈——您法制节目看多了吧？照您这么说，我之前一个人在国外怎么活过来的？"

"别跟我贫。"母亲瞪她。

叶佳楠拉着母亲在小区里转悠了一圈，果然和那位大叔说的一样，安保和物业都十分好，安全感十足。

随后，母女俩将东西收拾好，又去超市买了些生活必需品。回来后，母亲下厨给叶佳楠做了顿大餐，让她大快朵颐了一番。

林曼仪见女儿已安顿好，挤着住了一晚上，次日便又自己回了 B 市，临走前，还不忘记叮嘱女儿不要乱动别人的东西。

住了几天，摸清了周围环境和上下班的路线后，叶佳楠开始越来越喜欢这个地方，尤其是那个客厅。

本来整个房子是以黑、白、灰作为设计基调，显得有些硬冷，但是因为玻璃天井中的那些绿色和其间穿插着的一点点红黄，突然就显得生动了起来。

她闲下来觉得反正没事，于是扫了扫地，擦了擦桌子。门口玄关的地方，既没有挂画也没有放花瓶，而是摆了个地球仪。

地球仪是由做旧的树脂制成，下面的底座则是青铜色的，给人昏黄古朴的感觉。她从小就喜欢这玩意儿，幼时经常和妹妹玩一个找地名的游戏，就是一个人在地球仪上找到一个偏僻生疏的名字，叫另一个人在上面快速地找出来，乐此不疲，太爱玩了，以至于慢慢地，整个世界地图都烂熟于心。叶佳楠随手转了它几圈，手指最后定格在中国大陆和美国之间的太平洋上面。她眯着眼睛，又温习了一遍上面的各种岛屿之后，拿着抹布擦别的地方去了。

因为母亲的叮咛，她基本上只用了自己的那间卧室，其他都是保持原状。

叶佳楠早上去千重珠宝上班，见小肖脸上挂着两个黑眼圈，问道："你怎么了？"

"看恐怖小说，半夜吓得睡不着。"

"服了你。"

"超级好看，你要不要看，我带身上了。"小肖推荐着说，"男主遇见了一件奇怪的事情，他拿到自己毕业时的全班合影，突然发现第一排中间有一个女同学他根本不认识，不知道为什么会站在前面，穿着一条蓝色的短裙，他也没在意。过了几天，他又去看那张照片，发现那个人穿的裙子变成了长裤……"

"姐姐——"叶佳楠打断了她，"积点德吧，我现在一个人住。"

"你不是号称叶大胆吗？"

"那也经不住你吓啊。"

下班后，叶佳楠约了何茉莉吃饭。待她回到住处，时间已不早。她进门的时候，突然瞥了一眼那个地球仪。

然后，她有些诧异。

因为她很清楚地记得，昨天她看过地球仪之后，正面是太平洋。而现在，对着门的这个方向，却变成了大西洋。

她蹙了蹙眉，随手将地球仪又转到了她喜欢的那个方位。

第二天下午下班回到家，她刻意看了一眼地球仪——居然又成了大西洋。刹那，她有了一种毛骨悚然的感觉。

叶佳楠想起了小肖说的那个毕业照上的陌生人忽然换了装的恐怖故事。

"你确定是太平洋？"何茉莉在电话另一头问。

"我发誓。"叶佳楠几乎要对着电话叫了出来。

"是不是地球仪有点毛病？"

"我检查了，应该没问题啊。"

"平行空间？虫洞？特殊引力？地球仪有自动还原装置？"何茉莉的大学专业是学物理的，"叫你不要搬，你偏不听，现在满意了？还跟我说嫌弃我家太挤，所以才奔高枝儿，现在知道我的好了吧？"

何茉莉数落她："这种房子你也敢住，说不定以前发生过命案，所以才没人住白白便宜了你，你不是说客厅里面有块菜园子吗？"

"是天井小花园。"叶佳楠纠正道。

"你要不借个锄头挖挖，看看下面是不是埋了具尸体，你妈那老同学是见你长得一脸傻气，专门拿你去镇邪的吧。"何茉莉继续毒舌。

"我呸——你闭嘴！"叶佳楠又怒，又想哭着撒娇。

"姑娘，没事儿。姐姐我去见了公婆晚上去陪你睡。"

"你啥时候来啊？"

"你要不和我一起去徐庆浩家过冬至，吃晚饭？"

"不用了，我们公司也吃饭，一会儿他们还要来接我。"

"那完事再联系。"

过了十分钟，小肖便开车在小区门口等她。

今天刘总监请项目组里所有外地的同事一起过冬至，喝羊肉汤。吃饭的地方是个郊区的农家乐，公交车和出租车都到不了。

因为小肖也没去过，刘总监便坐在副驾驶座上指路。

"真不好找。"小肖说。

"年轻人不懂，只有这样的地方才有好东西。"

"好东西？"叶佳楠纳闷。

"是啊。"刘总监笑嘻嘻地答，似乎他们这种四十岁以上的大叔都好这口。

小肖倒是懂行："野味？"

"上次和蒋总来，还有獾子，野生的。"

"吃它们多残忍。"叶佳楠忍不住说。

"我们不吃，别人也会吃，尝尝嘛。你们要是不喜欢，还有羊肉、狗肉。"刘总监说。

叶佳楠觉得一阵恶心，本来还以为就是喝点羊肉汤，现在有些后悔出现在这里了。饭桌上，她只敢吃蔬菜，就怕一夹荤菜就夹出某种可爱的小动物来。

大部分同事都喝了点酒，叶佳楠也不例外。

她这人虽然酒量不好，但是不扭捏，大大方方地喝了半杯白酒。

吃到后半程，气氛十分活跃，叶佳楠开始话多了起来，她忍不住说起家里那个地球仪的异动。

小肖说："我的妈呀，你这个可以去参加一个网上的节目叫《灵异事件簿》。你确定这房子以前没死过人？"

"不确定……"

"你想不想听我那个毕业照故事的结局？"

"你说吧。"叶佳楠摆出一副破罐子破摔的架势，反正喝过酒，胆子也肥了不少。

"原来男主读书的那间教室，在很多年前，死过一个女同学。那个女同学因为当时和人发生了不正当关系，被她班主任知道后便告诉她不请家长来学校就不让她毕业，女同学居然一跃而下，从办公室的窗户上跳了下去。然后她就一直徘徊在自己教室和死的那个地方。"小肖讲完了之后，贼兮兮地问叶佳楠，"对你有没有什么启发？"

"那我不懂，鬼小姐的衣服为什么喜欢换来换去的？"叶佳楠问。

"这不是我们讲话的重点，好不好？重点是现在你怎么办？"

另一个女同事说："我听见过一个说法，你可以试试。"

"说来听听。"叶佳楠洗耳恭听。

"你睡觉的时候叫它替你关灯，说你明天会替它烧纸，如果关了，你就第二天照做，如果灯没关就不用理它。"

"遇见恶鬼什么都不管用。"刘总监和蒋总说完话，又在这边插嘴说："小叶，教你一个绝招。"

"什么？"

"泼狗血。"

"那屋子得搞得多脏。"叶佳楠说。

"命都快没了，还管脏不脏。"小肖说。

"知道《聊斋》吧？"刘总监抿了口白酒问。

叶佳楠点点头。

"《聊斋志异》里面有个故事，讲的就是有一位姓于的侠士被妖术陷害，后来把狗血浇到地上，救了自己。"

叶佳楠瞄了一眼老刘叔，真不知道他们在逗她开心，还是讲真的。

等吃完饭，刘总监居然递给她一个装水果罐头的玻璃瓶子，里面装着半瓶黑红的浓稠液体……

"狗是人类忠实的朋友。"叶佳楠说。

刘总监没好气地说："这是鸡血，人家老板听说你一个小姑娘住在来历不明的房子里遇见怪事，还替你专门在里面加了点公鸡冠子上的血，效果更好。你拿着以备不时之需。"

"……"

不时，之需？

吃过饭，小肖的车载着他们原路返回。

叶佳楠到了新家的小区门口，下车后跟大家告别。

刘总监还不忘记提醒她："一定不能不当一回事。"

小汽车扬长而去之后，叶佳楠站在原地看着手里那玩意儿，真不知道如何是好。碍于老前辈的热心肠，她双手捧回了家。

都说喝酒能壮胆，叶佳楠此刻才深切地体会到这句话的真谛，她甚至打电话给何茉莉叫她晚上不用来了，然后洗了个澡便倒头大睡。

夜里，叶佳楠做了个梦，梦见小肖故事里的那个女同学对她说："我换衣服是因为跳楼的时候，腿摔坏了，多丑啊，要是我穿着长裤遮起来，他就不知道了，你瞧瞧是不是？"于是，还将裤子撸起来给她看。

叶佳楠陡然就被惊醒了。

她在黑暗中瞪大了眼睛，恍惚之间听到一些异动。因为酒劲还没过，她的脑袋有些昏昏沉沉的。刚开始还不确定，她屏住呼吸，竖起耳朵听了一会儿。

似乎是——水的声音。

哗啦、哗啦。

明显就是电影里恶鬼即将出现的那种基调。

然后过了片刻，又有了点别的动静。

她心中突然升起一种"死猪不怕开水烫"的豪迈，掀开被子从床上起来，拿起墙角边刘总监给她准备的那瓶鸡血，悄悄地开门出去。

叶佳楠轻手轻脚地走到客厅。

光线很昏暗。

叶佳楠打开玻璃瓶的瓶盖子，把装了鸡血的玻璃瓶端在手里，小心翼翼地沿着客厅走了一圈却没发现任何异常。她走到玻璃天井花园的跟前，发现外面下了大雨，雨水如柱般从玻璃上冲泻而下，形成一层厚厚的水帘，似乎刚才的流水声就是来源于此。

天空的颜色很暗，只有远处隐约一点光亮透过来。

她打着光脚，穿着睡裙，此刻才觉得有些冷，心里长长地松了口气，正要转身回卧室的时候，一道呼吸声突然从后背传来。

那声音又轻又浅，却好像黑暗中的一束电流，一下子触动她的神经。叶佳楠尖叫起来，然后闭上眼睛飞速地转过身，将手中玻璃瓶里的鸡血朝黑影瞬间泼出。结果因为太情急、太害怕、太用力，连瓶子也同时扔了出去。

瓶子没砸准，"咚"一声和另外一个重物一起落到地上。

叶佳楠慌乱极了，下意识地想抓起旁边的台灯当作防身武器，准备迅速地进行下一轮攻击，却不想对方的动作却快如闪电，一把抓住她的手肘，往内用力一拧，立马让她吃痛地乖乖扭过身去，手被反剪在背后，胸口和额头狠狠地砸在小花园的玻璃墙上，磕得眼冒金星。

这串擒拿的动作，一气呵成，瞬间便让她动弹不得。

叶佳楠被摊煎饼似的抵在天井的玻璃墙上，后面这人除了那只手没有任何地方跟她有接触。那只手紧紧地捏着她的左胳膊，贴着她皮肤的掌心，温度略暖。

是人，有体温的人。

她心里有了这个答案后，放下心来，但是顷刻间又开始担忧——入室抢劫？

叶佳楠脑中顿时警铃大作，想起前几天在网上看到的杀人狂魔跟踪年轻女性入室奸杀、分尸的新闻。

"你是谁？你要干吗？"叶佳楠硬着头皮问了两句。

"这问题，我觉得只有我才有资格问。"对方答。

男人的声音，倨傲无比。

这问答虽然没有让叶佳楠得到什么安心的结果，却让她觉得对方心理上仿佛放松了警惕，而手上的钳制也不如刚才那样令人动弹不得。

她飞速地在心中计算了一下，是挣脱对方跑回自己房间锁上门打电话报警的成功概率比较大，还是冲出大门去向小区安保求助比较快，或者是扑向茶几拿花瓶继续砸对方一次？

空气中血的腥味弥漫开。

就在她盘算的那几秒钟，男人的手已经放开她，似乎还想要将她翻成正面。

叶佳楠抑制住猛跳的心，抓住一刹那的机会，拼命挣脱开，朝着自己房间门狂奔去。

可惜——

有一句话叫"自作孽，不可活"。

她才迈出两步，就踩在自己扔出去的玻璃瓶子上，脚底一滑，身体侧着狠狠地砸向地面。她下意识地用手支撑。

一瞬间，叶佳楠的耳朵仿佛听到了"咔嚓——"一声，随后左肩膀传来一种足以让她窒息的疼痛。

她知道自己左边肩膀大概脱臼了。

小时候受过伤，同一个地方连续脱臼过好几次，所以后来连游泳也放弃了。

她甚至连叫喊的声音也发不出来，喉咙里模糊地嘤了一下，几乎痛晕过去。

男人没有追她，而是移动脚步去墙边开灯。

灯光亮了。

叶佳楠躺在地上，偏头眯了下眼睛，缓缓地适应着光线的降临。

男人往回走了几步，侧着头问了一句："叶小姐？"

叶佳楠闻声吃力地抬起眼帘，无奈对方太高了角度又不对，她不得不挪动了一下脑袋，这才看到了对方的脸。

高直的鼻梁，深沉的眼，还有那副微微一抿就看不见唇珠的红润嘴唇。

这个入室行凶的恶人不是行崇宁，还能是谁？

虽然疼痛难忍，但是那十多种法制节目里看到的死法，被她从脑子里驱赶出去，心突然就松弛下来。

叶佳楠自己缓缓地拉着沙发扶手直起身体，又瞥了一眼对方。

待视线再一次触到行崇宁的那张脸，叶佳楠忍不住有些幸灾乐祸了。

如果不是因为她此刻也痛得身不由己，叶佳楠觉得自己肯定会当着行崇宁的面，没心没肺地笑出声来。

事后，她再回想起来，都不得不佩服自己，那瓶鸡血居然在她如此慌乱的情况下还泼得那么准。

行崇宁的身上、脸上、胸口、手上都是鸡血。

而当行崇宁在灯光下察觉叶佳楠对自己泼出来的是什么的时候，脸色骤然一白，跟跄地退了一步，几乎没法继续垂眼打量自己。

他匆忙地合上眼睛，深呼吸了好几下，待自己恢复镇定后才将眼帘打开，神色中的怒意顿时更盛。

因为是她瞬间泼出去的，所以血液是喷射状的，有一股正好洒在他的眼下，随后液体受到地心引力流过颧骨，一直滴到下巴，那抹猩红配着他粉润的唇和深邃的眉眼，居然有一种妖冶的美感。

而行崇宁似乎有些怕血，逃似的离开客厅，飞速地走到厨房，将水龙头开到最大，僵硬地冲刷自己的双手和脸。

其实叶佳楠还没明白这究竟是怎么一回事，脑子里没有任何头绪，占据全部大脑的仅仅就是一个字——疼。她从小就怕疼，幼时打个针都可以号到整层楼都不得安宁。

此刻，她仅仅是想用另外一只手摸摸自己的肩膀，没想只是轻轻动了下，便疼得想要骂街。

行崇宁洗干净手后，回到她跟前，居高临下地打量了她几眼，发现她身上也沾了血迹之后，他迅速地移开了视线，再也不看她，然后拿起手机给助理打了个电话："方昕，我是行崇宁。"

"行先生，您说。"对方还没睡。

"你过来一下。"行崇宁说。

"好的。"

"我这里有人出了点意外，你送她去下医院。"行崇宁解释了下。

"怎么回事？行先生，您还好吧？"方昕疑惑道。

"我没事，你来了再说。"他答。

行崇宁打电话的时候，始终站在距离血泊好几米远的地方，手机挂断后，他回头对叶佳楠说了句："叶小姐，希望你恢复精力后，能向我解释下今天晚上发生的一切。"语气真是嘲讽极了。

叶佳楠狠狠地盯着他，如果眼神可以释放热量的话，她估计自己的双眼能在他身上戳出两个洞来。

那位叫方昕的助理离这里很近，不到十分钟就赶到了。

方昕进门看到这一地的狼藉，心中一咯噔，然后再缓缓走近，看到了叶佳楠。

她们上次在山月庄开会的时候见过。

此刻的叶佳楠靠在沙发扶手边，赤脚坐在地上，蹙着眉，合着眼。她皮肤白，轮廓深，两条密眉又黑又直，齐腰的黑发散落在肩上，再加上那因为疼痛而苍白的唇，连作为女人的方昕都觉得这样的面目，在如此雨夜中，十分具有吸引力。

而在场唯一的那位男性，此刻却一点兴趣也没有。

"叶小姐。"方昕轻轻蹲下唤了她一声。

叶佳楠睁开眼："方助理。"疼痛缓了会儿，她精神好多了。

"伤到哪里，我看看？"

"肩膀。"回答这句话的是从楼梯走下来的行崇宁。

他换了身衣服，手里还捏了张毯子，随手扔在了叶佳楠身上。叶佳楠觉得他根本不是怕她凉，而只是想遮住她身上的血迹。

方昕小心地将叶佳楠的左手放好，然后用毯子把她裹了起来，无奈毯子不够长，叶佳楠又有些高，一双小腿还露在外面。方昕起身，想找个什么东西给她套上。

"不用了，你去开门。"行崇宁说着，微微一俯身，想将叶佳楠横抱起来。

叶佳楠身体一缩，吐出两个字："走开。"

行崇宁哪会听她指派，压根儿就当没听见。

眼看他的脸和身体越来越近，叶佳楠的一只手已经失去知觉，另一只手要撑着身体避免倒下去，所以情急之下伸出右脚的光脚丫抵住他的胸口，用动作直接阻止了他的靠近。

行崇宁十分不悦地瞥了眼蹬在他胸前的那只赤脚。

毛毯因为她的动作而被掀开了，行崇宁的视线又向上移动了一小截距离，在某个地方顿了顿，冷言冷语地问道："叶小姐，你觉得你穿条裙子，再张开腿，朝我摆出这样的姿势，合适吗？"

话音刚落，叶佳楠的脸瞬间就红了，被烙铁烫了似的飞速地放下脚，"你无耻！"

没了阻碍，他伸手一揽，便把她抱在怀里。

叶佳楠压根儿不想挨着他，脸偏开，没必要接触到的地方一点儿也不想接触。

行崇宁说："你放心，我也不喜欢这样。完事之后，我会把全身上下重新再洗几遍。"

-3-

他们开车到了最近的医院。

下车前，方昕将车里自己常备的一件外套给叶佳楠披上。叶佳楠左边的肩膀现在不敢钻袖子，外面又冷，于是方昕又把行崇宁的那张毯子再给她披了一层。

"我可以自己走。"叶佳楠说完后，弯腰套上了方昕给她拿的拖鞋。

于是行崇宁去挂号，方昕扶着叶佳楠直奔急诊科。

医生打发走前一个看肚子痛的，瞥了眼叶佳楠，问道："怎么了？"

"好像肩膀脱臼，不知道伤到骨头没有。"方昕连忙回答。

"哪边？"

"左边。"

医生走过去抬起叶佳楠的手查看了下："应该只是关节脱臼了。怎么弄的？"

"和人打架时，摔的。"叶佳楠说着瞄了一眼挂号归来的行崇宁。

方昕有点尴尬地拨了拨耳发。

值班医生有些年轻，带着一颗好奇之心看了看叶佳楠，视线在她衣服上有血迹的地方停顿了一下。

"脸上呢？"医生又问。

此刻的叶佳楠除了衣服有血迹以外，脸颊和额头也肿了起来，那是行崇宁在黑暗中一把将她按在玻璃上的时候，因为速度太快，被磕到了。

"撞的。"叶佳楠说。

她刚才本来完全没注意，被人问起来才觉得脸上火辣辣地疼。其实还有一个地方，叶佳楠不好意思说，那就是胸也撞痛了……

医生又问："身上的血怎么回事？"

那医生大概有三十岁，再一次狐疑地将目光在行崇宁、叶佳楠和方昕三个人身上来回流连了一番。

叶佳楠从这位医生的神色中可以判断，对方应该已经自动脑补一部家庭伦理的狗血大戏。

于是，叶佳楠急忙解释："这是狗血，不，是鸡血。"

这医生最后还是决定将重点继续放在患者身上，问道："以前这个地方有过脱臼吗？"

"有，以前脱臼过很多次。"叶佳楠老实交代。

"过去是怎么弄的？"

叶佳楠避开医生的视线回答说："很久了，不记得了。"

"那就是关节习惯性的。"医生说，"以后要小心点。"

她的肩膀关节已经肿了，被医生一揉，痛得眉毛鼻子都皱在一起。

"要先带患者去拍个片。"医生说。

"好的、好的。"方昕忙不迭地答应着，接过单子，护着叶佳楠去拍片。

急诊室里，顿时只剩下医生和行崇宁两个人，医生说："家属过来填下资料。"

行崇宁迟疑了一下，才确定医生叫的是他。

"家庭住址、职业、电话都补充一下。"医生将本子和笔推过去。

他原本站在门口，双手揣在兜里，头侧了一下，远远地看了眼那个登记册说："一会儿她们回来填。"

医生对他的态度有点无语，收回登记册说："你说我写。"

行崇宁只得将自己的地址和电话号码报了一遍。

等方昕带着叶佳楠回来的时候，医生的电脑里已经可以直接查到拍片结果了，医生看着片子说："骨头没问题，尽快复位就好了，怕不怕疼？不怕就不需要用麻药。"

"要打！"叶佳楠觉得自己生平第一次有这么强烈的打针的欲望。

到了治疗室，因为要脱胳膊上的衣服，行崇宁避讳着没有进去。只听见叶佳楠哎哟哎哟地惨叫着，护士笑声传来："忍忍，你一个大姑娘怎么打个针都这么怕疼？"

过了会儿，医生进去，一阵安静。

方昕的电话响了，她压低嗓音匆匆说了句："我这边完事就回去，你就不会先哄哄孩子？"

几分钟后，又听见医生说："放松，你先放松。"

"大夫，我也想放松啊。"叶佳楠欲哭无泪。

而后，叶佳楠一个闷哼，便没了别的声音。

第一个出来的是医生，他出门看到行崇宁开口嘱咐说："让她在这里观察下，然后我给她开点消炎药，一会儿输完液再走。你先拿单子去缴费。"

行崇宁照做。

等他缴费回来，看到方昕站在诊室门口又在对着电话说："我实在走不开。"

方昕收了线才看到背后的行崇宁，她说："行先生，太晚了，您要不要先回家去休息下，我一个人就可以。"

行崇宁却反问："家里有事？"

方昕尴尬地笑了笑："孩子在家里吵闹。"

"那你先回去吧，这里有我。"行崇宁淡淡地说。

"车怎么办？"

"你开走吧，我自己叫出租车回去。"行崇宁答。

送走方昕后，他把票据交给护士。护士看了下收费单，配好了药，端着盘子去输液。

他在观察室外面等了片刻，等护士将一切弄好了才走到门口。

此时的叶佳楠正在纠结中，她的左手因为需要简单地固定下，所以医生缠了根纱布替她挂在脖子上，而唯一可以活动的右手又被扎着输液的针头，她本来很感激方昕来医院前还细心地替她拿了手机，但是此刻却仿佛没有用武之地了。

她一个人靠坐在病床上，腿上搭着护士给的棉被，四周静悄悄的，有一种过一秒钟都十分漫长的错觉。她活动了下扎着针的右手，小心翼翼地从衣服口袋里夹出了手机，然后平放在自己腿上。

做完一系列动作后，叶佳楠一抬头，才发现行崇宁一直站在门口。

她懒得理他，又垂下脸笨拙地用一个指头点击着手机屏幕。

行崇宁拉了把椅子坐在离病床有两米远的墙边。他眉心皱着，双臂环在胸前，一言不发地盯着输液管中间那一滴一滴往下坠的液体。

坐了一会儿，她觉得屁股有点酸，于是挪动了一下，没想到腿上的手机顺势一滑，"咚"一声从床上掉到了地面。

声音引得行崇宁将视线转移到那个手机上。

叶佳楠瞅了他一眼，但是他却纹丝未动。

手机静静地躺在地上，刚开始屏幕的灯一直亮着，几十秒后就熄灭了。

她倒也不期待能劳烦到他，于是自己摸索着起来，踩在自己的鞋上，小心护着扎着针的那只胳膊，蹲下去自己捡起来。

等她回到床上，又一次对手机游戏入迷到忘我的时候，行崇宁终于有了动静。他缓缓起身，走到门口对隔壁的护士说："这边输液没有了。"

他太久没说话，声音显得很低，说到"没"那个字的时候，还有些破音，于是他清了清嗓子，又重复了一遍。

护士热情地跑来又换了一瓶。

手机玩到只剩两格电的时候，叶佳楠觉得自己有些内急。

她咬牙忍了忍。

之后，急诊室又来了病人，是个五六岁的孩子，手上打着石膏，之前胳膊跌断了，半夜突然又说手疼，还突发高烧，家长不敢怠慢又送来看急诊。

于是医生与护士忙忙碌碌，来去匆匆。

妄图转移注意力的叶佳楠终于熬不住了，环视了一圈都没有找到那种有轮子可以挂液体的移动输液架。她好不容易找着个可以求助的白衣天使的身影，立刻坐起来憋足了气，然后大声地对门口喊了一句："医生，你帮我找个点滴架，我要上厕所。"

刚才那位值班医生正在忙，随口应了她一句："这边没有，你家属不是在旁边吗？让他提着，跟你去啊。"

她一瘪嘴，干脆起身下床自己去取输液袋。

无奈她不敢动作太大，踮起脚站在地上，第一次伸手没能够到，第二次再抬手，针管里回血了。

这时，行崇宁走过来伸出一只手轻轻松松就把输液袋取了下来。他站在她的身后，个子很高，让她有一种难以言表的压迫感，何况刚才他一把拧住她胳膊，顺势把她推在墙上的痛感还在脑子里残留着，叶佳楠顿时觉得头皮发麻。

"我自己来。"她说。

"我估计这个你干不了，厕所很远。"他答。

厕所果然很远，要从急诊室穿过整个一楼的走廊，走到那一边的尽头。她走在前面，他慢半步，稳稳地举着液体。

走到厕所门口，左边是男厕，右边是女厕。

"我应该选左边，还是右边？"叶佳楠故意问。

"你可以选择就地解决，我都无所谓。"他用眼睛示意了下中间的盥洗台。

她瞧着盥洗台墙上的镜子，正对着他的脸，狠狠地剜了他一眼。

幸亏，遇见一位正巧来如厕的护士才终于解了围，将叶佳楠带到了女厕所。

回到病床上，她不禁问道："你这辈子是不是受过情伤，所以性格有这么多缺陷？骄傲自满，目中无人，自以为是。"

他斜睨了她一眼，未动怒，也没有接话。

"好吧，现在我们谈谈。"她又说。

"你应该先跟我解释一下为什么会出现在我家。"他说。

"明明是你莫名其妙地出现在我家好不好？"她争执。

"你确定？"他反问。

"我……"叶佳楠有点心虚了，"我就是确定。因为业主的名字又不是你。物业费和水费单子上面业主的名字明明写的就是行争鸣，又不是你。行叔叔是我妈妈的朋友，他让我暂时住这儿的。"叶佳楠瞪大眼睛，摆出一副"不要以为你们一个姓也许是亲戚，你就可以鸠占鹊巢"的表情。

"行争鸣是我大哥。"他简明扼要地说。

"那又怎么样？"她问。

"你明天搬出去，医药费我付，钥匙还给我。"他说。

叶佳楠的犟驴脾气被他惹了出来，还产生了一种被敌人逮到痛处，却要死撑着面子的强大自尊心，于是她恼羞成怒，咬牙切齿地强调道："你有什么权利撵我走，是行叔叔叫我住的！"

行崇宁坐在刚才的椅子上，长眉深目。

本来他没有正脸对着叶佳楠，此刻听见她的这句话，脑袋轻轻一侧，视线转过来，拿眼角淡淡瞄了她一眼，下巴微微仰着，不急不缓地对她说："那么，现在坐在你跟前的另一位行叔叔，叫你不要住了。"

叶佳楠靠在病床上，而他坐在椅子上，她这边的底基明明比他高出一截，却有一种他在高处俯视着自己的感觉。

对着他那张写满倨傲的脸，叶佳楠觉得若不是心疼自己的钱，她会立刻用手机使劲朝他脸上扔过去，然后拆了绷带，再打一架。

—4—

时间到了半夜两点，叶佳楠的手机终于被自己折腾得没电了。

她放下手机。

对于行崇宁，别的不提，叶佳楠特别佩服他坐在那里，从来不玩手机，单单闭着眼睛就能打发时间，关键是还能保持不睡着。

护士给她加了最后一瓶液体之后，行崇宁也跟着走出了观察室。

叶佳楠听见他在外面问护士哪里有二十四小时的便利店。

那位护士大姐一晚上都很繁忙，态度却十分热情，急忙给行崇宁左边右边地指路。

同在输液的还有刚才那个来看骨折的孩子，现在已经睡着了。

观察室里异常安静，叶佳楠缩到了被子下面，仰面躺着，她原本只想闭着眼睛休息一下，没想到竟然迷迷糊糊地睡着了，睡梦中似乎也能听见窗外风的声音。

也是这样吹着风的寒夜，在她印象中最深刻的大概算八九岁的一天。母亲带着她和妹妹一起坐火车去奶奶家。因为头一天亲戚突然来电话说，奶奶病危了，当时去奶奶家最方便的便是坐火车，但是火车到达 B 市的时间大概是半夜。

于是，妈妈便半夜将姐妹俩弄醒出门。幸好家离火车站不是太远，走路半小时就可以到。

那天凌晨，妈妈一手拿着行李一手牵着妹妹，妹妹的另一只手牵着她。三个人就这样走在空旷无人的大街上。

那一年，她好像刚上三年级。妈妈的小生意刚刚起步，妹妹已经在学游泳，但是还没有转去省体校。

后来，她也经历过无数次这样的时光。从国内飞美国，再从美国飞国内，经常会在凌晨时分坐在世界各地的机场等待着自己的航班。

等待着远处的灯一盏一盏熄灭，然后经过漫长的夜，又一盏一盏地再次苏醒，却没有任何一盏和自己有关。

经历过那样寂寞的时刻，才真切地体会到什么叫孤独。

她睁开眼，看到对面的小孩子醒了躺在自己父亲的怀里，又开始嚷着自己手疼，还挣扎着要拔掉输液管。

这时，行崇宁重新回来，被他一同带进屋的除了深夜里寒冷的空气以外，还有一股尼古丁的味道。

看来他不是买吃的去了，而是买烟。

可是上一回在山月庄，刘总监约他去吸烟室，他当时明明说自己不吸烟。

行崇宁坐在他刚才坐的那把椅子上，眼神不经意地扫过叶佳楠。

他的目光一顿，在她脸上停滞了一下。

旁边孩子的妈妈在安慰着孩子："明明，不怕，不怕，我们明明非常勇敢，也不怕疼。大家都要表扬你勇敢，你看叔叔阿姨都在看你。"

孩子一转头看了一眼叶佳楠这边，然后说："妈妈你看，那个阿姨都害怕打针，她也哭了。"

叶佳楠微微一愣，怕疼的她被他按在墙上的时候没流泪，肩膀摔脱臼的时候没流泪，刚才却不知道自己怎么的，竟然陡然就哭了。

她用手赶紧抹了抹脸上的眼泪。

那位妈妈也察觉到了叶佳楠的眼泪，有点尴尬地岔开话题："阿姨她不怕打针，好了，妈妈的手机给你看动画片。"

孩子却十分好奇大人的眼泪，看了一眼行崇宁，问道："阿姨不怕打针为什么哭，是这个叔叔刚才出去，阿姨就以为叔叔不要她了吗？"

年轻的妈妈将孩子的脑袋掰了过去，及时打开手机视频，阻止了孩子的"十万个为什么"。

两个人沉默着，直到液体滴完最后一滴。

走时护士还不忘记叮嘱："这几天伤到的手少用力，绷带别拆，输液还要输两次，你明天下午……哦，不，你今天下午，可以晚一点来。"

"可以洗澡吗？"叶佳楠问。

"可以啊。你肩膀肿的地方也可以拿冰敷一下。"

行崇宁没有车，于是两人走到医院大门外，站在路边拦出租车。室外的冷风灌进叶佳楠的裙子里，引得她一阵哆嗦。

这时，来了一辆下客的出租车。

待前面的客人付款下车，行崇宁打开车门，准备上车时，下意识地替叶佳楠拉开了后车门。

回到家，行崇宁按开灯，门厅玄关的灯光正好射在桌面那个地球仪上，他瞄了它一眼，下巴仰了仰，伸手拿指尖轻轻一拨，正面转到大西洋。

叶佳楠突然就恨死这个地球仪了。

朝客厅走了几步，行崇宁陡然定住，最后一步迈出了右脚，又收了回来，皱紧了眉头。

感觉他好像记性不好，这下才想起来家里还摆着一堆乱摊子。

他一脸头疼地对叶佳楠说："你记得把客厅收拾干净了以后再走。"

"我为什么要收拾？"

"这是你弄脏的。"

"你刚才不是撵我，要我马上走吗？你自己找你的钟点工。"

"这个时间，我上哪儿去找钟点工？"他来气道。

"那你忍忍就好了。"

"忍不了。"他说。

"那你自己扫。"她说。

行崇宁没有继续说话，而是将目光定在了某处。

叶佳楠顺着他的目光看过去，那是沙发旁边掉落的一块木头，不规整的长条形，大概跟电视机遥控器差不多大，远远看去就是一块朽木，记忆中应该是她"泼血"的时候从他手中碰掉的那个重物。

沙发前那个被扔在地上的玻璃瓶子还倒着，里面剩余的一点血液已经变成了黑红色，四周一片狼藉。那块木料的表面也溅了一滴血迹上去。

行崇宁迅速瞥了一眼四周，纠结地收回视线。

"我允许你多住一天。"他说，"你马上把客厅给我弄干净。"

切——

谁稀罕。

她冷笑着说了句："谢谢，行叔叔，我心领了。"

"多住两天。"他抬高了报价。

"其实很简单啊，你自己打盆水拧个毛巾，趴在地上擦擦就干净了，也不至于恶臭，就是闻起来很腥，毛巾记得擦了之后在盆子里多搓搓，估计能把一盆子的水都染成跟血水一样。你要赶紧啊，不然时间久了地毯沙发什么的，还有你那块宝贝的木头，万一血渗进去，就再也弄不干净了，后悔也来不及了。"

叶佳楠不说还好，一说起来行崇宁都觉得自己的胃液在翻滚。

她一边说一边得意扬扬地托着那只挂着绷带的胳膊往自己房间走。

他看了一下腕表上的时间，还不到四点。

他不是个喜欢用私事麻烦别人的人，更何况这个时间无论哪个家政都没有开工。但是，他觉得自己一秒钟都忍受不了，若不是他白天画的那些才画了一半，又不愿意挪动它们，让人碰乱，他铁定马上锁门走人。

行崇宁看了眼自己那块躺在血泊中的木头，想了想，最后有些咬牙切齿地说："你想住多久就住多久。"

叶佳楠的动作停下来，背对着他，问道："但是你还要住这里？孤男寡女的，多不好意思。"

"我只是最近白天在这里用一下二楼工作室，晚上你下班回来看不到我。"他用手指揉了揉鼻梁，有点疲惫地回答。

"那你今天晚上怎么在？"她转身问。

"今天是例外，我工作的时候没注意时间。"他按捺住脾气解释说。

"一言为定？"

"一言为定。"

"我这么伤着，好几天都上不了班，你知道的，我们老板被你的事情都快烦死了，天天叫我们加班，他会把我开除了的。"叶佳楠的嘴角扬起来。

"我让方助理替你请假。"

叶佳楠知道什么叫见好就收，于是她压下嘴角，敛容正色地对着他，装着一副不甘愿的表情说："成交。"

"给你二十分钟，"他说，"你先收拾我那块沉香木，不然要毁了。"

她对他比了个 OK 的手势。

行崇宁这才放心地上楼去换衣服洗澡。

叶佳楠看着他的背影，摸着自己被磕肿的脸，心里却乐开了花。

小样——看姑奶奶我不收拾你。

-5-

叶佳楠这人除了生来比较怕痛以外，其余神经都比较大条，但是也绝对不是厚脸皮。如果不是行崇宁一上来就动粗，还摆着一副好像全世界都欠着他钱的骄傲脸色，她反而会尴尬、羞愧。因为自己的无能而寄人篱下，又找不到住处，害母亲担心，又不明情况地占了别人的地盘。

正常情况下，她的做法应该是先收拾行李，等天亮后给妈妈打个电话，让她向行争鸣说明下情况，然后道个谢再搬出去。

但是，世界上就是有叶佳楠这种人，行崇宁激起了她的好胜之心，所谓不蒸馒头争口气。

以至于，现在她一心只有一个目标：赖在这里，硌硬死行崇宁。

二十分钟的时间很短。

叶佳楠在刚才输液的时候睡了一会儿，以逸待劳，现在精神还不错。虽说右手吊着绷带不能用，但是丝毫不妨碍她的麻利动作。

她从小就比同龄的孩子懂事，家里没人照看的时候都是她给妹妹买菜、做饭、洗衣服，所以虽然肩膀伤着，在她看来都不是多大的事。

叶佳楠回房间套了条运动裤，又去一楼洗手间接了一桶水，提到客厅里费劲地干起活儿来。唯一的困难就是拧抹布的时候，单手确实不太好操作。

先把台灯扶起来，再擦茶几、擦地，洗抹布，又换了一次水……过了一会儿，她汗流浃背地弄了一大半，抬头一打量，才猛然想起沙发另一边的那块木头差点给忘记了。

她迅速将它捡起来，端详了一下。

如果不是为了它，依照行崇宁平时的脾气怎么可能让她为所欲为。

那东西乍一看是一块腐朽的木料，朴实无华，甚至可以说是又烂又丑，其实却是块货真价实的沉香木。

她在国外学的是服饰配饰设计，对于东方的木料，课堂上只略讲了皮毛。不过，因为母亲的生意是做这一行的，所以她在耳濡目染之下，虽不能说非常精通但是肯定比一般人懂得多。

这是一块顶级的棋楠香，在沉香中特别稀有，质地呈丝状，所以和普通木头比起来显得有些软。

如果当时她先看到这块棋楠，那手中的鸡血是无论如何也不忍心泼上去的，这样的一块棋楠，是普通的沉香在自然界中经过各种巧合、磨砺、淬化而成的。

如今，它的上面却溅上了一滴已经干涸的鸡血。

叶佳楠懊恼地回房间里找了一条崭新的毛巾出来，蘸了点水，擦了一擦，发现血迹已经渗了一层进去。

这时候，行崇宁洗了澡，换了身衣服从二楼下来。

只见他顶着一个湿漉漉的脑袋，大概是用大毛巾擦了头发的缘故，感觉连眉毛也揉得乱糟糟的，脸蛋被热水熏得微红，甚至连脖子以下的皮肤都有着明显的红色。她远远地瞄了瞄他，不知道他究竟是水洗得太烫，还是真拿刷子把全身狠狠地刷了一遍。

楼梯下到最后几个台阶，行崇宁往叶佳楠手里看了看，伸出手说："东西给我。"

叶佳楠起身将沉香木递给他。

行崇宁一眼就看到了那点血迹，顿时皱了皱眉，随后环视了四周一圈，看到还放在那里的桶："你还没弄干净？"神色十分不满。

叶佳楠有些窝火地抹了下额头上的汗："叔啊，您没见我只剩一只手了吗？我已经很努力了。您全身上下加起来才多大点面积，只是洗个澡而已，不都费了这么久的时间？"

行崇宁才懒得和她浪费唇舌，瞥了她一眼："再给你五分钟，不然刚才的口头协议都作废。"

叶佳楠顿时气得差点爆粗口。

她强迫自己冷静下来，深深地吸了口气，忍了忍才说："你不能这么过河拆桥言而无信，有点同情心好不好？"

"我的所有承诺都是建立在给你二十分钟这个时效上的，怎么能叫言而无信呢？"

"可是我已经很努力了。"

他看了下表，一副事不关己的样子："你还有四分四十秒。"

"我 ×！"她终于忍不住了。

行崇宁面对她的粗鲁倒没怒，十分冷淡地反问了她一句："你觉得照你这性别特征，能 × 得了谁？"

"……"

"四分二十秒。"行崇宁说。

第四章
应许之地

叶佳楠一觉睡到下午两点。

雨，好像在她睡着的时候，又开始下。

她穿戴整齐后，才打开房间的门走了出去。一楼的客厅，因为昨天打开窗户通风透气所以显得有些冷，同时还飘浮着雨中的湿润气息。

除了她以外，客厅里还有一位埋头擦地的大姐。

看到叶佳楠之后，大姐拿着抹布站起来说："我动作很轻的，没有打扰到你吧？"

叶佳楠摇摇头，抱歉地笑着说："给您添麻烦了。"

她瞥了一眼行崇宁二楼的房间，门紧闭着，没有一丝声响，应该是早就走了。她有些好奇地上了二楼。

叶佳楠只在搬来的第一天上去转悠过，二楼只有一间屋子，而且还锁着，所以她没有过多地琢磨过。

走到门前，叶佳楠试探性地敲了敲门。

等了片刻，和预料中一样，没有人。

他不在。

她轻轻地扭了下门把手，竟然没锁。她握着门把手，迟疑了下，最终还是没有推开它。

没多久，那位保洁的大姐也收工了。

她从柜子里找了一盒自己前几天买的方便面泡来吃。吃完后给小肖打了个电话。

"你怎么了？怎么突然请假啊，真病了？"小肖劈头就问，"为什么你生病那个方昕也知道，听说还给刘总监打了电话呢？"

叶佳楠睡觉前给小肖发了条短信，请她帮自己跟老板告个病假，没想到行崇宁真的信守承诺，已经叫助理帮她请假了。

"我肩膀脱臼了，估计这几天都来不了，还要每天去输液，如今还挂着绷带。"叶佳楠解释道。

"不是吧，你昨天捉鬼，被鬼反扑了？"

"还不是被你们害的。"

"我们？你喝高了，摔跤了？"

"一言难尽了。我今天下午输液的时候去叫医生补张假条，等我上班再带去。"她知道公司的规矩。

"你请几天？"

"就今天一天吧，明天就是周末了。"

"我来看看你吧。"

"别了，没什么大不了的，其实早就可以活动了，就是好不容易能找个借口休息几天。"

挂了电话，叶佳楠收拾了一下包，就准备溜达去医院。

要出门的时候，她打量了一下那个地球仪，鼓起腮帮子，不服气地又把它弄到太平洋那面去。

叶佳楠独自坐车去医院输液，为了避免一个人太无聊，她站在门诊部大门口的杂志摊前徘徊了一阵，在一堆文学、财经期刊里面挑了一本封面印着"千重珠宝和泊灵表业首次牵手"字样的时尚杂志。杂志套着塑封口袋，也不能拆，于是她瞄了一眼就匆匆付钱了。

门诊输液室，患者比晚上急诊观察室的多了许多，压根儿没有床，她只好找了个空位置坐着输液。

虽说今天是她一个人来的，但是脱臼和扎针都变成同一只手，方便多了。

没想到，叶佳楠打着点滴正准备看书，居然接到了行争鸣的电话。

叶佳楠有些吃惊，没时间研究怎么应付，于是忐忑地说了句："喂。"

"小叶？我是行争鸣。"

"行叔叔好。"不知道为什么，现在一提起这个称呼，她就有点牙疼。

"住得怎么样？"对方问。

叶佳楠不知该如何回答，也不了解是不是行崇宁对他说了什么，只好含糊地说："挺好。"

行争鸣呵呵笑了："那就好，还怕你不习惯。"

"哪有，给您添麻烦了。"

"我今天回国了，刚刚到，明天晚上陪行叔叔吃个饭吧，这么多年了，我还从来没见过你。"

"不用了，净给您添麻烦，您长途跋涉，应该好好休息一下。"叶佳楠说。

"你妈妈来那天，我恰好不在，现在回来了无论如何要见见你。明天晚上六点，我叫司机去接你？"

叶佳楠从和行争鸣的谈话中能感觉到他还什么都不知道，既不知道自己现在和行崇宁在同一栋房子里活动，也不知道昨晚他们发生的事情。

叶佳楠盛情难却，只好说："好吧，我在家等。"

"那到时候见。"行争鸣满意了。

挂了电话，她重新翻开杂志，一页一页地读着，读完了三分之一之后发现在千重珠宝的专版后面，除了泊灵表业以外，还有一些居然是关于行崇宁的。

上面有一张他的照片，照片风格和一般采访有些不一样，并非正面，拍摄的仅是他的背影。他穿着衬衣和西裤，衬衣的袖子就如她在帝王谷看到的样子，随意地卷在手肘处。照片上的他，背对着摄影师，站在玻璃幕墙前，低垂着头透过玻璃看着楼下的车水马龙，那背影居然让人感觉有些落寞。

叶佳楠随意地扫了一眼文章的开头，不出意料，都是一些华而不实的吹捧而已，她实在是没有什么好感，于是手指一翻，将那几页跳了过去。

叶佳楠回到住处的第一件事就是看一眼那个地球仪——没有动，保持原样。

他没有来。

她放下心来哼着小调，做了饭，看了会儿电视。她觉得自己的胳膊基本没有问题了，就是还不敢做大幅度运动，有点心理阴影。

她静下来后，不禁想起行崇宁的那个背影。

这男人白长了一张漂亮的脸蛋，一点人品也没有，居然翻脸比翻书还快。想到这里，她提笔理了一份协议，准备下次见到行崇宁就让他签个字，免得他又临时变卦，时不时威胁着要把她撵出去。

第二天是周六，何茉莉一早打电话来约她吃饭。

"有帅哥介绍给你。"何茉莉说。

"别再说帅哥了，我看到帅哥就头皮发麻，还有心理阴影。"

"那你准备喜欢女人？"

"我喜欢你！你不就是女人！"

"我说真的，男人，稀缺货，今天我们吃个饭。"

"晚上有约了。"叶佳楠说。

"中午你有时间吧？"

"哦。"

"那你早点来，我们先见个面，来了我跟你说。"何茉莉强调道。

于是，叶佳楠吊着个胳膊，跟个伤兵似的出了门。十点在甜品店先和何茉莉会合。

何茉莉看到叶佳楠的绷带，大跌眼镜道："姑奶奶，你跟人打架了？"

叶佳楠没好气地把前因后果解释了一遍。

"胳膊没事吧？"

"没事。"叶佳楠将右手活动给她看。

何茉莉撑着下巴说："所以……你是和他耗上了？"

"谁怕谁。"

何茉莉抚额说："你这人一直这毛病，以前念书的时候和我吵架怄气就是奔着一副'我不好过，那你也别想过得好'的架势。"

"人争一口气，佛争一炷香，你懂不懂？！"

"那你晚上见你妈那个同学，你准备怎么办？"

"看情况。"

"哦，对了，一会儿吃饭见个男人。"何茉莉说。

男人叫陆剑，是何茉莉同事的儿子，警察，在公安局上班，二十八岁。何茉莉说："他整天扑在所里，周围全是爷们，急得他妈妈上个街都跟个雷达似的。"

"所以你就出卖我了？"叶佳楠问。

"没有！你上次不是来我们学校找我吗，然后她当场就看上你了，这些天托了我好几次。"

"敢情我长了一副恨嫁脸是吧？"叶佳楠说。

"哪有，你明明就是一张倾国倾城脸。"何茉莉笑着奉承她。

"真要去啊？"叶佳楠撒娇道。

"去看看吧，我见过，觉得人家还不错。反正就是见见面，以后做个普通朋友也行啊，反正你在这里也不认识几个人。你不是对警察叔叔挺感兴趣的嘛。"

进餐厅前，何茉莉瞅了叶佳楠一眼："姑娘，你一会儿用哪只手吃饭？"

"右手啊。"

"还好。"何茉莉说。

进了餐厅以后，那个叫陆剑的先看见何茉莉，已经早早地站了起来。高高的小伙子，皮肤有点黑，五官长得挺阳光，眉毛粗粗的却不太长。

那一瞬间，叶佳楠的脑子里却突然想起了行崇宁那道又长又密的眉。

陆剑露出洁白的牙齿嘿嘿一笑："我是陆剑，你就是叶佳楠吧。"说完，还伸出胳膊想跟叶佳楠握手。

他的手伸到叶佳楠的左边前面，发现她那边居然挂着绷带，然后急忙又换了一只手。

幸亏菜端上来的时候，何茉莉的男友徐庆浩也恰好赶到，才不至于气氛太尴尬。

长这么大，叶佳楠还是第一次相亲，虽然她嘴上没说，心里还是蛮紧张的。

饭桌上，徐庆浩显然比较健谈，带头聊了好些八卦。

"你们警察应该遇见很多有趣的事情吧。要不分享分享？"何茉莉不想冷落陆剑，把话题带给他。

陆剑说："有一个清洁工，到我们所报过两三次案，就说她扫那条街的一个下水道总是堵。"

"下水道堵也归你们管？"叶佳楠惊讶道。

"是的，只要是报了案就要管。然后我们就替她转了相关部门，疏通什么的。"陆剑顿了一下。

"完了？"何茉莉问。

"没，还有。"陆剑说，"后来又堵了，我们也挺不好意思的，因为就在旁边，所以就干脆叫人过去看看。"

"然后呢？"叶佳楠有种不祥的预感。

"然后发现了一堆头发，再往下，就是碎尸，一块一块的。"陆剑说完后，用筷子往嘴里夹了片肉。

于是，其他三个人同时不说话了，他们都没有 get 到这个故事里有趣的点在哪里。

吃过饭，因为叶佳楠说自己还有别的事情，只有分道扬镳了。临走前，陆剑扭捏地要了她的电话号码。

她一个人坐车去了医院，坐在输液室的椅子上时，收到了陆剑的短信："我到家了，你到没有？"

"到了。"她简单地回了两个字。

护士拿着输液袋子，问了一句："是叶佳楠？"

"是。"她点头。

得到确认后，护士俯下身给她扎针。完事后，护士把单子递给她："今天输完了之后就没了，明天不用来了。"

单子是医院机打的缴费发票，白色那一页给医院，粉红色的一页是患者存根，叶佳楠这两天都是凭这单子来输液。

叶佳楠拽在手里，不经意地看了一眼，却发现异样。

患者姓名三个字写的是：叶迦南。

一模一样的读音，字却完全不一样。

她第一次发现自己的名字原来还能这么写，忽觉有趣，轻轻一笑，将收据随手放进了钱夹里。

-2-

次日六点，司机准时出现在叶佳楠的门口。她把绷带解了，换了身稍微正式点的衣服，上了车。

吃饭的地方在 A 城知名的古街上。以前叶佳楠和人逛街的时候逛过这里好几次，却很少注意到这种临街却禁闭门户的小院落。没想到里面还真的别有一番天地。青砖老墙，古意浓郁，她一边好奇地张望着，一边慢悠悠地跟着店里的经理朝里走。

"这房子是后来修的，还是本来就是老房子？"她问。

"以前是清代的一所学堂。"经理含着笑说。

经理带着她拐进了庭院深处。

院里树下站着一个男人。

那是一棵橘子树，树龄不小，枝繁叶茂，上面还挂着好些大小不一的橘子，形状不大，一团团的橘黄色间插在绿叶间，微风拂面，隐隐约约能闻到那一缕缕随风飘来的橘子的果香。

而至于那个男人，就算化成灰叶佳楠也认识，是行崇宁。

只见他站在树下，打量着这棵树，最后还伸出手用食指弹了一下近旁那个长得圆润的橘子，橘子顺势晃动了几下。

"小行总，"经理显然和他熟识，张口就笑盈盈地打招呼，"您可别打它的主意。"

行崇宁闻声回头。

此刻落日将尽，庭院里已经亮起了灯，灯影、日光斑驳地交错着落在他的身上，而他肤白目深，亭亭直立，恍如琼枝玉树。

行崇宁看到了叶佳楠，一点也不诧异，大概早就知道吃饭的人里有她，目光扫了她一眼，又收了回去。他似乎心情不错，耐着性子对那经理说："看看就行了，去年你们老吴摘给我吃，我都觉得涩，还是继续挂着好。"

说完话，经理又带他们俩一起敲门进了屋。

屋里有张圆桌，桌旁坐着一个人，大概四十岁，她觉得这就是行争鸣，但是却不敢出声，因为从没有见过，就怕喊错。

那人倒是爽朗地笑着站起来说："小叶啊，稀客稀客。"

叶佳楠一听声音就确定了："行叔叔好，最近给您添麻烦了。"

"客气什么，我和你妈多少年同学了。"行争鸣揽着她的背，让她坐下，然后又指着随后进门的行崇宁说："这是我弟弟，行崇宁。以后你叫行二叔也行，叫名字也行。"

叶佳楠若无其事地喊了一声："行二叔。"

行崇宁"嗯"了一声，头也懒得抬，在旁边椅子上坐下。她不禁想起医院里他那句话："现在另外一位行叔叔叫你不要住了。"当时真想一巴掌拍死他。

行争鸣又说："怕你单独对着我这个糟老头吃饭倒胃口，叫崇宁一起来了，想着你们年轻人话题多一些。"

其实行争鸣一点也不算是老头，四十多岁了，但是看起来比实际年龄年轻，同时又焕发出一种中年人的沉稳气息，一身精致的打扮，显得蛮有魅力的。而行崇宁唇红肤白，好看是好看，但是却始终摆着一副收债脸。

"没有的事。行叔叔好年轻，根本不像是我妈的同学，要是到街上遇见我哪敢叫您叔叔，怕把您喊老了。"

"小丫头，跟你妈一样，人漂亮，说话也中听。"行争鸣笑得嘴都合不拢了。

随后，行争鸣说起了那栋房子。

"其实那是我买给崇宁的，那小天井怎么样？还是他自己的主意，楼上有他的东西，但是他也从来不用，你要是觉得习惯就一直住吧。"行争鸣解释说。

"太麻烦您了，等我找到合适的地方就搬出去。"叶佳楠说。

"你放心，你行叔叔这点能耐还是有的。一个小姑娘在这里闯荡，什么亲戚也没有，出去找房子万一遇见坏人怎么办，这小区别的不说，安保好，物业也不错。你要是觉得一个人害怕，找个同事或同学一起住都可以啊。"

"没事。"

"后来听你妈妈说，那天晚上你没回家，又没别的地方去，还人生地不熟的，一个人都不认识，把她急的哟。"

叶佳楠尴尬地笑了笑。

行崇宁看了她一眼。

　　转而，行争鸣又问行崇宁："对了，前段时间有消息说你隔壁那块地正在拆迁，市政要准备干吗？"

　　行崇宁答："要建公园绿化，四周的几栋楼全在搞爆破。"

　　"乱成这样？那你怎么办？挪个地方？"行争鸣关切地问。

　　听到这里，叶佳楠暗暗瞥了他一眼。

　　行崇宁回答道："我找了个地方，白天挺安静的，还可以。"

　　他察觉到那道落在自己身上的目光，回望了下叶佳楠，又补充了一句说："就是有时候晚上吵了点。"

　　菜被陆陆续续地端了进来。服务生一边报菜名，一边仔仔细细地摆好。

　　行争鸣说："这里上菜上得慢，所以你没来之前我就提前点好了。你看合不合你的口味，还喜欢什么，再加一点。"

　　"挺好的。"叶佳楠笑着回答。

　　行崇宁慢条斯理地拿起筷子，夹了菜。

　　他手指又白又长，拇指、食指和中指轻轻地拿住一双漆黑发亮的筷子，搭配起来有一种和谐的美感。

　　那道菜是刚刚端上来的"青筒鱼"，鱼和着作料跟新鲜的楠竹竹筒一起烹制，所以闻起来格外香。

　　叶佳楠也吃了一口，哪知道这东西看起来清淡吃到嘴里其实辣得要命，她被辣味活活呛出了眼泪。

　　行崇宁斜瞥了一眼她的窘样，缓缓地又夹了一筷子的鱼肉，送在嘴里嚼了嚼，咽下了之后还补充了一句说："今天的味道还不错。"

　　随后，行争鸣一边吃饭一边问了一些叶佳楠的近况，又说了些几十年前和林曼仪一起念书的旧事。

　　一顿饭不知不觉过去了。

　　饭菜撤去，服务生又上了茶。

　　中途行争鸣的电话响了，他出去外面接电话以后，好长时间都没有回来。于是，室内只剩下叶佳楠、行崇宁和那个悄无声息地为他们沏茶的茶艺师。

茶艺师除了一句"小心烫"就再也没说什么话。

行崇宁坐在叶佳楠的对面，他没打算搭理她，她也亦然。

两个人就这样有一口没一口地品着茶。

叶佳楠想要走，但是无奈行争鸣许久都没有回来，只好继续等着。

突然叶佳楠的手机振动了一下，是何茉莉发来的文件。

文件是她拟的合住协议，本来她是昨天手写的，但是写完后发现有的地方需要改一下，她自己懒得抄，一只手又不方便用电脑，干脆就塞给何茉莉，叫她帮忙打成文档。

她点开手机里的文档，瞅了一眼行崇宁，正好抓紧时机说："我写了个东西，关于你同意和我合住的，约法三章，麻烦你看看。"说着，她将手机递到他眼前，"你要是觉得 OK，我就打印出来给你签字。"

他不接也不看，只是说："没兴趣。"正眼都没有落在手机屏幕上一下。

于是，叶佳楠又和他杠上了，继续举起手机，递到他面前："只需要耽误您一分钟。"

他慵懒地往后靠在了椅背上："如果你需要的话，可以当个秘书念给我听。"

"为什么要我念，你是文盲，自己不识字吗？"她讥讽地说。

他一脸平静地垂眼看了看自己的手，回答道："恭喜你，答对了。"

这句话顿时让她觉得充满了敷衍和戏谑，于是她忍不住问："行崇宁，你的字典里有没有尊重这两个字？"

茶艺师不敢乱瞅，也不敢吱声，继续将头垂下去，全当自己隐形。

叶佳楠怒目而视。

行崇宁则一副事不关己的样子。

这时，行争鸣回来了，丝毫没有察觉到两人之间的气氛不对劲，反而问道："怎么样，你们没聊点什么吗？"

"叶小姐和我聊了一下对字典的看法。"行崇宁答。

行争鸣挑挑眉,笑着指了指行崇宁:"我还不知道你那脾气。"接着又说,"盛行那边有点事情,我要马上过去一下,天黑得早,你替我送佳楠回去。"

行崇宁点点头,并未拒绝。

茶毕,她和行崇宁一起从雅间往外走。

刚才接叶佳楠来的那个司机迎了上来,迟疑着喊了一句:"小行总……"

行崇宁摆摆手,对他说:"叶小姐坐我的车就行了,你先回去吧。"

他俩从院子走到门口街上时,天已经黑得很沉了。这是一条有名的古街,有保存完善的明清建筑,也有后期修建的仿古建筑,被政府整体打造成了旅游热点。

长长的一条街,禁止车辆通行,只能步行,地下停车场的入口设在另一边的街口。

今天并没有看见方昕,行崇宁带了一个自己的司机。司机师傅是个年轻小伙,年纪看起来和行崇宁差不多,一上街,他就腿脚麻利地走前面先去提车了。

于是只剩下叶佳楠和行崇宁两个人走在街上。

这个时刻,游客已经很少了,但是这条街旁边还有一所 A 大的附属医院,全国各地慕名而来求医的人特别多,所以此刻虽已经入夜,行人却又换了一批。

她和行崇宁没有并肩走,而是隔了一米远,前后脚。

天几乎黑了,路灯却十分亮。

快到街口的时候,有个老太太站在路中间。老太太看起来是个农村人,大概有六十岁了,略显佝偻的背上背着一个竹编的背篓,背篓里还剩着小半篓橘子,一根黑色的秤杆从背篓里支了出来,支得老高。

她手肘上挂着装着许多药的塑料袋,正站在白亮的灯下眯着眼睛,仔细辨认着举在自己面前的那个白色的药盒子。

行崇宁走在叶佳楠的前面，与老太太擦身而过的时候，老太太一把揪住他："年轻人，你帮我老人家一个忙。"

老太太的手不知道是本来就黑，还是卖橘子弄脏的，一把拽住行崇宁的衣服，十分突然地制止他的前行。

叶佳楠本以为依照行崇宁的龟毛，肯定会怒，所以她正要上去维护那农村老太太，没想到行崇宁却平静地等着对方的下文。

老太太又说："上午护士跟我说了，我没记住，来找他们又关门了，我这老花眼也看不清楚上面写的什么。你年轻，眼神好，你帮我看看。"

说完这句话，老人将自己手里的那个盒子拆开，摸索了一下，又将里面的说明书抽出来，连同盒子一起递到行崇宁的眼前。

行崇宁抬起手，迟了几秒钟以后，才缓缓地接过了说明书和药盒。这时，他脸上所显现出来的表情，叶佳楠真的无法形容，有迟疑，有困惑，还有一种说不清道不明的情绪。

"快帮我看看。"老太太焦急地敦促。

灯光下的行崇宁，脸色有些白，垂着眼睑，浓密的睫毛微微颤动，他盯着手里的东西，迟迟没有开口，也没有任何动作，甚至压根儿就没有展开那张叠成豆腐干状的说明书。

叶佳楠站在后侧，看了看老太太，又看了看行崇宁，不明情况。

大概背篓的背带滑了下去，老太太有点嫌沉，便耸了耸肩，拨弄了一下背篓的背带，于是，那秤杆一抖，和秤盘撞在一起发出一道沉闷的声音。

然后，行崇宁微微侧过身，看着叶佳楠说："帮个忙，替老人家看看。"

叶佳楠愣了一下，随后，呆呆地从他手里接过东西。

她将盒子上贴着医院标签的医嘱和说明书里的用法都仔细地给老太太念了一遍。其间，老太太又问了她几句，她照着说明书跟对方再解释了一会儿。

叶佳楠目送着老人家离开之后，回头看着一动不动的行崇宁，迟疑着问道："你不会真的不认识字吧？"

-3-

行崇宁哪会回答她的话，淡淡地瞥了她一眼，就继续朝前走。

叶佳楠狐疑地盯着他的背影，半晌后，才跟了上去。

上了车后，两个人一路无话。

回到家坐在客厅里，她又抽出行争鸣饭前递给她的那张名片，名片上除了他的名字以外，另外四个字也格外醒目——盛行木业。

鼎鼎大名的企业，在家具和原材料方面都是业内数一数二的。难怪刚才行争鸣热情地邀请她，要她考虑下去他们那里上班。

她从不知道母亲居然还认识这样的人。

而行崇宁作为盛行家的二公子，却又有泊灵表业。也许泊灵表业是盛行的子公司？但是据她所知，泊灵表业是从瑞士发家的，而盛行却是地地道道的本地企业，能有什么联系？

她想着想着，不自觉地揉了揉自己的左肩膀。这几天恢复得很好，动着也不痛，就是不敢用力，心里还是怕怕的。

第二天，叶佳楠生龙活虎地去上班，大部分人都以为她只是有点小感冒所以休息了一下。一切如常，忙忙碌碌。

中午饭后，她坐电梯回办公室时，发现自己之前在医院门口买的那本杂志居然公司也有，还摆了好几本在办公室门口的杂志架上。

封面上面"行崇宁"三个字映入她的眼帘。

他真是一个奇怪的人。

在叶佳楠的世界里，只有奶奶不识字，小的时候，奶奶家里订了电视报，奶奶会拿着报纸跟叶佳楠说："佳佳，帮我瞧瞧昨天我看的那部电视剧星期六还播不播了。"

可是，都这个年代了还有不认字的人吗？

那么优渥的家境，却没念过书？

或者只是认识外文，不认识汉字？

电视上演的失读症？

不过，她想了下，也许真的是怪癖发作，也不一定。

她随手拿起一本，回到自己的座位。

这本杂志，那天她在医院输液的时候为了打发时间翻了个遍，除了关于行崇宁的那几页。

办公室里的人大部分去吃饭了还没回来，还有那么几个在趴着休息。叶佳楠去茶水间泡了杯红茶，然后坐到桌前，开始拿起那本杂志。

她不太敢用左手，所以一切事情都是用右手完成，有些费劲，包括翻书。

叶佳楠将杂志摊开在桌面，然后翻到了有行崇宁背影的那一页开始读。

> 泊灵表业在二十世纪由瑞士的一位表业大王路易斯·梅兰创立，如今总部和制表厂依旧建在瑞士，是个地地道道的瑞士企业，二十七岁的行崇宁在当年以一款名为"逆时光"的高阶复杂手表历史性地摘得 GPHG 金指针奖，顿时在业界声名大振，此后的第二年他才开始接管泊灵表业……

看到这里，小肖不知道什么时候从她的背后出现，一眼就瞅到了叶佳楠手中的书，问道："看什么呢？这么专注。"

叶佳楠也没有掩饰，问她："你说行崇宁会不会有什么怪癖和隐疾？"

"隐疾不知道，怪癖倒是一大堆。"

"什么怪癖？"叶佳楠好奇。

"狂拽酷还不算怪癖啊？你不是见识过吗？"

"哦。"叶佳楠失落。

"不过八卦倒是有。"小肖看了看墙上的钟，见时间还早，于是拉着椅子就靠了过来，"要说起泊灵表业的八卦，必须要从那个叫厉娴静的女人说起。"

"她是谁？"

"你听我说完不就知道了。"

"厉娴静从小在国外长大，据说她二十岁就被外界誉为天才制表师，前途无量又叱咤风云的厉氏大小姐，没想到二十一岁的时候突然嫁给了瑞士著名的制表大王路易斯·梅兰，你知道当时路易斯多少岁了吗？"

叶佳楠配合地摇了摇头。

"六十多了。"小肖压低了声音拍了拍桌子，"你说她图个啥？要是图这老头有钱，她自己家也不比人家差啊，图一个六十多岁的老头长得好看？真爱？"

"也许是被对方的才华吸引了吧？"叶佳楠认真地说。

"我们也只有这样想了。"小肖说，"为了这事，气得厉家和厉娴静断绝了关系。后来过了十年，路易斯老头子翘辫子了，自己又没有孩子，一纸遗嘱就将自己打下的江山全部留给厉娴静了。再过了几年，厉娴静回到国内，和自己的第二任丈夫结婚，四十岁的时候才生下了独子。"

叶佳楠再傻也知道了，接嘴说："那孩子就叫行崇宁？"

"你不笨啊。"小肖拍了拍她的头，"同样是女人，看人家活得多恣意洒脱。"

叶佳楠皱眉摇头："不对，他不是独子，他还有个哥哥。"

"你说的是行争鸣吧？那是前妻生的。"

"然后呢？"

"没了。"小肖问，"还有什么？"

叶佳楠略有失落，其实她想知道的并不是这个。

午休时间快结束了，同事陆陆续续回到办公室，叶佳楠将书合上，放到抽屉里。她又将抽屉里自己之前整理的钟表资料取出来，放进自己包里。

之前在山月庄，她据理力争，说行崇宁作为一位知名的男表设计师，却不懂女性审美观。然后，行崇宁当场就反唇相讥，用她自己手上戴的表来嘲讽他不懂表，让她恨不得找个地缝钻进去。

其实，他说的没错。

叶佳楠学的是配饰设计，大部分和珠宝首饰有关，对于钟表只是略知皮毛，在他面前说什么都是班门弄斧。

她自小好胜心强，于是当天就开始找资料，各种恶补。

晚上她回到住处，发现地球仪没有被动过。

第三天，一周一次的钟点工来了，其他也没有异样。

第四天、第五天，亦是如此，仿佛这人再也没有出现过。

就连叶佳楠动过的地球仪也再没有被转回去。

叶佳楠想，也许是装修噪音消失了，所以他又倒腾回去了，于是她那颗悬着的心放了下去。

周六正好是新年夜，陆剑约她吃饭，大概怕她脸皮薄不好意思，又叫上了何茉莉和徐庆浩一起。何茉莉一落座，就从包里掏出几盒蓝光碟片塞给叶佳楠。

"你喜欢看电影？"陆剑好奇地问。

叶佳楠笑笑："还好，平时茉莉才是发烧友，收集了不少，我现在一个人住，她借给我无聊的时候打发下时间。"

"对了，你们不知道叶佳楠现在住的地方完全是土豪的家，客厅里的那套设备，简直了。"

"不过就是跟你提了一下，说得跟你见过一样。"叶佳楠白了她一眼。

"你又不带我去！"何茉莉抱怨道。

"主要那是人家的房子。"叶佳楠补充了一句，"而且，我只是用来镇邪的。"

在座的三个人里面，只有何茉莉听懂了，她不禁扑哧一笑："你丫还挺记仇的。"

叶佳楠将碟片塞进包里的时候，包里的文件夹掉了出来，陆剑弯腰替她拾了起来，瞥了一眼上面的字，随口问道："听何老师说，你们设计腕表？"

叶佳楠接过东西，说了声谢谢，塞进包："也不全是，我们只是配合机芯设计匹配表的外观。"

"这还要分工？"徐庆浩问。

"当然了，机芯是十分精密复杂的一个行业，一般人做不了。我们公司没有实力做机芯，所以只能和别人合作。"

"不就是一个表吗，还能多复杂？"徐庆浩不解道。

叶佳楠知道一般人都不太懂这个，于是耐心地说："你看市场上钟表品牌众多，但是能独立做出高阶复杂功能机芯的制表厂，全球加起来不超过二十家。所以一些制表厂的机芯除了供应给自己家以外，还会供给别的知名企业。像我们千重珠宝这种，只有受制于人。"

陆剑平时就喜欢钻研事情，顿时来了兴趣："我经常听人提起的那个陀飞轮究竟是怎么回事？"

"什么怎么回事？"叶佳楠不太明白他想问什么。

"它究竟是一个什么东西？干吗的？"

"陀飞轮就是一个会自己不停地转动的擒纵系统，装有这个装置的手表就叫陀飞轮手表。"

她说完之后，发现三个人仍然一脸茫然地看着自己。

叶佳楠想了想，不知道要从何谈起才能让外行听明白，于是在脑子里整理了一下，缓缓解释说："发明陀飞轮的是宝玑表的创始人宝玑先生，他在研究制表的时候发现不仅是表的自身问题，就连地球的地心引力对表的速率也有影响。"

"速率是什么？"徐庆浩问。

叶佳楠看了何茉莉一眼。

何茉莉自己是学物理的，伸出手指捏着徐庆浩的脸，狞笑着解释："你可以当它就是速度。"

徐庆浩哀号了一下。

陆剑专注地示意叶佳楠继续。

叶佳楠说："于是他想着用一个方法来抵消钟表自身重心和地心引力导致的误差，从而让表走得更加精准。所以后来他发明了一个表内的擒纵装置。"

她也是个极认真的人，说到这里，打开自己的包，从文件夹里翻找了一下，正好翻到一张图，铺在桌面上，用手指指给他们看："简单来说，就是把一个会旋转的装置，将它固定在表内，其余部分可以转动，当它获得动力以后，就会做一分钟一圈的自转。"

陆剑问："像个被固定的陀螺？"

叶佳楠一笑："有点像，宝玑把这个装置命名为 Tourbillon，就是陀飞轮。"

"这东西是什么时候发明的？"

"1800 年左右。"叶佳楠自小对数字特别敏感，记性也好，毫不犹豫地回答出来。

"两百年前就有了？我的天。"徐庆浩感叹，"我还以为是高科技呢。"

"但是，哪怕过了两百年，"叶佳楠淡淡地说，"对陀飞轮表无止境的创新，仍然是最有天赋的制表师永远的追求。"

说完这句话后，叶佳楠的表情微微一顿，用手掌支着下巴，眼睛望向窗外。

餐厅的窗外是一条不太繁华的街道，两边种着银杏树，此刻银杏的叶子几乎落尽，可是，她看着那些银杏树，长久没说话。

她想起了那日蒙蒙细雨的雨师湖边，为他们展示着自己的陀飞轮的行崇宁。

他的神色，那么自负又坚定。

—4—

结账的时候，叶佳楠争着埋了单。

徐庆浩偷偷对女友说："叶佳楠这人挺大方的啊。"

何茉莉压低声音回答说："你懂什么，估计这俩人没戏了。"

"为什么？"

"我还不了解她吗？她的性格就是那样，不喜欢欠人东西，应该觉得上次是陆剑请客，这次她请回来，两清后就可以 over 了。"

"你们女的是这种想法，才请男的吃饭？"

"你以为我们女的就缺顿饭钱？"何茉莉反问。

徐庆浩准备为旁边这位男同胞争取下最后的机会，热情地建议："电影院、游乐场还是卡拉 OK？这回我请客，谁也别跟我抢。"

叶佳楠摇摇头，推辞说自己有些累，想要回去休息一下，于是四个人分道扬镳。

回到住处，叶佳楠习惯性地看了一眼没有被动过的地球仪。嘴里吹起了口哨，回房间洗了个澡睡了个午觉，然后就开始在客厅里看何茉莉给她的碟片。

电影的名字叫《坠入》。

这是一个美丽又充满迷幻的故事，也有一种类似于"一千零一夜"的忧伤。男主角是一名特技演员，因一次特技表演发生事故，导致下半身失去知觉。爱情的失意和身体的残疾让他对人生完全绝望，但是他寸步难行，众目睽睽下连寻死的能力都没有。

电影的女主角只是一个几岁的小姑娘，因为摘橘子而摔断了胳膊，到医院来治疗。

在电影的开头，小萝莉和这个残疾叔叔在医院里作为病友相遇了。有一天，男主角罗伊给小姑娘讲述了一个奇幻而精彩的故事。

电影的画面在医院的现实感与幻想色彩间不停地变换着，时而让人昏昏欲睡，时而又让人惊艳错愕。

男主角口中讲述的那个充满冒险、无厘头的奇幻故事，吸引着小姑娘，又总是在最精彩的地方戛然而止，叫女孩下次来听。

于是，希望知道故事下一章节的女孩，一次又一次地按时出现在罗伊的病房内。

故事讲到最高潮的地方，罗伊最后一次停下来，暴露了自己的本性。他用故事的结局来诱惑小姑娘替他去偷吗啡，用来完成自己绝望的自杀。

《一千零一夜》里少女给国王讲故事是为了"生"，而他给小姑娘讲故事却是为了"死"。

以至于，整个电影拍得那么美，却处处透露着绝望。

罗伊羞愧于自己的卑鄙，在服下整瓶安眠药后，对这个丝毫不了解死亡的纯真的孩子说了一句：对不起。

看到这里，叶佳楠眼眶的眼泪开始往外流。

就在此时，门锁那边突然传来一些响动，打断了这一切。她听见动静，措手不及地从沙发上站起来，慌忙地擦着自己的脸。

于是，行崇宁刚一走到客厅，就看到叶佳楠站在沙发前，以立正的姿势对着他。窗外的天色已经有些昏暗，她在此之前却浑然不知，连灯也没有开，电视的屏幕成了客厅里最亮的光源。明暗交替的光影，反射到她的侧颜上，布满泪痕。

这一切，使得行崇宁微微一怔。

电影的画面和台词都还在继续。

小姑娘第二天看到病房里抬出一具尸体才意识到自己昨天究竟帮罗伊做了什么，不停地喊着："Wake up. Wake up. Wake up…"

配乐和小姑娘的抽泣从音响里传出来，回响在客厅的空气里。

叶佳楠的眼泪又开始不争气地往外流。

行崇宁侧了侧头，不合时宜地说了句："这人没死，不然后面就没法演了。"

他一句话，使她从电影中坠入到了现实中。

叶佳楠弯腰拉开沙发边的台灯，拿起遥控器一把关掉电视，随后鼻子往里吸了吸，恶狠狠地问："你刚才进来干吗不敲门？"

"我每次进来都没有敲过门。"他答。

"……"

叶佳楠粗犷地用袖子抹了抹眼泪："你周末出现了，算犯规。"

"为什么我周末不能出现？"

"我的合住协议……"她说到一半，闭上了嘴。

那份协议，他压根儿就没有看，她也没有给他念。

行崇宁的目光落在天井的小花园里，皱了皱眉，放下手里拿着的一个小盒子，走到天井前，打开玻璃门，去查看天井里的植物。

泥里有个角落，种着薄荷草。

今年 A 城的冬天十分反常，暖和异常，连续好几天暖阳暖冬天气之后，很多植物都仿佛迎来了一年中第二个春天，纷纷开始抽枝发芽，有的还开始蓄出花骨朵。

此刻，那簇蓬松可爱的薄荷草上也结了细小的花蕾。

他蹲下身，用手指拨弄一下，随后起身回到厨房找了一把剪子，又蹲回原地，将它们一一剪掉。

他剪枝的时候，完全没有一贯武装自己的那种盛气凌人，侧颜和唇在周围绿色的衬托下，整个人看起来十分平和。

叶佳楠探了个头："你这么残忍，人家开花你也受不了？"

行崇宁没有搭理她，剪完了之后，又在绿油油的叶丛中检查了一遍才回到屋里，将掌心里的那些花蕾倒在茶几旁的垃圾桶里。

他一边拍着手里残留的花瓣，一边问："有些时候，你这人是不是对自己认定的事情都十分自信？"

叶佳楠答："你这句话，我还以为是在说你自己。"

行崇宁冷冷地说："如果你能意识到自己的无知，我可以告诉你，这草如果开了花，在室外过冬就很难熬过去。"

他的反驳顿时叫叶佳楠哑口无言，有点羞愧。

行崇宁看了叶佳楠一眼，却突然说了一句："你刚才不是还在哭吗？一个人的眼泪怎么能如此收放自如？"

叶佳楠面色更窘，下意识地又抹了抹自己的脸颊。

他放好剪子洗了手，回到茶几跟前取自己刚才放下的盒子，却瞥到茶几上叶佳楠整理的钟表笔记。最上面的一页，还是叶佳楠中午给几个人看的陀飞轮的分解结构。

行崇宁挑眉问道："你在恶补理论知识？"

"我没有。"叶佳楠嘴上否认着，脸面上却挂不住了，急忙将资料收起来。

他坐到沙发上，将自己手中带回来的那个盒子打开，递给她说："考你一下。"

叶佳楠十分不想听命，却又按捺不住自己的好奇心和好胜心。

盒子里是一只古董表，而且也是月相表，月相在六点钟的位置，除此以外，左右的三点和六点钟方向还各有一个下沉式的副表盘，可惜的是，表面的镜片已经完全没了，上面的指针和副表盘上的小表针也遗失了，表盘似乎被重物碾压过。

叶佳楠十分惋惜。

"这是百达翡丽二十世纪五十年代的月相表，有万年历和计时功能。"她一边说着，一边小心翼翼地将表从盒子里拿起，目测了下，"表径三十七到三十八毫米，好像发表后只生产了三百多只，几年前在安帝古伦拍卖会上有一只同款，预估二十万瑞士法郎，最后成交价是四十六万。但是——那只表是完整的。"

行崇宁倾身，接过叶佳楠还回来的表。

那只手伸过来的那一刻，叶佳楠嗅到了他指尖残留着的薄荷叶的清香。

他将表摊在自己掌中，喃喃重复了一遍叶佳楠最后的那句话："是的，那是完整的。"语气不无惋惜。

　　"你在哪里得到的？"叶佳楠不禁问。

　　他抬眼看她，答道："前几天，在马拉喀什。"

　　叶佳楠吓一跳，反问："摩洛哥的马拉喀什？"

　　行崇宁点点头："一个老头卖给我的。"

　　"多少钱？"

　　"反正肯定既不是二十万瑞士法郎也不是四十六万。"行崇宁说，"他说这是几十年前他送给他太太的定情礼物，后来被车压坏了，这么多年都没能修好。现在太太去世了，他自己又生了重病，当时我说我应该能让它复原，他就卖给我了。"

　　"你真的修得好？"

　　"试试。"

　　她看着行崇宁的脸，明白了门厅的地球仪这几日没被动过的原因。

　　"你很喜欢到处走，"叶佳楠说着，见行崇宁没有明白她这句话的意思，又继续说，"去年在埃及，我们遇见过。"

　　他蹙眉想了想，似乎没什么印象，问道："哪一天？"

　　"十月二十二日。"

　　"那就是在阿布辛贝神庙。"说完这句话，他就似乎陷入了思绪中，半晌后，扬起嘴角说，"人类智慧的奇迹。"

　　叶佳楠是典型的那种风一样的脾气，来得快去得也快。两个人长久以来剑拔弩张的气氛因为行崇宁此刻的好心情，一下子就变得融洽了起来。

　　"那天人太多了，都挤在同一天去凑热闹。"叶佳楠抱怨道，"早知道我就换个时间去了。"

　　"其实，"行崇宁说，"你知不知道真正的太阳节不是在那一天？"

　　叶佳楠诧异道："为什么？"

　　行崇宁将那只表又放回盒子里，淡淡地说："当年法老修建它的时候，太阳下半年照进神庙的日子应该是十月二十一日。但是二十世纪，埃及政府在尼罗河上游修建大坝，水位上涨后会淹没神庙，所以就把它整体迁移了。"

叶佳楠附和道："这个我知道，那个博物馆里面有介绍。"

行崇宁摇了摇头："经过现代科技的计算，它最后存在了二十四小时零一分钟的误差，所以从迁移的那一年起，变成了二十二日。"

叶佳楠目瞪口呆："这个也太牛了，现代人都难以企及。"

"古埃及人对时间的研究一直都有很大的贡献，我们现在三百六十五天为一年的划分标准，就是埃及人发明的，他们当时就有很先进的计时工具了。"

行崇宁似乎有些不太适应这样与人聊天，没想再继续说下去，于是拿起东西，准备起身上楼。

叶佳楠却仍然沉醉在自己埃及之行的回忆中，又说："凑巧的是，后来我又在帝王谷见过你。然后，第二天我就回美国了。"

行崇宁没有接话，站起来打算迈步离开。

随着他的动作，他身上沾着的薄荷气息又开始飘散。

"你呢？你后来去了哪里？继续沿着尼罗河往下吗？去开罗了？"叶佳楠活泼的性子开始显露了。

行崇宁听见她的话，停下脚步，回答她："我后来又去了耶路撒冷。"

说到这里，他的目光落在她的脸颊上："你的城市。"

"我？"叶佳楠不解。

"上帝的应许之地，"他眉心舒展，嘴唇微微张开，隐约露出那颗唇珠，头往左边侧了侧，"迦南地，叶迦南。"

第五章
崇宁通宝

小时候，叶佳楠经常被人写错名字，最常见的就是：家男、佳男，又或者嘉南。但是，她却是第一次听到这样的解释。她陡然想起粉色的医院输液小票上打错的那两个字。

上帝的应许之地——迦南。

以色列奴隶越过沙漠，逃出埃及，上帝许诺可以给他们一块流着奶和蜜的自由圣地，也就是迦南美地。

叶佳楠怔了怔，须臾才说："不是，我不是那两个字。"随后，她在空中用手指比画了下笔画解释说，"我是上好佳的佳，楠木的楠。"

行崇宁的眼神没有随着她的手指移动，只是静静听完，并未发表评论，直接上楼梯回了自己的房间。

这时，门厅不知道被谁用钥匙打开。

随后，行崇宁的那位助理方昕径直入室，当看到站在沙发前的叶佳楠，她神色微微诧异，仿佛完全没有意料到叶佳楠还会在这栋房子里。

方昕尴尬地站在原地解释："叶小姐，我不知道你也在，不然我会敲门。"

"没事。"叶佳楠笑着答,"我也是暂时借住,你不用太在意。"

"我是来给行先生送点东西,我先送上去,下来再找你聊。"方昕说。

叶佳楠这才注意到她左手拎着一个西服的套子,右手拿着一个工具箱,大概是从别处带来的一些制表的手工器械。她想起行崇宁说他可以让那只月相表复原的话,于是答道:"你先忙你的,不用管我。"

叶佳楠怕自己脸上还有泪痕,趁机回房间洗了把脸,又换了身衣服,毕竟在一个美貌的同性眼前保持自己的美好形象,比在一个令人厌恶的异性面前重要多了。

方昕只待了两三分钟就下楼了,亲切地在叶佳楠对面的沙发上坐下。

"我居然没听行先生提过你也住在这里。"她说。

大概因为方昕整个人从内到外都散发出一种美丽大方又和蔼可亲的感觉,叶佳楠对她的印象特别好,于是就将行争鸣安排自己住在这里的缘由简单地解释了一下。

"难怪那天行先生他不知道。"方昕感叹。

"他是每时每刻都恨不得我消失才好。"叶佳楠咬牙切齿地说。

方昕一笑,摇了摇头:"其实……行先生有时候是个心很软的人。"

"没看出来。"叶佳楠说。

"他连自己生病都不乐意进医院,那天晚上还在病房里陪了你一宿吧。第二天他和我去参加厉氏的慈善拍卖会,拍卖的时候就睡着了。"

"那是因为——"叶佳楠本想再说什么,可是转念想到对方和行崇宁那是货真价实的老板和员工的关系,也不好继续争辩,便随口说,"也许是我不了解他。"

"他仅仅是不太喜欢和人有接触。"

"那我以后见着他都保持距离。"

方昕笑说:"叶小姐真是个可爱的姑娘。"

"方姐结婚了吗?"叶佳楠问。

"早结了,孩子都五岁了。你呢?没有男朋友?"

"当然了，先立业再成家。"

"手好些了吗？"

"嗯，没什么了。"

"那天在医院，医生说你是习惯性脱臼？小小年纪怎么回事？"方昕问。

"小时候弄的，没什么。"叶佳楠答。

两个人小声安静地闲聊了一会儿。

叶佳楠看得出来，方昕不是故意要找她攀谈，而是在等行崇宁。

方昕有些怕冷，刚才行崇宁打开了的天井一直都没关，冷风从外面吹进来，又将衣服裹紧了一点。她进门后一直没有脱掉大衣，这么一动，叶佳楠才发现她里面穿着一件亮片的晚礼服。

"要参加活动？"叶佳楠问。

方昕点头："今晚跨年夜，晚上是我们公司年会。"

"那得抽个大奖。"

方昕笑："叶小姐如果没事的话，可以和我们一起。"

"不了，不了。我想在家睡觉。"

过了一会儿，行崇宁将方昕召唤上楼。

叶佳楠开始去厨房里拿了包方便面煮在锅里。

正要挑面的时候，叶妈妈林曼仪打来电话，询问叶佳楠小长假的计划。

"今天和茉莉一起玩，她还给我介绍了一个男朋友。"叶佳楠跟母亲之间没啥代沟，只要是不叫她担心的，都会详细交代。

母亲警觉地问："什么样的男朋友？"

于是叶佳楠开着免提，一边从锅里挑了面，一边跟母亲交代了下陆剑的事情。

说完这个，母亲又问："你元旦节怎么过？你要不想回家，我过来陪你？"

　　叶佳楠回到餐厅，端着一碗方便面，坐下开始吃，又关掉免提继续拿着手机讲电话，她怕母亲察觉自己身上的伤，忙说："我元旦节要和茉莉出去玩，都约好了。"

　　这时，行崇宁和方昕从楼上下来。

　　行崇宁走在前面，一面在扣上衣的扣子，一面同方昕交代事情。

　　他系着领结，穿了一身十分正式的西服，那贴身的裁剪，将他的窄腰长腿显露无疑。

　　叶佳楠嘴里虽然不雅地包着一口面，也忍不住多瞅了他好几眼。

　　母亲还在电话里唠叨："今天晚上你怎么过，一个人？"

　　叶佳楠连忙收回心智，回答道："我还和茉莉在一起啊，我们正在吃饭。"

　　母亲又问："她男朋友也在？你别老当人家小情侣的电灯泡。"

　　"没有，不只茉莉呢，还有好几个同学，他们牛排煎了一半才想起来没红酒，就出去买酒了，让我一个人先吃。"说着，叶佳楠应景地扒了一口碗里的方便面，"一会儿我们去新年倒计时，明天元旦还要去爬山。"

　　行崇宁在继续和方昕低声说话，路过餐桌时，瞥了她一眼。

　　等他俩离开，叶佳楠又和母亲说了一阵话才挂电话。

　　然后，整个屋子里只剩下她一个人。

　　这是今年的最后一夜，风格外冷。

　　她两口喝光碗里的残汤，钻进被窝里看书睡大觉去了。

　　凌晨时分，不知道不远处的什么地方在放烟花，将她震醒了。

　　她洗了个澡，脑子变得十分清醒，于是开了灯去客厅看电视。电视里是各大卫视的跨年音乐会的重播。

　　因为冬至晚上的事，她有了心理阴影，于是将一楼的所有灯都打开。

　　电视节目看到一半，叶佳楠觉得沙发旁边的天井在明亮的灯光映衬下有些晃眼，开始她以为是又下雨了，没想到直到外面白光闪闪，她才发现是下雪了。

电视机开着，某位歌星正在唱着自己的新歌。

叶佳楠背对着电视屏幕盘腿坐在地上，贴着玻璃静静地盯着天井，看着一片片的雪花从天飘落，落在天井的树叶上，刚开始会化得湿漉漉的，渐渐地累积成了一点点白色。

新年的第一天，她起得有些晚，十点多了才上街买油条豆浆吃。

打开门就发现雪水湿了一地，但是小区的植物上全是白色。

她独自吃了早餐，回来的路上接到了行争鸣的电话。

"佳楠吗？"

"嗯。行叔叔，新年好。"叶佳楠说。

"新年好，新年好。"显然行争鸣心情不错，"你在家吧？"

"嗯。"

"一个人？"

"是啊。"

"那正好，今天来吃顿便饭？"

"不用了。"叶佳楠推辞。

"都是家里人，没什么不好意思的。大过节的，一个人孤零零的多不好，我叫人去接你。"

从一定程度上来说，行争鸣和行崇宁确实像两兄弟，说事情都是一副不容人拒绝的模样。

过了半个多小时，果然有车来接她。

只是接她的却不是第一次行争鸣派来接她的司机，而是那次饭后跟着行崇宁送叶佳楠回家的年轻小伙子："叶小姐，我是小唐。行先生叫我来的。"

她笑着打了招呼，就上了车。

可是，行程和她想象中不一样，却是一路出城往东郊而去。

"小唐，这是去哪里？"

"行家老宅子。今天新年，老夫人喜欢热闹，行家和厉家的小辈们都在，两家人一起吃饭。"

听完小唐的回答，叶佳楠一阵汗颜，本以为行争鸣口中的一顿便饭，最多和上次一样，没想到居然是这样。

她从小就没什么亲戚，母亲带着她和妹妹跟别人也没什么往来，自小根本没有参与过所谓热闹的家宴，一点心理建设都没有。

可是，她天性爽直，天不怕地不怕，自己也没懊恼多久，就坦然接受了。

半个多小时，就到了目的地。

–2–

市郊昨夜的雪明显比城里大了许多，经过半宿的累积，屋顶也被铺成了白色。

此刻，雪花已经变得很小，天空也有了放晴的趋势。

大门开着，坐在车里就可以看到院里的情况。

房前的空地上有几个孩子和大人在热闹地滚雪球，而行崇宁也站在院子里旁观。

小唐先下车，又麻利地绕到后面替叶佳楠打开车门。

"没事，不用了。"叶佳楠没享受过这种待遇，有些别扭，含蓄地拒绝着。

行崇宁穿了一件很薄的羽绒服，双手揣在裤兜里，肩膀上有雪花。他听见动静转过头来，看见了几步外的叶佳楠。

小唐忙说："行先生，叶小姐接来了。"

他答："看见了，你去停车。"

小唐得令照做。

叶佳楠避免对方觉得她脸皮厚，急忙解释："是行叔叔叫我来的。"

行崇宁听见她的话，眼神有些奇怪，点点头说："我知道。"

这时，有个胖乎乎的小男孩，戴着手套紧紧抱着一个雪球，迈着小短腿风风火火地朝着行崇宁奔去，嘴里喊着："宁表叔，宁表叔救我，妈妈要拿雪球砸我。"然后连滚带爬地扑进了行崇宁的怀里。

行崇宁正要弯腰将孩子捞起来，那孩子居然趁机一把将怀里的雪球顺势塞进他的脖子里。

冰冷的雪，一股脑钻进了他的衣服里，弄了他一个措手不及。

那一瞬间，行崇宁的表情真是精彩极了。

小男孩趁着行崇宁被冷蒙了的瞬间，挣开他的怀抱，扑回自己母亲身前。

叶佳楠想笑，又不好意思太明目张胆，只好憋着。

没想到，比她先笑出声的是孩子的母亲。

孩子妈大笑说："崇宁，马有失蹄人有失算，你也有这一天。"随后还抱起自己的儿子亲了一口说："儿子，好样的，你终于给亲妈我报仇了。"

还未待行崇宁发飙，楼上窗户被打开，传来一声呵斥："沈写意，你给我进来。"

那个叫沈写意的孩子妈，朝行崇宁吐了下舌头，牵着孩子一溜烟消失了。

旁边又来了一个阿姨，急忙拿了条毛巾给行崇宁擦脖子。

行崇宁哭笑不得地摆了摆手，进屋换衣服。

这时，行争鸣已经收到消息，从屋里出来将叶佳楠领进去。

屋里竟然有很多人，又暖又热闹，门厅里的圣诞树还没撤去，挂着饰物亮着灯。

行争鸣就以老朋友女儿的身份介绍叶佳楠。

客厅里和旁边的娱乐室加起来也有一二十个人，有人在看电视，有人在打牌，还有人在聊天。叶佳楠的到来并没有掀起什么波浪，统一的口径差不多都是："不要客气，当这里是自己家。"

没过一会儿，一个打扮极其精致的老太太挽着换了身衣服的行崇宁从楼上下来。

与其说是老太太，不如说是一位看起来十分精神的大龄妇人，虽然不年轻，却有一种让人过目不忘的精气神和美人气场，由此可见，年轻时也是极其貌美的一个人。

她挽着行崇宁走下楼梯，朝着娱乐室打着麻将的一堆中老年朋友走去，途中将行崇宁的手放下来，想要将手牵成两人十指紧扣的样子。

行崇宁有些无奈地反抗了一下，妇人一脸傲娇地威胁说："你要是嫌弃我，我就喊你小名喽。"

行崇宁反击："你不能每次都拿这个威胁我。"

妇人笑盈盈地叫了一声："通宝——"

最后那个"宝"字还妩媚地拐了个弯。

行崇宁脸一绿："你信不信我翻脸？"

妇人打断他："我信，不如我下次去董事会，替你传播一下。"

行崇宁白皙的面皮已经变成了青黑色。

然后妇人与行崇宁手牵着手，十指紧扣地走到麻将桌前。

妇人得意一笑，对刚进门不久的老伙伴介绍："各位各位，这是我新交的男朋友，姿色还不错吧？"说完，还转脸嘟起红唇对行崇宁做了一个热吻的动作。

其中几个之前没见过行崇宁的还真停下了手里的麻将牌，开始对行崇宁评头论足起来了。

还剩下几个，是知道真相的，却也跟着装着起哄。

最后行崇宁铁青着脸，甩开妇人的手："你真是够了。"

妇人一脸诧异地看着他，只凝视了一秒钟，双目便莹莹含光："妈妈我冒着身材走形的风险生下你，又含辛茹苦地把你养大，你十天半个月都不回来看我一眼，好不容易见面要你亲我一口你都嫌弃，还不如去养个小男宠，把你送给别的女人。"

听到这里，叶佳楠顿时恍然大悟，这肤白貌美的老妇人不就是传说中的厉娴静——行崇宁的母亲。

叶佳楠想起小肖感叹行崇宁在行家和厉家简直是集万千宠爱于一身的那些话，有些忍俊不禁。

他在外面那么横，谁能想在家却是一副受气包的模样，上到七十岁的老母，下到四岁的孩子都可以轻轻松松收拾他。

行崇宁瞥见不远处看热闹不嫌事大的叶佳楠，冷冷地剜了她一眼。

叶佳楠很想为自己喊冤，关她什么事？柿子拣软的捏？躺着也中枪？

就在这时，行争鸣和另一个男人也从楼上下来了。

那男人三十多岁，长得十分清俊，下楼梯的时候有些缓慢，感觉腿脚不是很方便。叶佳楠总觉得对方眼熟，却又想不起在哪里见过。

行争鸣解围说："静姨，你就别老逗崇宁玩了，难得择良也在，让我们三兄弟聊聊天。"

"就他这脾气，也只能和你们几个兄弟说说话，别人肯定都嫌弃死他了。"说完这句，厉娴静想当着众人的面掐一把行崇宁的脸，却被忍无可忍的行崇宁偏头闪开。

然后，三个男人前后脚朝书房走去。

行争鸣见叶佳楠独自坐在沙发上，这才想起她一个熟人也没有，完全被冷落了，便说："佳楠也一起坐坐吧。"转而又对旁边那个男人说："这是你们千重珠宝的员工，你得多照看照看啊。"

叶佳楠紧张地瞥了那人一眼，却没敢看他的腿。原来他就是厉择良，千重珠宝的大老板，厉氏的厉总。

书房里，竟然还有一个小学生模样的孩子在安静地写作业。

男人们也没有撵人，反而怕影响了孩子，选了书房另一侧的小沙发坐下，隔得远远的。

三个人分别选了东、西、北三个方向的位置，而南边是茶几，叶佳楠犹豫了一下，选择挨着行争鸣。

家里的阿姨紧接着就端来四杯热茶和一盘水果。

行崇宁从挣开母亲之后，就一直没有吭声。

厉择良最先开口，问道："小姑娘叫什么？"

"我叫叶佳楠，"叶佳楠性格洒脱，并不太怕生，也不怎么怵领导，大方地回答，"我在千重珠宝是刘总监那个组的。"

说完之后叶佳楠发现，也许厉择良并不知道刘总监是谁……

没想到，厉择良却和她想象中完全不一样，他问道："刘总监不就是和崇宁的设计接洽的那个人吗？"

行崇宁呷了一口茶，淡道："忘了是不是姓刘。"

"听起来……"厉择良问，"似乎合作不太愉快？"

叶佳楠匆匆瞅了行崇宁一眼，好奇以他这么龟毛的个性会当着千重珠宝大老板的面如何抱怨他们。

可是行崇宁将茶杯放下，身体放松着靠在沙发靠背上，淡淡地说了一句："正在磨合期。"

行争鸣大手一挥，阻断了两个人的谈话："家里不谈公事。"

厉择良一笑，点点头。

此刻，一直趴在屋子那头的书桌上做作业的一个八九岁的小女孩，捧着本子走过来。行崇宁离她最近，于是她自然而言地往他身上靠过去，还将作业的本子递到他眼前问："小舅公，这个字念什么？我不会。"

大概因为是父母的老来子，所以他在行家的辈分很高。听见小舅公这个称呼，叶佳楠顿时觉得自己那天被迫叫了个"行叔叔"也不算太亏。

在叶佳楠专心算辈分的当口，在座的三个男人却同时一愣。

行崇宁呆怔着没有动。

"给我看看。"厉择良说。

"嘟嘟，别闹你小舅公。"行争鸣说。

几乎是同时，厉择良和行争鸣一并发声，想要给行崇宁解围。

叶佳楠没有那么敏感，后知后觉地发现异样。

小女孩似乎对厉择良不太熟悉，于是拿着本子转了半圈来找行争鸣解决难题。

厉择良起身，递了支烟给行崇宁。

"你还没戒？"行崇宁问。

"逢年过节有特赦。"厉择良答。

两个人说着，走到书房外面的阳台上点了烟。

行争鸣打发掉小孩子，开始继续和叶佳楠聊天。

"好不容易到了小长假，也没有跟朋友同事出去玩？"行争鸣问。

"没有，怕冷。"叶佳楠笑。

"以后但凡过节没回家，就一定要主动联系我，"行争鸣说，"我这人平时事情多，很多地方想得不周全。"

"挺好的啊，我以前在国外也习惯了。"

"那是以前。今天幸亏崇宁提醒我。"

"嗯？"叶佳楠没听懂。

"早上他就是提了一下，问我有没有叫你来过新年。谁想他猜得真准，你还真的就是一个人待在家里，幸亏我给你打了个电话。"

此刻的厉择良面向栏杆，背对室内，而行崇宁则反过来，背靠在栏杆上。

叶佳楠可以透过那层淡淡的烟雾看到他的脸。

厚厚的玻璃门，被他们出去的时候随手带上了，所以完全听不见两个人聊到什么话题，却见行崇宁突然扬起嘴角浅浅地笑了一下，那颗粉色的唇珠顿时就灵动起来。他左手端着烟灰缸，右手夹着烟蒂，笑过之后，神色又慢慢收敛，垂下头，夹着烟的手指在烟灰缸上方弹了一弹。

灰色的烟灰带着火星落在烟缸里，那点微弱的火星转瞬就被风吹灭了。

他的目光落在那熄掉的火星上，不知道在想些什么，整个人停顿了几秒钟，才抬起手将烟放在嘴边继续抽了起来。

在行崇宁吸完手里那支烟的最后一口，将烟蒂捻灭时，他的视线不经意地穿过玻璃，投向室内，在叶佳楠身上轻轻扫过。

他站在风里，穿了一件深灰色的毛衣，眉心微微地蹙着，头发也被阳台上的风吹得东倒西歪的。

家里人面前的行崇宁和外人面前的行崇宁全然不一样，似乎突然就变得柔软了起来。

只是，不管是出于什么原因，他真的不太识字，而家里人仿佛也都已经坦然接受，并且在保护着他。

陡然间，叶佳楠就觉得他真的是一个幸福的人。

–3–

叶佳楠拿出手机，打开朋友圈，犹豫着输入了一行字——如果想找一个十多年未见过的人……

就在这时，有人推开书房的门叫吃饭了。

行争鸣招呼着屋里几个人。

行崇宁和厉择良相继进屋。

叶佳楠将自己的手机锁了屏收进了包里。

餐厅里只放得下两张桌子，于是又在客厅里加了两桌。

吃饭的气氛和叶佳楠想象中也不一样，没有什么规矩，也没有按照辈分分配座位和桌子，只是喝酒的物以类聚地坐一堆，小朋友吵吵闹闹挤在另一堆。

叶佳楠和一堆年轻人坐一起。

行争鸣就又一一介绍了一遍叶佳楠，说她是家里的生客，请大家务必要照顾着她。

一个长得很甜的女孩，开着玩笑说："之前你在书房和他们待一起，我还以为你是我行二叔带回来的小女朋友，吓我一跳。"

叶佳楠并不觉得尴尬，反而笑："他可看不上我。"

"那倒是。这么多年，不知道他要找个什么样的仙女儿。"女孩说，"你别看我舅婆对他那么厉害，其实心里宠得要命，可不敢对他的事情插嘴。"

叶佳楠揣摩了一下，对方口中的"舅婆"应该指的是行崇宁的母亲。

"你多大了？"女孩问。

"二十二。"叶佳楠答。

"你比我大一岁啊，怎么看起来就跟未成年似的。"

"这话我爱听。"叶佳楠咧开嘴，呵呵笑。

而坐在她们桌对面的一个年轻男孩看着两人说话的样子一直傻乐。

"曹鑫淼，你可不可以把你的口水擦一擦？"女孩说。

随后，全桌的人都笑了。

有了同龄人做伴儿，也没有繁文缛节，就这样聊着天，叶佳楠并不觉得难熬了，一顿饭下来很快就结束了。

叶佳楠推说自己下午有事要先回去。

行争鸣也没多留，就叫车送她。

没想到刚走到门口，饭桌上刚才那个叫曹鑫淼的男生拦下她，指了指自己停在大门口的宝蓝色两座跑车，得意扬扬地问道："要不要我送你回家？"

叶佳楠笑了笑，拒绝道："行叔叔有给我安排车。"

曹鑫淼双手揣兜里，失落地吹了下口哨。

等叶佳楠坐上车，那男孩却又紧跟了上来，打开车门在后排坐下："我搭个便车，去市区一趟。"

开车的师傅并不是刚才来接叶佳楠的小唐，而是上次也见过的中年人，他有些拿不准叶佳楠的意见。

"没事，一起走吧。"叶佳楠说。

司机得到答案，也觉得不为难了："那鑫淼你去哪里啊，我看看路线要怎么走？"

曹鑫淼瞥了叶佳楠一眼："等先送了叶小姐，你再送我。"

司机照做。

路上曹鑫淼一会儿问叶佳楠过去读的什么学校，一会儿又问她在哪里上班，简直就是十万个为什么，搞得前排的司机师傅都哭笑不得。

叶佳楠先还耐着性子应付他，后来她都懒得再回答。

中途，她把手机拿出来看了看。

曹鑫淼倒是眼睛尖，一眼就看到她手机右上角磕破了，那是上次和行崇宁在医院，被叶佳楠从床上掉下去摔的。

曹鑫淼献着殷勤说："你这手机多破啊，我下车给你买个新的吧？"

叶佳楠笑了下，收起手机："不用了，破的才用着顺手。"

说这句话的时候，车在闹市区的红绿灯前缓缓停下，马路的人行道前有一家很大的书店。

叶佳楠转头看向窗外。

书店门口的玻璃上贴着一张畅销书的海报，上面有一句十分醒目的宣传语——世界若有十分美，九分在耶路撒冷。

叶佳楠盯着那句话，连续在心中来回默念了好几遍。

红灯转绿，车随着车流缓缓朝前开，她转着脸，视线仍然落在那一行宣传语上面。直到后面来了一辆电动车挡在自己面前。

"你觉得怎么样？"曹鑫淼问。

"什么？"她刚才完全没注意旁边这人和自己说了什么。

"我说明天我请你吃饭。"

"明天我有事。"

"那下周六，我有几个朋友约着开车去兜风。你觉得怎么样？"

"我也有事。"

"改周日。"曹鑫淼锲而不舍地追问。

"我工作忙。"

"你选一个你有空的日子啊？"

"到时候再说。"

曹鑫淼这下不开心了："什么意思啊？"

"没什么意思。"叶佳楠淡淡答。

曹鑫淼讥讽说："你该不会是我鸣叔养的小情妇吧？一心只想当金丝雀？"

叶佳楠被他的话恶心到了，恼道："你有病吧？"

曹鑫淼见她怒了，又嬉皮笑脸地哄着说："我开玩笑的，你不要当真。"

要不是看在争鸣的面子上，叶佳楠真想一脚将他踹下车去。

回到家，叶佳楠又拿出自己的手机，翻开原本想发但被人打断了的那条朋友圈，想了一想之后，又一个字一个字地删除了。

第二天一早，何茉莉就来家里找她玩。

两个人仿佛又回到高中的时候，吃完饭后，一起躺在床上酝酿午觉。

叶佳楠靠在床头将何茉莉手机上的新游戏玩得不亦乐乎。

何茉莉闲来无事，在桌子上翻出一本杂志来看，正巧拿的就是上次在医院门口，叶佳楠买的有千重珠宝与泊灵表业内容的那本杂志。

"这不是你们公司吗？"何茉莉问。

"嗯。"叶佳楠趁着游戏的空当，迅速地瞄了一眼。

"哇喔——和你们合作的这男的长得也太好看了吧。"

"嗯。"这下，叶佳楠不看也知道她说的是谁。

叶佳楠犹豫着要不要对她说，其实这男的也住这屋……

余下的几分钟，何茉莉认真地看着书，没有再打断叶佳楠的游戏思路。

过了一会儿，叶佳楠去洗手间上厕所，回来的时候，何茉莉已经窝在被子里睡着了，杂志还放在床头。

她没敢弄出动静，轻轻脱掉鞋，钻进被子里。

不知道睡了多久，叶佳楠是被那本厚厚的杂志给磕醒的。睡觉前，何茉莉看完杂志就直接放在了枕边，叶佳楠睡姿也不怎么老实，头一伸过去就磕了个正着。

她不悦地嘟囔了一句，替何茉莉关上卧室的门，拿着那本砸醒自己的杂志去了客厅。

刚才她和何茉莉铺了张垫子坐在沙发边的地上一边喝茶聊天，一边看着飘着雪的天井。

于是，她背靠在玻璃上，继续在老地方盘腿坐着，又开始翻那本杂志。

玻璃外，雪花纷纷扬扬。

那是关于行崇宁的一篇文章，末尾提及他二十七岁时获得 GPHG 的那一款名为"逆时光"的表。大致就是说这是一款反传统概念的"陀飞轮"手表，却再无别的介绍，旁边放了一张表的照片作为插图。

叶佳楠看着那张图片，突然想起自己之前收集的那一沓资料里有它，于是没费什么工夫就找到了那一个章节，上面详细地介绍了行崇宁设计的那款表。

他将传统的陀飞轮带到了一个更立体、更高速的阶段。

因为在过去配置有陀飞轮的腕表往往会比较厚重，于是行崇宁想出了一个方法，将陀飞轮进行了一个颠覆性的上下方向的翻转。

一个看似简单的上下颠倒翻转，却涉及整个机芯结构的巨大改动，增加了上百枚机芯零件，而且这个翻转并非只是标新立异，而是在陀飞轮倒置于机芯背面之后，竟然让新的机芯结构变得更薄，佩戴的舒适感更强。

于是在那一年，它以整体水准的卓越性和让人惊艳的美感，当之无愧地受到了评审的青睐。

仔细阅读完这些介绍后，叶佳楠胸前捧着书，盯着室外从天落下的雪花，愣怔着半晌没动。

"你发什么呆？"何茉莉已经睡醒了，从卧室走出来，看到叶佳楠想得太专注，于是一边问话，一边拿起沙发上的靠枕碰了碰叶佳楠的头。

叶佳楠回过神来，拨了下自己额前的头发，然后淡淡地说："这个世界上真的有一种人，能拥有让人不得不折服的才华。"

第六章
诱人的唇珠

-1-

元旦后又过了几天，在第二周的周一，刘总监又带着叶佳楠这一拨人，前往雨师湖的"山月庄"进行新一轮的碰头会。

在会议室的楼下，叶佳楠跟同事一起遇见了迎面而来的行崇宁。

行崇宁的视线扫向他们这边，在经过叶佳楠的时候停顿了一下，而跟在他旁边的方昕，勾起嘴角朝着叶佳楠无声一笑。

这是他们"同居"以后，第一次因公相遇。

两边的人互相打了招呼以后，各自开始入座。

说实话，现在叶佳楠有些后悔自己上次开会时的莽撞。

特别是行崇宁离开前对她说的那句佩服她初生牛犊的勇气，当时她听起来觉得是那么刺耳又愤慨，可是如今细想，他说的何尝不是实话。

他将自己设计的表当成一种精细完美的计时器，而她们却仅仅当它是一款女性饰品，这首先就是对制表师的一种侮辱。

但是到了会议厅入座以后，令他们万万没想到的是，行崇宁居然首先发话，说他自己修改了之前的方案。

随即方昕将电脑接上身后的大屏幕，补充道："我们经过调整，最后决定在结构上面做调整，增加了三十七个机芯零件以后，让机芯的背面可以扛住全蓝宝石水晶背壳所带来的不稳定性。"

这些话，让叶佳楠在内的千重珠宝的人都松了口气。

小肖却固执地追问了一句："行先生，您的这个改动，是牺牲了时间的精准度吗？"

方昕正要发声解释，却又止住，看了一眼行崇宁。

行崇宁缓缓答道："肖小姐，我上一次说过，我对我的每一款设计的精准度的要求是日差 0 到 +4 秒，这是所有改动的前提。所以，你们大可放心，我不会为了贵公司，委曲求全。"

此后，话语权又交到泊灵表业的另一位男员工身上，他开始根据大屏幕解释各种参数。

剩下的时间，行崇宁再也没有说过话，偶尔看看大屏幕上的图，偶尔又会望向窗外的湖面。叶佳楠忙着做记录，只匆匆瞥了他两眼。

午饭时间，刘总监的本性暴露，出会议厅的时候，追到行崇宁身边："行总，中午一起吃个工作餐，我们带了一点难得的野味，刚才专门让餐厅那边做了一桌菜。"

行崇宁答："谢谢刘总，我不吃野味。"

刘总监又说："还有些河鲜，是刚从湖里捞上来的。"

行崇宁继续答："我不喜欢吃鱼。"

叶佳楠在后面听着，几乎要笑出来。

刘总监并不放弃，正要再继续说的时候，另一个男人的声音插了进来。

"那你总得吃饭吧。"

大家闻声后，同时一转头，看到不远处的厉择良。

而他旁边还有千重珠宝的老板蒋总。

刘总监见是自己的老板和大老板，连忙堆着灿烂的笑，迎了上去。

"厉总。"

"行总。"

两个男人互相点头。

叶佳楠发现这对表兄弟在外面还挺公事公办的，一点也不攀亲戚。

"陪我吃个饭，怎么样？"厉择良问。

"你知道我不喝酒。"行崇宁说。

"有我在，没人敢劝你酒。"厉择良说。

眼见这一次行崇宁没有反驳，刘总监立刻叫人去安排。

蒋总又钦点了几个陪同的下属。

以叶佳楠的身份，并不能凑上这个饭局，却不想一群人如众星拱月一般拥着两位老板朝餐厅走的时候，厉择良却想起什么，回头问了一句："叶佳楠在吗？"

叶佳楠在后面应道："厉总，我在。"

"你也一起来。"厉择良说。

蒋总有些不解地看了看叶佳楠，又看了看厉择良，立刻接上嘴说："佳楠来吧，你也辛苦了。"

行崇宁和厉择良一起坐在上首，两个人在小声地说着话。

而方昕得了厉择良的吩咐，拿着菜单给行崇宁添了一些合他口味的菜。

过了会儿，厉择良对左边的蒋总说："叶佳楠这孩子，平时帮我照看照看，不仅是我的面子，也是看在行总的面子上。"

包括刘总监和小肖在内的所有千重珠宝的人，听见这句话，都惊诧极了，瞪大了眼睛盯着叶佳楠。

叶佳楠不知道自己该如何表现才配得上厉择良的那句她可以甲方、乙方两边通吃的话，是需要学习行崇宁的那一脸狂拽酷？还是一脸惊恐不安？于是，她只好使劲憋住自己，平生头一回装了次面瘫脸。

其实就是那天聊天的时候，行争鸣随口一提，叫厉择良关照下她，谁能想他这么直白。

行崇宁没有任何表态，静静地喝了一口茶。

于是，吃饭的时候，大家时不时见机夸叶佳楠几句，无非是什么聪明勤快的小姑娘，好像真的爱护她，就可以同时搞定两位总裁似的。

这时，刘总监也不示弱，关切道："佳楠啊，上次冬至你说你住的房子闹鬼，我给你的鸡血还管用吧。"

叶佳楠正在吐鱼刺，听见这么一句，差点吓得把刺给咽下去。

"管用。"她说着瞄了行崇宁一眼，觉得他眼神沉沉的，连忙又改口说，"不管用。"可是听起来仍旧不太对劲。

"是你没用对吧。"刘总监追问。

"我用对了。"叶佳楠答。

行崇宁眼神更深沉了。

"对对，我是没用对。"

叶佳楠欲哭无泪，在心中哀号道：刘总监，求放过，咱们换个话题，好吗？

"什么鸡血？"蒋总插嘴问。

刘总监听见自己顶头上司也有兴趣，开始巴拉巴拉地汇报着。

叶佳楠心虚得实在 hold 不住了，又怕行崇宁当场跟她翻旧账。虽然她是不怕他，可是刘总监和蒋总怕他啊，所谓一物降一物！

于是叶佳楠借口上洗手间去躲了会儿。

在回包厢的路上，远远就听见里面一阵欢呼，她打开门回座，问旁边的女同事："怎么了？这么高兴。"

"厉总觉得我们近期工作太辛苦了，所以今晚请我们全部的人在山月庄住一晚。蒋总就说既然这样，那就让我们组明天放假一天。"

叶佳楠也雀跃了起来。

山月庄是 A 城顶级的别墅温泉酒店，盛名在外，价格却让人望而却步。一个工薪阶层是绝对舍不得花这么多钱只为享受一晚的，如今却有人请客埋单，难怪大家都这么开心。

余下的时间，刘总监和蒋总终于转移了话题，陪着厉择良聊足球。

行崇宁却没有参与其中。

他正好坐在叶佳楠的正对面，她偶尔可以透过桌子中间摆着的百合花打量他。

厉择良找他说话时，他会回应，方昕问他什么他也会搭理，其余人就没这么好福气了。叶佳楠发现他对人这么冷淡，一是不太习惯和不熟悉的人近距离接触，其次似乎是懒，除了工作以外的很多地方，都懒得和人动嘴，连敷衍都不想。

他确实不吃鱼，也不是全然敷衍刘总监的借口。

叶佳楠甚至觉得，他不吃鱼也许只是因为懒得吐鱼刺。

因为下午还有工作，大家都只喝了一点红酒，行崇宁没有喝酒。到后半程，蒋总问行崇宁要不要出去吸烟。

行崇宁跟上次一样，回答道："我不吸烟。"

叶佳楠嚼着嘴里的鱼肉，真心佩服这人撒谎一点也不脸红。

然后，蒋总不免感叹："行总真是烟酒不沾的居家好男人。"

叶佳楠的胳膊上顿时起了一层鸡皮疙瘩。

一顿饭毕，其实时间还早，但是大家却积极地再次开工。

下午的会议是一些细枝末节，行崇宁并没有继续出席，大概真的是和厉择良去湖边钓鱼了。

所有人干劲十足，所以四点就完事了。

有几个平时生活比较讲究的女同事，说晚上泡温泉没合适的泳衣，也没有明天的换洗衣服，所以要回市区收拾点东西。

小肖也被那几个女同事鼓动着，集体坐上公司的车离开了酒店。

叶佳楠倒是无所谓，她本身性格比较直爽且大大咧咧，也没有什么攀龙附凤或者抓紧机会给异性留下好印象的心思，所以自己在酒店的日用品小超市里买了袋一次性内衣就算了事。

回大堂的时候，前台通知她房间已经开好了，她可以先进去休息。没想到刚拿到房卡，就遇见方昕和行崇宁朝湖边的西餐厅走去。

方昕说："叶小姐没有跟大家一起回城里拿东西吗？"

叶佳楠摇了摇手里的超市塑料袋说："买点日用品就好了，我没那么讲究。"

"这里还有超市？"方昕问。

"有啊，刚才中餐厅楼下。"

"哦。"

"不过很贵，一次性内裤也卖我三十块钱，真是没天理。"叶佳楠抱怨。

行崇宁瞥了她一眼。

"叶小姐真是率真可爱，"方昕闻言一笑，"不过这里西点很不错，要不要和我一起去填填肚子。"

她这人喜欢吃新奇的点心，一听见方昕的提议，就无法抗拒地答应了。

"钓到鱼了吗？"叶佳楠问。

"没有，厉先生有事耽误了。行先生和我想来这里坐坐。"方昕答。

刚要坐下，方昕电话就响了，她看了下号码，大概自己预知到是什么烦人的私事，于是她跟行崇宁说了一声，才走到室外去接通电话。

方昕走后，叶佳楠和行崇宁单独坐在窗边，面对面。

连续一个星期的灿烂阳光，让元旦节下的那点雪早化光了。

如今窗外仍旧是满目的暖阳，一望无垠的湖面被阳光染成金灿灿的。

这时，餐厅的服务生先给两个人倒了两杯柠檬水，然后又抱着两本餐单过来，一本放在叶佳楠面前，另一本再放在行崇宁那里，温和地问道："看看两位要点些什么？是要用餐还是下午茶？"

叶佳楠翻开厚重的西餐菜单封面，看着上面一排一排的字，猛然想起来一件事情，于是站起来弯下腰，一把抢过行崇宁面前的那本菜单。

此刻，别说那服务生，连带被她拿走菜单的行崇宁也是微微一怔。

-2-

叶佳楠全然没有察觉到行崇宁的异样，坐到座位上继续以"雏鸟保护者"的语气对服务生说："我替他看菜单。"然后，又加了一句，"等我们选好了，再叫你。"

那服务生点头笑着离开。

此刻，西边斜照进来的暖阳落在她浓密漆黑的头发上。

她嫌太阳的强光晃眼睛，身体微微侧着，将光线挡在脑后。

而金色的斜阳却依旧穿透了她右边耳朵。

于是，她耳朵的软骨和血管几乎让人一目了然。

她蹙着眉咬着唇，看了看菜单，简单翻了个遍："刚才方昕说你们是来喝下午茶的吧？那我就只把下午茶念给你听，你自己选？"

她一边问，一边专心翻着菜单，去找点心和饮品的那几页。

他并未发声。

她以为他默认了，于是将餐单摊在桌面，横在她和他的中间，手指指着上面的英文和汉字，指尖随着自己的语速而移动。

"缤纷水果挞、布朗尼、橘子黄油薄卷饼、中式干果司康饼、巧克力慕斯、咖啡奶冻……"她歪着脑袋，认真地念着，因为怕在顾客寥寥的餐厅里引人注目，所以她将音量压得又轻又浅。

那一个个平淡无奇的点心名称，却被她温软的声音渲染得格外鲜活。

行崇宁抬眼看她，从额头和眉眼再看到那只透着光的耳朵，许久才收回视线，却也没有说话，只是静静地等着她。

他甚至自己都不记得上一次这样安静地听人摆布是在多少年前，也许成年以后，就再也没有过。

叶佳楠替行崇宁念完左右两页，正要翻篇的时候，两个泊灵表业的人也进了餐厅，远远看见行崇宁，没有贸然上前打扰他，在见行崇宁的视线恰好扫过来之后，才隔着远距离笑着点了点头，然后找了另一个角落坐下。

叶佳楠也瞧见了那两个人。

她迟疑着要不要继续念，泊灵表业的人会不会早就已经发现他们的老板其实目不识丁。

没想到行崇宁好像看穿她似的，叫来了服务生，又伸出手拿过她手上的菜单，连同桌上的另一本一起还给服务生说："两份黑森林蛋糕，一壶普洱茶。谢谢。"

叶佳楠一怔，问："你吃得了这么多？"

"蛋糕是你和方昕的，我只喝茶。"

"黑森林蛋糕是这里的招牌吗？"叶佳楠好奇。

"嗯。"

"味道怎么样？"她问。

"没吃过。"行崇宁答。

"你都没吃过你就推荐给我？"

"我不饿，而且不喜欢那个颜色。"他说。

"……"

于是，叶佳楠佩服道："所以你不但挑食，还挑食物的颜色？"

"有时候，是这样。"

"你是处女座的吧？"

"不知道。"

正在说这个的时候，方昕回来了，拉开椅子在叶佳楠的旁边坐下："你们在聊什么？"

"聊星座。"叶佳楠说。

"行先生可不懂这个东西。"方昕笑道。

"直男的世界我们也不懂。"叶佳楠说。

服务生将茶和蛋糕都端了上来。

叶佳楠迫不及待地舀了一勺送到嘴里，顿时觉得整个味蕾都得到了满足，开心得眼睛也眯了起来。

方昕显然是饿了，毫不做作地吃了几口蛋糕后，用纸巾擦了下嘴，继续刚才的话题，笑着问叶佳楠："你是什么星座？"

"天秤啊，我是十月二十二日生的。"

行崇宁端着茶的手，顿了一顿。

方昕诧异道："多巧，你和行先生的生日只差一天。"

这时，方昕的电话又响了。她看到那个号码后，神色显得十分烦心。然后，她又出去接电话了。

这一次她的电话时间很短，似乎还争执了几句，而后脸色晦暗地回到座位。

"你先回去吧。"行崇宁说。

"您什么时候走？"方昕问。

"我吃过晚饭，就叫小唐送我。"

方昕得到这个允诺后，也没有过多推辞，和叶佳楠道了别就匆匆离去。

叶佳楠看着方昕充满心事的背影，不禁问道："她家里有什么事吗？"

"不知道。"

"你也不关心一下？"

"不是所有人都喜欢跟人倾诉。"他说。

叶佳楠想了想，这话也有道理。

她又吞了一口蛋糕，想起方昕刚才说他们生日差一天的话，好奇地问："你是哪一天？"

"十月二十一日。"他答。

叶佳楠轻轻地发出"哇喔——"的一声感慨。

行崇宁狐疑地看着她。

她说："我和你正好就是阿布辛贝神庙这三千三百年的误差。"

若旁边换成其他人，也许任谁也搞不明白叶佳楠这么无厘头地冒一句话出来，究竟说的是什么意思。

但是，行崇宁却听懂了。

因为这个时间误差的来历，原本就是他告诉她的。

待她一说完，行崇宁就勾起嘴角浅浅地笑着。

他笑的时候，仿佛眉峰也变柔和了，眼睛微微一眯，将目光调向窗外，然后端起手上的那杯普洱茶放在唇边轻轻抿了一口。

那黑森林蛋糕甜腻的味道还留在舌尖，而她的心却有点恍然。

三千三百年前的十月二十一日到三千三百年后的十月二十二日，清晨太阳的第一缕阳光照到法老神像上的那二十四小时零一分钟的延迟，居然就是他和她之间的误差。

如果按照他之前说的，一秒钟是铯原子放射的 9，192，631，770 个时长的话，那这总共是多少次铯原子的振动？

她想起撒哈拉沙漠的凌晨他戴着鸭舌帽熟睡的侧脸，想起他在帝王谷的墓室里回身看自己的那双眼睛，还想起他用他低缓慵懒的嗓音轻轻说出的那四个字——你的城市。

她的思绪在回忆中转得那样快。

这个过程，甚至花了还不到一秒钟的时间。

窗外的风仿佛凝固了。

他的上唇还留在雪白的骨瓷茶杯的杯口。

连落在彼此手上的阳光也没有丝毫变化。

但是嗡的一下，她的耳朵似乎什么也听不见了。

他的唇离开茶杯，茶从口中咽下去，喉结微微一动。

他放下杯子。

他的杯底碰到桌面的玻璃，发出细小的一声"咚"。

这个碰撞好像是一个能陡然解开时间咒的秘语。

然后，她的时间才脱离了他的掌控，再一次和这个世界恢复了同步。

西餐厅的背景音乐终于又能进入她的耳朵。

风继续吹拂着树枝。

她又开始可以顺利地呼吸。

可是从这一刻起，她的整个世界却好像和刚才，有点不一样了。

-3-

叶佳楠突然心慌了起来，甚至已经不敢直视他的眼睛。

她猛然起身，涨红了脸，结结巴巴地说："我不吃了，我要回房间。"

然后，她拿着自己的包，逃一般地离开了座位。哪想到刚走了七八步，就听见行崇宁叫她。

"叶佳楠。"

她惊慌失措地止步，回首看他。

他懒懒地侧着头，似乎在斟酌着用词，缓缓说："你没拿你的……日用品。"然后用眼神朝她示意了下她落在座位上的透明袋子。

叶佳楠顺着他的视线看去，那个装着价值三十块钱的一次性内裤的塑料袋被她忘了。

她闭上眼在心中哀号一句"Oh, shit!"，飞速地折回去将东西攥在手里，然后撒腿跑掉了。

叶佳楠如无头苍蝇一般在酒店里绕了半圈，才发现自己压根儿不知道房间在哪里，于是回到前台求助。

行李生问了她的房间号，一边保持着笑容给她引路，一边给她介绍着酒店和房间里的设施。

可是，心乱如麻的她一句话也没听进去。

这里所有的房间都是独栋的别墅。

所以她和小肖要住的那一间也是。

别墅有两层，两间卧室，两个人正好一人一间。

一般人都喜欢住楼上，所以她将楼上留给了小肖，自己则进了一楼的那间卧室，打开柜子找到酒店赠送的平淡无奇的连体女式泳衣。

她在房间里换上了泳衣，然后裹着浴袍，冒着寒冬夕阳的风，走到别墅院子里的温泉泳池旁，整个人一股脑地钻了进去。

憋在温暖的水底下，她梳理了一下自己的情绪。

她活了二十二年了，期间不是没有谈过恋爱。

从中学开始，她也是学校里同龄异性目光追逐的焦点之一，曾经有那么一个她觉得长得顺眼，又十分有趣的男同学，和她是中午一起吃午饭、下午一起放学回家、周末一起约 KFC 的关系。

她从小是个独立又懂事的人，比妹妹让人放心多了，所以母亲在家门口偶见她和那个男同学，反倒邀请人家进家里坐。

后来到了美国，很多欧美人都是亚洲控，何况她这种鲜艳的亚洲少女。

可是她不喜欢外国人，他们体毛多，皮肤糙，身上要么有体味，要么就是让人窒息的香水味。

所以她前后只和两个人交往过，都是中国的留学生。

她这人脾气不太好，性子很急，像个鞭炮，被人一点就炸，和男朋友的关系一般维持不了多久。

最长的也就半年。

两个人牵过手，接过吻，没再进一步。

有段时间，她甚至觉得恋爱挺没劲的，好像就是因为人是群居的社会动物这个特性，所以当你一个人离乡背井的时候，就需要一个伴侣来排遣孤独寂寞而已。

但是，从刚才耳边的那一声"嗡——"开始，她的生命就好像被什么东西点燃了。

行崇宁，他是个美人。

她每一次见到他都会有这个结论，毫无疑问。

可是，她觉得自己应该不是这么肤浅的人……

过了会儿，小肖回来了。

小肖看到房间里亮着灯，知道叶佳楠在房间里，可是却没找到人，看见客厅通往室外的玻璃门打开了，于是走到池边，发现池子里沉着一个人。

小肖被吓得顿时魂都没有了，连着大喊了几声叶佳楠的名字。

叶佳楠这才从水里浮出来喘气。

小肖差点上前去踹她的头："你这是诚心来恶作剧的吧，吓死我了！"

"我需要泡水冷静一下。"

"怎么样？好了吗？"

叶佳楠顶着一张生无可恋脸，回答："恰得其反。水真是热，脑子更烫了。"

她说着从池子里起来，拿起搭在椅子上的浴袍穿在身上，跟着小肖进了屋。

小肖将自己刚才新买的泳衣拿了出来拆掉标签，又看了看叶佳楠，想说什么，却没有出口。

叶佳楠散开自己的长头发，拿毛巾擦着，她觉得小肖和平时有点不一样。

"怎么了？"她问。

"你这泳衣也太土了。"小肖说。

她闻言扑哧一笑。

叶佳楠回房间换衣服，然后又开始用吹风机吹头发。她让小肖等她一起去吃饭。小肖却说自己要先去找另一个同事，然后就走了。

天还没黑，但是湖边的BBQ已经开始。

晚餐是中午就约上的，不同于中午只有领导们参加，此刻是两个公司在场所有人的集体联谊活动了。

少了会议室的剑拔弩张，大家都显得很放松。泊灵表业的总部还在瑞士，所以团队里有好些老外，平时板着个脸，如今却十分嗨。

其实，这个季节并不是BBQ的好时节，湖边夕阳下的风吹着很冷，只是音乐开着，自然风光很美，气氛也很不错。酒店给他们搭了好几个野餐帐篷，可以避避风。

大部分女性都早做准备，换了身打扮，要么浓妆要么淡抹，大概只有叶佳楠草草涂了点口红，顶着一头半干的头发，穿着白天一样的衣服。

她唯一的优势就是一点也不觉得冷，因为温泉泡过头了，感觉自己好像一只煮熟的虾，吹着冷风都在流汗。

几个同事忙着对着湖面的落霞拍照。

行崇宁正在湖畔的草地上，和自己团队里的一个四十岁左右的瑞士人在用德语聊天。要是法语和俄语，叶佳楠还可以勉强听懂几个词，德语她就完全没辙了。

行崇宁察觉到她的视线，于是转头看向叶佳楠。

叶佳楠急忙转身，背对着他。

她还没有整理好自己的情绪，完全不知道该如何面对这个让自己的时间瞬间错位的男人。

这时候，刘总监安排酒店的工作人员，说要把桌子凑起来摆成长条形，然后又招呼大伙去帮忙。

女同事很多穿着短裙子，不方便弯腰，于是刘总监环视了一圈，叫住叶佳楠："小叶，你过来，别傻愣着。"

其实她想起自己脱臼的左胳膊，还有点心理阴影，平时也不敢用力。

可是，她又懒得解释，就跟着过去了。

绝大部分人都凑过来帮忙。

男的移桌子，女的就摆一下椅子，放放餐具。

有位泊灵表业的大哥，一手拎了一把椅子从旁边走来，走到叶佳楠跟前的时候，因为人手多，障碍物也多，有点挤不过去，于是递出椅子说："小姑娘，搭把手，把这个放在你后面。"

叶佳楠嘴里答应着，然后伸出右手一把接过来。

不知道那把椅子是什么木头做的，重量完全超出了她的想象，一口气没举起来，眼看椅子腿就要砸在自己的膝盖上，她下意识地想要用自己不敢出力的左手去帮忙。

就在这时，一只有力的手先于她将椅背拎住了。

叶佳楠转过头，发现手的主人是行崇宁。

叶佳楠想说谢谢，可是她觉得自己嗓子很紧，在他面前几乎说不出话来。

他面无表情地提起椅子，放好后说："肩上的伤要是还没好，就去旁边待着，这里也不缺你一个。"

他说话的声音不大，却也没有刻意压低。旁边忙活的其他人几乎都能听见，好几个人停下手里的动作，打量叶佳楠。

叶佳楠觉得自己的体温又升高了一摄氏度，脸和脑子更烫了。

这倒不是因为旁人目光中的试探和好奇，而仅仅是因为行崇宁突然的靠近。

他离她那么近。

声音就萦绕在她的耳边。

她神色呆滞地退到了一旁。

如今一旦靠近他，她就觉得自己胸膛里的那颗心都要蹦出来了，手脚都不听使唤。

然后，小肖来找她："我还以为你去哪儿了，打你电话也不接。"

叶佳楠去摸自己外衣的口袋，果然手机不知道放哪儿去了。

"我回去找下手机。"她说。

从湖边的草地回到她和小肖的房间，需要翻过一个小山坡。正好还能看到些落日的余晖，偶尔能遇见从房间出来朝湖边走去的客人。

回到房间后，叶佳楠翻了一遍，在刚才的温泉池边找到了手机。刚解锁屏幕，就见小肖来电催她："就差你了，刘总监叫我催催你，再不来我们都吃光了。"

"哦。马上。"

叶佳楠挂了电话，拿上房卡，紧接着出门。

此刻，天色已经很暗了。

这样的时节，天黑得十分快，天边刚才还鲜艳的落霞瞬间不见了。

她翻过一个小坡，继续朝湖边走。

然后她听见了对面传来的脚步声。

本以为是酒店的其他客人或者工作人员，她也没有过多注意，没想到，转弯之后，她抬眼一看，看见迎面而来的人恰恰是行崇宁。

他是一个人。

她的脚步顿了一下，继续朝前走。

行崇宁也在下一刻发现了她。

这正好是一条酒店通往湖边栈道的景观大道，修得笔直，有七八十米的样子，她和他在各自那头相向而行。

光线暗淡，远远的看不见彼此脸上神色的细节。

没有别的岔路，叶佳楠只好硬着头皮朝前走。说实话，她有些失措，甚至忘记在这种情况下，如果与一个熟人远远地打了照面，应该看着对方，还是不看对方。

叶佳楠不禁越走越快，然后两三下地就走到了行崇宁的面前。

"你吃完了？"她率先开口，而垂在两侧的手有些抖。

"嗯，我不饿就先走了，现在去停车场。"他简单解释。

谈话时，两个人的脚步都未停下，一边说着一边离得越来越近。

彼此同时在隔着一米多远的距离停下，叶佳楠不知道还说点什么好，于是摸了下自己的耳朵，憋出了一句："谢谢你下午的蛋糕。"

行崇宁看了看她，回答道："不谢。"

然后，两个人又开始同时迈步，擦肩，而后相背而行。

走了几步，行崇宁回身看了一下在认真赶路的叶佳楠，随即又收回视线，将手揣在兜里，也继续朝前路走。

叶佳楠的脚步十分快，走到这条大道的尽头，才敢转身去看行崇宁。

却不想，就在她回头的瞬间，路边左右照明的两排路灯，却陡然亮了。

一刹那，整条路仿佛忽然被搬到了舞台剧的正中间，熠熠生辉。

行崇宁就行走在灯光的中间。

他自己也有所觉察，抬头看了看顶上的路灯，而脚下却没有停，保持着刚才的速度继续前行。

他的背很直。

叶佳楠没有出声，就这么默默地站在原地，看着灯下的行崇宁。

他的背影越来越远，直到这条路的尽头，随后，他跟着楼梯再左拐上坡就再也看不见了。

灯下一片空旷。

然后，他的脚步声也听不见了。

她站在那里，一动不动。

半晌。

不知怎么的，竟然和自己十多年前的心酸记忆猛然重叠在了一起。她有些慌乱，朝行崇宁消失的方向跑去。

追到了拐角，叶佳楠抬头已不见他。

她焦急地喊了一声："行崇宁！"

却没有回音。

而后，她提脚上台阶，开始爬坡，"咚咚咚"地追着。

她来的时候并不觉得这条带着急弯的坡道有多长，如今却觉得是那么难走，可是一时间，她又希望这条路能再长一些，这样免得他身高腿长，一下子就走到停车场了，绝尘而去。

待她气喘吁吁地爬到半山，一转弯就看见了行崇宁。

周围很安静，所以他刚才听见了叫他的声音，可是又不确定，于是在原地没有动。

他盯着黑暗中追寻而来的叶佳楠。

在确定是她后，行崇宁的眼神中带着诧异。

因为，叶佳楠在哭。

跨年夜那天下午，他曾问她："为什么一个人的眼泪可以像你这样收放自如？"

此刻他却有些问不出口，只好狐疑地盯着她。

叶佳楠已经完全顾不得自己的失态，三步并作两步地跑到了他的跟前。

如此一来，行崇宁看得更清楚了。

她是真的在哭。

眼眶里全是水雾，脸颊红扑扑的，不知道是因为泡过温泉，还是因为刚才那一阵追赶。

"怎么？"他问。

她扬起脸看他，却没有回答。

他们俩站在山路的台阶上。他本身就比她高大半个头，如今站的地方还高了两阶，更是让她的脖子仰得难受。

半晌后，她说："我想求你一件事情。"

"什么？"

"你可不可以下来一点，和我一起站这里。"说着，叶佳楠指了指自己的脚旁边。

行崇宁有些疑惑，看了她一眼，耐着性子顺从地照做。

于是，他和她站在了同一级的台阶上。

叶佳楠抹着眼角的眼泪，垂头看了看他的脚，又仰脸看了看行崇宁，摇了摇头："你还要下去一点。"她说话的时候，因为哭过，所以带着浓重的鼻音。

行崇宁刚要反驳，叶佳楠说："我就这么一个小小的要求。"

她怕他不肯照做，自己又无计可施，泪珠子又开始往外掉。

他无奈地又退后一步，到了比叶佳楠矮一级的台阶上。

于是两个人刚好没了身高差。

"就这样？"他问。

叶佳楠没有回话，只是紧紧地盯着他，然后将自己的脸迅速地凑了上去，轻轻张开嘴，含住他的那颗唇珠。

第七章
与她无关的过去

–1–

　　触到他柔软的唇瓣的那一刻，叶佳楠感觉自己慌乱了一天的心似乎终于平复了，连一靠近他就会忍不住发抖的手指，也开始舒缓下来。

　　她觉得自己仿佛是被困在干涸的沙漠中许久的羚羊，终于找到了绿洲里的甘泉。

　　他肯定不知道，她在那辆凌晨行驶在西撒哈拉沙漠的车上第一次看到他的时候，她当时就想过这样的唇品尝起来肯定很不错。

　　随后，她开始贪恋着唇间那柔软美好的触感，却又觉得太浅，于是嘴唇微微张开，又继续凑近了一点。

　　行崇宁没有动。

　　既没有回应她，也没有推开她。

　　刚才那一瞬间，他几乎有点蒙，少女般炽热又甜美的气息朝他陡然扑面而来，将他着实烫了一下。

　　可是在她想要继续索取的时候，他的眉心微微一动，抬起右手，用拇指和食指的指腹捏住她的下巴，往外轻轻一用力，就迫使她的唇离开了自己。

她的唇被他的手指拉开了约莫二十厘米的距离。

她睁开自己沉醉的双眼，有些茫然。

他问："你这是要干什么？"

这句话陡然将她拉回了现实。

叶佳楠仿佛这才从刚才的氛围中清醒过来，惊诧地瞪着眼睛："我……我我……是……"她语无伦次地往后退了几步，却没注意身后的台阶，脚后跟未能及时提起来，于是一个趔趄坐到石梯上。

行崇宁正要伸手去牵她。

她却自己一下子从地上跳起来，一溜烟就跑了。

黑暗中，行崇宁听见她似乎还在下面又摔了一跤，然后又十分迅速地爬了起来。

他站在原地，挑了挑眉。

而后，他又按照刚才的频率继续往上走。

走到这段路顶端的时候，他站在坡上往远处看。

平时这个地方是一个眺望雨师湖的观景平台，可以将这个湾内的湖景尽收眼底，此刻已经是傍晚了，湖面都隐在了夜幕中，只有远端的青山还可以看到浅浅的轮廓。

远山上，稀稀拉拉地还有一些当地农户的住房。

一栋房与一栋房之间间距很远。

大概这个时间，是当地人干完农活回家吃饭的饭点，正好开始点灯。

刚开始他还怀疑是天际的星星，直到一盏一盏地亮起来，才能确信那真的是灯。

他就看着那些明亮闪烁的光点，一直站在那里，临风而立。也不知道这样过了多久，他的身后有了脚步声。

他一直对黑暗中这样的响动十分敏感，于是立刻转身回头，发现来人是司机小唐。

小唐见到行崇宁，脸上似乎松了口气。

"您手机没接，我打电话去伍总监那里，又说您早走了，所以我就来看看。"小唐解释自己为什么会找来。

"开会时，我开了静音，忘记换了。"他说。

"静姨说她给您打了好几个电话，也没通。"小唐提醒说。

厉娴静不喜欢别人叫她什么老夫人，或者行夫人之类的，所以全家上下都叫她静姨，偶尔连行崇宁也会跟着这么喊。

"知道了。"他说。

回到车上后，他摸出自己的手机，看了一眼，又收了回去。

"是直接回家吗？"小唐问。

小唐说的家，是行崇宁在市区的住处，是一套高层的公寓。

他看着车窗外，"嗯"了一声。

过了一会儿，他又说："去静姨那里吧。"

小唐从后视镜里看了他一眼，说："好。"

到了厉娴静那里，她刚送走来教她唱戏的老师，正在清嗓子想要自己再来一段，就看见行崇宁进了门。

"哟——我的小男朋友回来了，刚才打电话给你，你也不接，我还以为你要和我恩断义绝，另寻金主呢。"

说着，老太太开心得就要扑上去亲他一口。

行崇宁头往后一仰，别过脸去，躲开她。

厉娴静年纪大了，可是眼神一点也不差，看了一眼行崇宁的嘴："你小子最近是不是又熬夜了？嘴唇那么红，上火了吧？"

行崇宁听见她的话，一张扑克牌脸裂出一丝尴尬。

厉娴静压根儿没意识到自己儿子会被人非礼，于是忽视了他的别扭，回头说："肯定是上火了。秦小姐，你把下午熬的百合莲子粥给他舀一碗来。"

秦小姐其实是厉娴静身边的一位保姆阿姨，两个人年纪差不多，相处了很多年，也没有主仆之分，还随时给对方乱取名，相互调侃。

行崇宁去洗手间洗手，关水龙头的时候抬起头无意间瞥了眼镜子，然后他看到自己的唇上竟然沾上了叶佳楠的口红。

他穿着灰衬衣和一件黑色开衫，领带早取了，全身上下都是纯粹的素色，只有嘴上的那抹不属于他的红，十分醒目。

他愣愣地又看了一眼，随即又拧开水龙头，洗了一遍脸，才走出洗手间。

粥端来了，秦小姐知道他的习惯，没有直接递到他手上，只是放在桌面。

行崇宁说了声谢谢，就坐在餐桌前静静地吃着。

他吃完洗了碗，回了二楼房间。

秦小姐说："通宝今天有点不对劲。"

厉娴静一改在儿子面前的嘻哈态度，神色黯然："你说我还要怎么办。我知道他应付我有多无奈，可是我的心也不好受，这么多年了，他放得开，我却放不开。"

秦小姐拍了拍厉娴静的手。

"散步时间了，今天外面冷，还要不要去？"秦小姐问。

"要，我去换一身。"厉娴静说。

等她正收拾好，准备出门的时候，却看到行崇宁也换了衣服和跑鞋。

"你干吗？"厉娴静问。

"你不是要锻炼身体吗，一起。"行崇宁答。

"我这样的老太婆可跟不上你那跑步的速度。"

"我跟着你走。"

厉娴静抿着嘴笑，然后朝楼上喊："秦小姐，你不用去了，有通宝在。"

母子并排着出了门。

两个人一边说着话，一边在小区的人行道上溜达。

厉娴静东拉西扯，一会儿问公司的事情，一会儿问他上次去摩洛哥的情况。行崇宁想答的就说一说，不想答的就一两个字带过。

她了解儿子的性情，也不追问。

一会儿，厉娴静又问起继子行争鸣。

"元旦那天，他带的那个小姑娘，他跟我说是他以前一个女同学的孩子。"

"嗯。"行崇宁答。

"你老嗯什么嗯？"这个问题厉娴静倒是不想被糊弄了，"女同学是离婚了还是怎么的，你哥能那么热心，还把人家孩子带回家吃饭？"

"没问过。"行崇宁说。

"秦小姐的外孙都三岁了。"厉娴静说。

"嗯。"行崇宁装着没听懂的样子。

"得了，行大不是我生的，我管不了他。但是行二，你是我身上掉下来的肉，你这样孤零零，我看着揪心知道吗？"

"妈。"他停下来，看着母亲。

那眼神颇让厉娴静心酸，于是她又连忙改口说："算了算了。我不是个喜欢唠叨年轻人结不结婚、生不生孩子的老太婆。我也不喜欢自己这样。想当年我二十岁嫁了 Louis，四十岁生了你，谁管我我就烦谁，所以，你只要不是某一天突然给我带个男的回来，还介绍说是你的真爱，我就心满意足了。"

这话逗得行崇宁也不禁莞尔。

"笑什么笑？你可别吓我，我思想还算开明，但是还没开明到这个程度。"厉娴静说。

行崇宁问："我爸当年是被你气死的吧？"

"呸呸呸，有这么挑拨亲爹、亲妈的孝顺儿子吗？"

两个人一路走一路聊，走到小区的湖区的时候，厉娴静发现路灯似乎坏了，前路一片黑暗，忙说："前面太黑了，你该害怕了。我们回去。"

"我多大的人了，早不怕黑了。"行崇宁答。

"我怕，行了吧。"厉娴静坚持。

于是，两个人又原路折返回去。

"屈医生那里，去了吗？"厉娴静迟疑着问。

"没去。"行崇宁垂眸答。

"不喜欢去就别去了。"

他没再回话。

然后母子二人又在其他地方转了几圈才回家。

夜里，行崇宁在自己房间洗了澡，从浴室出来，他觉得有点渴，于是下楼去倒水喝。没想到出门一看，却发现秦小姐正站在楼梯上。

她和厉娴静一样，年纪大了，膝盖不好，都住在一楼，平时在没有必要的情况下都懒得爬楼梯，现在已经过了两位老太太平时的睡觉时间，她却突然上来。

"二姨，这么晚了，还忙什么？"行崇宁问。

秦小姐自家小名叫秦二姐，所以行崇宁也经常叫她二姨。

她抬头看到行崇宁，解释说："我睡下了才想到今天你还住这里，差点就忘了给你留灯了，就怕你半夜突然起来。"

说完，啪嗒一声，她将楼梯墙上的灯打开，然后下到一楼又开了两个，才回自己的房间。

行崇宁走到厨房，从热水壶里接了热水，喝了半杯，离开的时候，抬眼看着屋里的灯，没有犹豫，又一路将它们全部关上，回到自己的房间。

房间里开着电视，声音调得极小。

他去确认了窗户，反锁了门，然后熄了所有的灯，掀开被子躺上床开始睡觉。

而墙上电视的屏幕，却光影闪烁，一直都亮着。

-2-

叶佳楠逃跑时慌不择路，没有多想，等自己回过神来，已经迟了。她发现自己回不了房间，因为行崇宁也许还在那条路上。

而此刻，她哪还有心思去湖边继续 BBQ，只好瞎转悠。

她这人有时候有种蛮劲儿，从发现自己对行崇宁动心开始，就觉得这个世界都要塌了。可是等她真的一股脑子亲上去之后，她反而冷静了。

她一个人在湖边的栈道上转悠了一会儿，又找了地方坐下，查看自己膝盖和手掌擦破皮的地方。她虽然怕痛怕打针，但是从小对身上的小伤小疤痕都不是特别在意。

然后，叶佳楠给何茉莉打了个电话，将自己和行崇宁的事情一五一十地交代了。

"妈呀！你也太爷们了，还是纯的，"何茉莉对着电话惊呼，"当时你究竟是怎么想的呢？"

"我当时只是觉得我活了这么年，终于遇见一个让我这么心动的人，我可不能让他跑了啊，我就追上去叫住他，想跟他说我喜欢他来着，没想到他站太高了，我本意就是想和他平等地说下心里话，然后他离我那么近，他的嘴巴那么好看，我脑子一热什么都忘了，等我回过神来的时候，已经被他给弄开了。"叶佳楠想起他当时那个冷淡的动作，真的是被他给嫌弃地"弄开的"。

"平时看你挺聪明的，一遇见事情的时候你那手比脑子快的特性，什么时候可以改下？"何茉莉数落她，"你还记不记得高中的那次，我和你当值日生去扫楼下的绿化带，然后你把一个男的给揍了。"

叶佳楠当然记得。

学校的垃圾场有点偏僻，那个男生为了少走几步路，就把自己班的一大堆垃圾直接倒在她俩刚刚扫干净的地上，他以为神不知鬼不觉，没想却被叶佳楠和何茉莉逮了个正着。叶佳楠和他理论，对方恼羞成怒，一边将自己之前倒的那堆垃圾恶意地到处乱踢，一边还拿那些不堪入耳的脏话骂她俩。然后叶佳楠冲上前，抢起自己手上的扫帚，就打向那男生的头。那扫帚又硬又重，直接把对方给打蒙了。

后来，男生家长找来学校，坚持说自己孩子得了脑震荡，要照 CT，要住院。

叶妈妈付了住院费、营养费和看护费，才算了事。

事后，何茉莉也问："你当时怎么想的呢？"

叶佳楠说："我只觉得很生气，脑子已经转不过来了，当我重新可以思考的时候我发现自己已经揍完了。"

不过也是从那一次起，她在学校声名大噪，成了"有数学天赋的暴力美少女"。

"我的本意真的只是想跟他告个白而已啊。"叶佳楠哀号。

"所以不怪你，要怪就怪男色害人？"

"对，你不知道他的嘴长得有多好看。我以前还能因为讨厌他，而把它忽略掉，可是当我下午发现我喜欢上了他之后，就再也压抑不住了。"

"那么亲了之后，你觉得味道好吗？"何茉莉问。

"我……"叶佳楠本来想老实汇报，可是仔细一想觉得不对，立刻反应道，"哎哟喂——何茉莉，你问这个问题，对得起徐庆浩吗？"

"你个女流氓女变态，还有资格跟我谈品德？"何茉莉反驳她。

叶佳楠一脸黑线："本来只是有点害羞，被你这么一说突然觉得有点后悔了。他不会真的以为我是女变态吧？"

"可是他怎么可能那么老实地站着没动，由着你随便乱来？"何茉莉问。

"因为我在哭，"叶佳楠喃喃说，"茉莉，我哭了。"

"那你哭什么？"何茉莉问。

时间很晚了，叶佳楠觉得夜风都冷到了骨头里，于是她裹着外衣往房间那个方向走。一路上，她脑子里都回荡着何茉莉的那句话——你哭什么？

是的。

她哭什么？

有什么可哭的。

叶佳楠回到房间，进门发现小肖和几个同事也在，男的女的都有。几个人坐在沙发上聊天，吃橘子，嗑瓜子。

叶佳楠用房卡打开门的瞬间，在场的人的谈话稍微中止了下，不知道在说什么，在看到她突然出现之后，表情还有些尴尬。

小肖不冷不淡地问了一句："吃饭的时候，怎么没来？"

叶佳楠见人太多，只说："我不太饿，就自己在湖边转悠了一圈。"

"手机找到了吗？"

"忘在房间里了。"叶佳楠答。

她的手指和脸颊被冻得有些僵硬，说话也有点不利索。

这个时候，一个男同事 A 狗腿地扑上来，连忙从餐桌那里端了把椅子让叶佳楠坐，还掰开一个橘子递给她："哎呀，小叶子，以前真是失敬，你居然是厉总的熟人，怎么不早说？"

男同事 B 又说："你还没吃吧？要不要给你叫点吃的？"

另一位挨着小肖的女同事，皮笑肉不笑地说："想献殷勤的都赶紧的啊，不然坐在这半小时不都白等了。"

她这样一说，反而没人好意思继续了。

叶佳楠实在是冻坏了，随意和大家寒暄了几句，然后回了房间，想赶紧洗个热水澡暖和下。

没想到等她洗了澡出来，大家已经走了，小肖在收拾一堆瓜子壳，不怎么搭理叶佳楠。

"小肖，你怎么了？"叶佳楠问。

她觉得小肖今天一直对她有些疏远。

小肖瞥了瞥她："没什么，有些累。"

"那我来收拾，你去休息吧。"叶佳楠说着就去拿垃圾桶。

平时在公司，一般小肖都不会和她抢，她是新人又是实习生，做点没啥，没想到这次小肖却说："哎哟，算了，叶大小姐，我来吧。"

叶佳楠直起身看她，听出她嘴里的讥讽，于是说："我不是什么大小姐。"

"怎么不是，"小肖冷笑道，"大老板是你的靠山，行崇宁给你出头，你是到我们这里来体验生活吧。还跟着我学什么学啊，我敢叫你干活吗？之前还故意在我面前看泊灵表业的杂志，然后等我给你说行家的八卦，结果，你心里笑着看我出丑是吧，是不是还原话复述给厉娴静他们听，当作茶余饭后的谈资呢？你都跟人家私下单独去喝下午茶了，还需要在我面前装着一副懵懂无知的样子，装给谁看啊？上回他助理帮你请假，我问你，你还说凑巧。我是傻呀，我还以为你对我好，开会替我出头，才这样给你糊弄。你是不是觉得特别好玩，有种后宫娘娘和公主来民间微服私访的感觉，我把你当新人爱着护着，有责任我给你挡着，结果你在背后给我憋了个大招。你耍猴呢？拉着我们找存在感是吧？"

小肖这个人本来也是个直爽脾气，嘴里噼里啪啦地就像倒豆子一样冲叶佳楠发泄。

"我憋什么大招了？"叶佳楠提高声线，"没错，我认识行崇宁，可是不是你想的那样，我也是最近才被人牵线认识他们的。"

"叶小姐，你手上那块月相表值十多万吧，当时行崇宁提到的时候，我就觉得纳闷，一个小姑娘买个七八千的包，还可以说是省吃俭用后的个人爱好，你戴一只六位数的表，来公司体验工薪阶层的生活吗？"

叶佳楠抬起手，手掌上的皮肤在刚才摔跤时被擦破了皮，洗澡又沾了水，现在有些红肿，然后旁边就是戴着的那块月相表。

她说："肖姐，我不是有心欺瞒你，行家和我妈妈过去的关系，在我进公司前我并不知道，连这个工作也是背着我妈妈找的，我并不是来跟你们闹着好玩的。至于这块表，这是我二十岁的时候，我妈妈送给我的生日礼物。不是我的钱。"

小肖冷笑："这也要装，矫情。"

叶佳楠又说："我不是什么大小姐，我全身上下，只有这件外衣是我自己上个月的薪水买的，其他东西都是花的我妈妈的钱，所有的吃、住、行、学费，包括我出国，都是花的她的钱。在美国的时候，很多留学生都去打工，我很少去，就算偶尔去了，也不敢跟她说。我只要有一丁点儿表现出不心安理得地花妈妈的钱的情绪，她就会难过。你知道为什么吗？她从来不说，但是我看得出来。"

小肖缄默不语。

"我还有一个妹妹，比我小两岁。她小的时候身体不好，联系了很多医院都没法治，最后妈妈带着妹妹去日本做了手术。要是换在很多条件差的家庭里，大概也就是任由她自生自灭了吧，可是她现在好好的，长得比我壮，一身的劲儿，游泳特别棒，现在跟着队在全世界各个地方拉练、比赛。如果没有钱，她大概活不过五岁。这种时候，我才真的觉得，钱是个好东西。"叶佳楠说。

"可是，这些都不是我的钱。我也不是什么有钱人家的大小姐。"叶佳楠说。

"我和我妹妹，都是孤儿。"叶佳楠又说。

说完这句话，叶佳楠将茶几上的瓜子壳和橘子皮全部抹到垃圾桶里，又将垃圾桶轻轻放在了墙角，然后回了自己的房间。

–3–

第二天全体休息，一群人相约去游湖。

叶佳楠这人是典型的心胸宽大型，对于昨天的事情，无论是她吻了行崇宁，还是一边被人排挤一边又被人追捧，仿佛都没有影响自己的心情。

倒是船上遇见小肖，发现小肖顶着两个黑眼圈。

叶佳楠没有和她打招呼。

虽然这份工作很重要，但是她不是那种委曲求全的人，大不了以后换家公司。

相较于叶佳楠的神采奕奕，小肖的无精打采，A城另一头的何茉莉也是深夜才睡，日上三竿才给叶佳楠发了条微信。

何茉莉：你害得我昨天少女心萌发，翻出了很久没有触碰的偶像剧看到了半夜，你怎么样？

叶佳楠：五星级酒店的床垫睡得我都不想起床。

何茉莉：你的心真大，强吻了别人还睡得着。

叶佳楠：为什么睡不着，反正亲都亲了，他要是喜欢我，就答应我，不喜欢我，那我们就一拍两散！

何茉莉：虽然知道你就是这样的人，可是我还是无言以对……

叶佳楠：哈哈哈。

何茉莉：呵呵呵。（白眼）没心没肺。

中午吃过饭，叶佳楠回到家。

今天是周二，按照行崇宁的作息规律来说，白天应该在楼上。不过她觉得因为昨天的事情，也许会有别的情况出现。

叶佳楠进门看到地球仪上面朝着自己的大西洋，事情一目了然——他在。

就在她以为行崇宁在自己房间里，然后右手下意识地将地球仪拨到太平洋的时候，身后的门锁突然响了。

叶佳楠警惕地回身一看，行崇宁拿着钥匙开了门，正要进来。

他穿着一件灰黑色的大衣，长度到膝盖上面，空着两手，什么也没拿，有点像临时出了一趟门。

他整个人看起来脸色有些白，精神也不是特别好。

两人一个站在门外，一个站在门内，互相看了一眼。

虽然叶佳楠在何茉莉面前说得十分轻松坦荡，可是她毕竟还是一个薄面皮的二十二岁的女性，看着行崇宁，心如鹿撞，憋了半晌，才吐出一句："嗨。"

行崇宁没有答话，半步跨进门厅，回身关了门。

她没有动，依旧杵在原地。

"我还以为你在里面。"叶佳楠又说。

"我刚才出去吃饭。"他淡淡答。

叶佳楠对着行崇宁第一回觉得自己词穷了，不知道怎么把对话进行下去，于是侧身将身后的路给他让出来。

他瞥了她一眼，经过她，朝客厅里的楼梯走去。

叶佳楠看着背影，陡然发声："那个——"

行崇宁回身看她。

叶佳楠触到他的视线，一时没了主意要说什么，于是胡乱地问道："要不要一起吃个午饭？"说完之后，她就觉得自己傻透了，明明行崇宁的上一句就是说自己刚才已经吃了。

可是，行崇宁却收回了脚步，挑起了眉，折回来，走近她。

叶佳楠不敢抬头，她只要一看他，就忍不住去盯他的唇，只觉得原来登徒子也不怎么好当。

等她一回神，发现行崇宁已经站在她的跟前。

因为两个人距离太近了，她不禁紧张地往后退了一步。

他说："叶小姐，你难道不应该解释下昨天的事情吗？"语气并无一点波澜。

她垂着头："我……我当时突然发现自己喜欢你，所以一时没忍住。"

只听他淡淡一笑，反问道："喜欢我？"

叶佳楠鼓起勇气仰起脸，勒令自己盯着他的眼睛。

她窘迫又紧张，左右脸颊和耳垂因为心中的情愫被染成了红色，而在当她看到他的眉目的时候，自己的一颗心却骤然跌落到谷底。

此刻的行崇宁眼底一片清冷，并没有丝毫被告白的喜悦。

他似笑非笑地上前一步，垂头问道："你喜欢我什么？"

那语气和神色仿佛又变成了银杏林里反问她"可是这和我有什么关系？"的那个人。

叶佳楠提脚又往后退，却发现自己的后腰已经抵到了玄关柜上。

他朝前又迈了一步，追问道："你了解我吗？知道我行崇宁是个什么样的人吗？我喜欢什么？不喜欢什么？你之前不是说我不识字吗？你知道为什么？说说看。"

他每问一句就靠过去一点，两个人的身体几乎贴在了一起。

叶佳楠被逼得没角度躲。

慌乱间，那地球仪也被她的胳膊肘碰倒了，"咚——"一声滚到地上。

可是，她却一直固执地仰着脸，盯着他的双眼。

他垂头，对着她的脸，鼻尖几乎要碰在一起。

那姿势若是旁人看来，亲密十足。

可是他们之间，哪有一点点让人迷醉的暧昧氛围。

他的视线扫过她的眉眼又落在她的唇上，然后问了一句："叶佳楠，你在我面前是不是太肆无忌惮、自以为是了一点？"

说完这句，他抬起手，奔着她的下巴去。

就在他的手指要碰到自己的时候，叶佳楠使劲推开了他："你够了。"

她全身绷得紧紧的，挺直着背，牢牢地盯住他，仍旧一脸通红，这次却不是害羞，而是因为怒极了。

"你有什么了不起的，我承认我是在某个瞬间喜欢你，但是并不能因为我喜欢你，我的人格就该比你低一级，让你踩在地上随意践踏。"

她说完就从缝隙中挤了出去，摔门走了。

叶佳楠一口气走到大马路上，她原本以为自己会哭，可是哪知一滴泪也挤不出来。

他行崇宁是个什么东西，居然这样说她。

她站在大街上，窝着一肚子火，气得要发疯，忍不住大叫一声发泄了下，引得路人频频侧目。

然后，叶佳楠到何茉莉工作的初中学校去找她。

何茉莉一边改作业，一边听着叶佳楠的抱怨。

"你不亏啊。"何茉莉说。

"为什么？"

"不是有一句诗叫：所爱隔山海，山海不可平。你才喜欢上他一天，就亲到了。人家有的人喜欢了一辈子，还没牵过手呢。所以你当然赚大发了。"

"不是喜欢'上'一天，是只喜欢'了'一天。"叶佳楠纠正。

何茉莉忍俊不禁："我才不信。"

叶佳楠这一回倒是没有回嘴，一心一意地看着手机。

何茉莉好奇："你在干吗？"

叶佳楠趴着说："在网上看房子。"

"你回来和我住吧。"

"过段时间优优回来了，说要来找我，到时候你那一张床肯定挤不下。"叶佳楠说。

何况，她可不想被徐庆浩怨怼。

"欸，对了，"何茉莉说，"之前我看到我们小区里贴着几个租房的小广告，回头我去问问。"

"那你一定放在心上，就这两天。"

两个人正在说话，下课铃响了，老师们陆陆续续地回到办公室。其中一个有点白胖的中年妇女，办公桌就在何茉莉的旁边。

中年妇女一回来，就笑盈盈地盯着叶佳楠看。

"这是关老师，陆剑的妈妈。"何茉莉给叶佳楠递了个眼色。

叶佳楠连忙站起来，打招呼："关老师好。"

"小叶，坐坐坐，怎么今天有空来找何老师啊？"

叶佳楠挠了挠后脑勺："今天正好休假。"

关老师放下课本，坐在了自己的座位上，可是没等几分钟，她又说："我们家陆剑上次和你见了两次后，就一直夸你好，你们怎么后来就没联系了？他这人脸皮薄，有些事情放在心上，却不好意思说。他今天正好要来学校接我，不如何老师和小叶一起去我家吃个便饭吧？"

面对关老师直接的邀约，叶佳楠不知道如何是好。如果是陆剑自己来说，她还可以见招拆招，或者干脆直来直去。可是，除了自己的母亲以外，她很少和这个年纪的阿姨接触，何况这人还是何茉莉单位的老前辈，就怕自己万一没处理好，给何茉莉招黑。

于是，她偷偷瞄了何茉莉一眼。

何茉莉会意，婉拒道："不用了，关老师，她早和我约好了，提前说好了叫徐庆浩开车一起出去吃。"

关老师立刻就说："就你们三个？你们小两口甜甜蜜蜜说话，把人家小叶搁哪儿啊，那正好，叫陆剑一起去，你们年轻人比较谈得来。他最近拿奖金了，一定叫他请你们吃饭，随便选地方，千万别手软。"

何茉莉知道叶佳楠对陆剑是一点意思也没有，肯定十万个不愿意去，于是正想再找个理由推掉，叶佳楠却先开口了："那好啊，我也不用老当电灯泡了。"对方把话都说成这样了，叶佳楠也怕何茉莉为她得罪了学校的老前辈，以后日子不好过。

关老师听到叶佳楠的应允，欢天喜地地到走廊上给儿子打电话汇报去了。

"你干吗啊？"何茉莉说，"你不乐意让我替你挡不就好了。"

"没事，还要多谢何老师给了我一个机会，挽回了点自尊心。"叶佳楠说，"此处不留爷，自有留爷处。"

何茉莉扑哧一笑。

—4—

徐庆浩好交朋友。前两次吃饭，没把陆剑跟叶佳楠凑成对，倒叫陆剑和他熟络了起来，两个人居然后来还私下联系过。

"你们两个大男人背着我们打电话干吗？"何茉莉好奇。

"我那个大表姑家的儿子两年没回家了，元旦节的时候家里人又说起这事，正好就跟陆哥咨询了一下。"徐庆浩说。

叶佳楠夹菜的筷子微微一顿，瞄了徐庆浩和陆剑一眼。

"我怎么不知道你们家还有这事。"何茉莉问。

"都两年了，出事的时候还不认识你呢，也就没怎么提。就是小伙子高中毕业以后出去打工，有回打电话回家和他妈吵了两句，然后就没联系过，手机也停机了。后来家里人还坐火车去他上班的地方找了几次，说早走了。都两年了，什么消息也没有。"

何茉莉说："去报案说失踪啊？"

徐庆浩说："只登记了一个失踪人口信息，但是公安局不给立案。"

何茉莉吃惊："为什么啊？不都两年了吗？"

陆剑答："按照规定来说，他表弟是一个成年人，他有不和家里人联络的自由，无论他失踪多久，在没有确凿证据证明他存在人身安全威胁和被拐卖的情况下，是不给立案的，除非有犯罪行为发生。"

叶佳楠默默地吃着菜，一直没有插嘴。

大概陆剑真的帮了徐庆浩的忙，所以徐庆浩也真心想撮合下他和叶佳楠，说是陆剑请了吃饭，他强烈要求请大家看电影。

到了电影院，正是看电影的高峰时间，座位只剩一些边角余料了，选不到四个连着的座位。于是四个人只能分成两对独立的模式。

何茉莉正想拉上叶佳楠，徐庆浩早看出眉目，抢先开口说："哪有两个大男人坐在一起看电影的？我们不同意。是吧，陆哥？"

陆剑揉了揉鼻子，笑了一下。

于是，叶佳楠和陆剑座位挨在了一起。

片子是最近一部很热门的喜剧片。看到一半的时候，叶佳楠的电话响了，打电话的是妹妹叶优桢。她给陆剑打了个招呼，自己赶紧出了影厅。

"姐——"叶优桢喊。

"什么事？"她问。

"你在干吗？"

"看电影。"

"我过段时间要回来，先去陪妈妈一段时间，然后去找你玩。"

"你上次已经说过了。"叶佳楠说。

"我这不是怕你忘了吗？再说上次只是问你意见，还没确定。"

"你来吧。"

"我这次假期很长，我可以陪你住一段时间，你不用管我，我自己在附近逛逛，然后等着你春节放假一起回家。"

"你住这么久，缴生活费吗？"

"欧也妮·葛朗台啊你。"叶优桢抱怨道。

"长文化了，还知道世界名著。"

电话说完以后，叶佳楠有些不想回去继续看电影了。

她笑点高，那喜剧片看着特别无聊，自己实在提不起什么兴趣，玩手机又怕屏幕光线影响旁边人。影厅门口正好有一排沙发，于是她干脆坐下来玩她的手机游戏。

大概过了十分钟，陆剑也从里面出来，看见坐在对面打游戏的叶佳楠说："你接个电话离开太久了，我不放心出来找找。"

"我正要回去。"叶佳楠说。

"不用了，"陆剑说，"其实我也觉得不好看。"

叶佳楠嘿嘿一笑，算是默认。

"看完电影怎么安排，要吃宵夜吗？"陆剑问。

"不吃，明天还要早起，何况晚饭已经吃得太撑，再吃要胖了。"

"我反而觉得你要是胖一点大概更漂亮。"

叶佳楠没有接话，于是陆剑说完这一句，两个人陷入了沉默。

叶佳楠想了一下，慢慢开口说："陆剑，我……你是个很好的人，你妈妈人也特别好。但是我觉得我们不太合适。"

她以为上次她的暗示已经够明显了，陆剑也该明白，没想到又冒出关老师这一出。

陆剑神色一黯："说这么直接，真不怕伤我的心？"

叶佳楠连忙解释说："不是，不是。我只是觉得早点说清楚比较好，免得你在我这里浪费时间，耽误你去找更好的人。"

"一点机会也不给我？"

叶佳楠不知道怎么回答，本想说自己刚刚工作所以暂时不想交男朋友也不想考虑感情问题，但是又想起中午自己厚脸皮跟行崇宁告白的样子，于是这样善意的谎言却也说不出口了。

两个人同时缄默。

过了会儿，陆剑问："那下次要是有别的人在场的时候，还可以约你吗？"他触到叶佳楠的眼神后，又解释说，"不是单独吃饭，就是有很多人一起郊游野炊什么的，想叫上你。"

见叶佳楠还没明白，他接着说："瞧我这人，嘴笨。不是单独约你，就是不做男女朋友，可以做做好朋友，之前听说你只身一人在 A 城工作，同学、朋友很少，也没个亲戚，在这儿几乎就没什么认识的人。你现在可以当我是你的朋友，我妈妈那里我会去跟她说清楚，叫她下次不要去麻烦人家何老师了。"

叶佳楠听懂了："谢谢。"

这句郑重其事的"谢谢"倒是让陆剑不好意思了。

"可是我从来没有交过男性朋友。"叶佳楠笑。

"那说明你人生有缺憾啊。做个朋友，万一你有什么需要帮忙的，我肯定两肋插刀。"

要是换成上次在行家遇见的那个叫曹鑫淼的富二代，叶佳楠肯定不会当真，只会觉得对方不过是想换个方式曲线救国而已。可是，当对方变成陆剑这样一个十分实在又诚恳的人，却让人无法拒绝。

叶佳楠眯起眼睛笑着点了点头。

说清楚就比较轻松了，她最怕欠别人人情，连对方多请了她一顿饭，有时都要及时还回去。

"不过，希望找我都不是和我职业有关的事情。"陆剑开玩笑说，"找警察帮忙的都不是什么好事，你遇不到最好。"

叶佳楠默默地看了陆剑一眼。

"那现在重新认识一下，"陆剑伸出手，"我是叶佳楠的朋友陆剑，你好。"

叶佳楠笑着和他握了一下手："你好，我是陆剑的朋友叶佳楠。"

电影散场以后，因为比较顺路，陆剑就送叶佳楠回去。

叶佳楠没有拒绝。

电影院离叶佳楠那里很近，并不需要多久，但是没想到路上遇见了一场电动车和出租车相撞的车祸，堵了很久。

其间，陆剑接了一个电话。是他同事打来的，大概是个新入职的，问他工作上的一些事情，说报案单上面有个地方不知道怎么填。陆剑在开车，就开着车载蓝牙的免提，和对方说了两三分钟。

等他挂了电话，坐在副驾驶座位上的叶佳楠忍不住问："刚才吃饭，你说失踪不能立案，可以报失踪人口，帮忙找？"

"是啊，只能说提供一个参考给家属寻找，因为大多数都是成年人本身自己不想和家里人联系，闹矛盾什么的。"

"怎么帮？"

"可以在系统内帮忙看看这人有没有活动轨迹。"陆剑解释，"比如说买机票、坐火车、住酒店、办电话卡，甚至进网吧上网都可以查到。"

叶佳楠若有所思地点点头。

"你好奇心挺强嘛。"

叶佳楠笑了下。

等到了目的地，陆剑的车停在小区的马路对面，叶佳楠解开安全带和他告别，陆剑却坚持要下车送她过马路。

"真不用。"叶佳楠说。

"快十一点了，小心点好，上次我们有个案子就是一个阿姨，打完麻将十二点回家，牌友的车送她到马路对面就走了，结果她过完人行横道还没走到小区门口就被抢了包。"

叶佳楠呵呵一乐："是不是什么事情你都可以找到相关案例来规劝别人？"

陆剑微窘，挠了挠后脑勺："你别嫌我话多。"

陆剑的个子不算高，皮肤黑黑的，两道眉也是黑黑的，有一种特别实在的感觉。叶佳楠突然觉得，要是之前喜欢的是他该多好。

告别陆剑之后，叶佳楠进屋打开灯，看到玄关上的那个地球仪不见了。

她挑了挑眉，待走到客厅正中，才发现地球仪被行崇宁扔在垃圾桶里，而地球仪的转轴和底座相连的地方断掉了，这玩意儿十分脆弱，大概是中午她碰到跌到地上摔坏的。

她一个人刷了牙洗了澡，然后开始收拾自己的东西。

之前本来也没打算住多久，所以很多东西压根儿都没从箱子里拿出来，于是没一会儿就全收拾好了。

-5-

叶佳楠正要睡觉，却接到了陆剑的电话。

"你问我的时候我没注意也没细想，我回家后才回过味儿来，你是不是也要找什么人？"陆剑在电话里问。

他大概因为自己职业的关系，观察很敏锐，心也很细。

"我……我只是随口问问。"叶佳楠说。

"真的？"

叶佳楠思索了下，迟疑着说："其实，我想找我的亲生父亲。"

陆剑有些意外："你是……"

"我是被现在的家人领养的，走丢的时候六岁，还有我妹妹，当时她四岁。"

"怎么被弄丢的？"陆剑问。

叶佳楠苦笑了一下："其实不是走丢的，是我父亲把我们扔了。"

陆剑在电话那头沉默了片刻，然后说："叶佳楠，要不和我聊聊？"

叶佳楠撑着额头："谢谢你，陆剑。只是我今天心情不太好，不想说这些。"

第二天中午何茉莉就给叶佳楠回话，说旁边出租的那房子还在，跟房东约了晚上去看房子。

午休时间到，叶佳楠回到办公室，发现桌上摆了杯热果汁。

她狐疑地环视了一圈。

旁边的小肖故作轻松地解释："楼下的果汁店正买两杯打折，就顺便帮你带了一杯。"

叶佳楠说了声谢谢，甜甜地笑了。

小肖反而有些不好意思起来。

晚上，叶佳楠跟何茉莉去看房子。房子是电梯房，在十一楼，就在何茉莉隔壁一个单元，是一居室的小公寓，连房型也和何茉莉家一样。房主是位三十多岁的姐姐，说是以前单身的时候买的房子，如今结婚了就换了房。屋子里的家具不多，但是收拾得十分干净。叶佳楠二话不说就交了押金。

回到住的地方，叶佳楠先跟妈妈通了个气，然后又给行争鸣打了个电话。

"不是住得好好的吗？"行争鸣问。

"是很好。但是也不好老麻烦你们，正好一个朋友家旁边有套合适的，就租了。"叶佳楠说。

"你妈妈知道？"

叶佳楠"嗯"了一声："谢谢行叔叔，这些日子给您添麻烦了。"

放下电话，叶佳楠看了下楼上。

出于礼貌，她其实也应该跟行崇宁说一声，不过她没有他的电话号码，没有微信，什么也没有。

何况，他肯定也不需要她再说什么。

谁年轻的时候在情路上还没遇见过一两件糟心事，她这么一想也就释怀了。

过了两天，行崇宁如约去见屈医生。

屈医生三十五岁左右，他之前给行崇宁做过一段时间的心理矫治，只是行崇宁本来就是抱着敷衍厉娴静的心态，所以治疗也是断断续续，加上屈医生去年又去了国外进修，所以两人也好久没见过了。

屈医生的办公室里种着两盆十分茂盛的绿萝，藤蔓从一米多高的花架一直拖到地上。行崇宁也没坐，就站在绿萝跟前去摸它的叶子。

"去年我走之前教你种的薄荷长得还好吧。"屈医生问。

"目前还活着。"答完这五个字，行崇宁却想起了叶佳楠。

当时他去修剪薄荷的花蕾，她明明前一刻还因为电影里的情节伤感流泪，下一秒就张牙舞爪地讥讽自己，变脸比翻书还快。

屈医生仿佛察觉了行崇宁神色中的端倪，笑着问："最近过得怎么样？"

"老样子。"行崇宁答。

"哦？不过我觉得也许有一点点不一样。"

行崇宁从绿萝旁挪开了脚步。

他想了下屈医生的话，想起叶佳楠的那张脸，不经意地说了一句："我遇见了一个小姑娘。"

"哦？有多小？"

行崇宁侧了一下头："不太清楚，二十？二十一？或者二十二三？我猜的。"

屈医生将眉毛挑高："那还好，正合适。"

行崇宁斜睨他："不是你想的那样。"

屈医生继续挑着眉毛，额头皱起了好几条抬头纹："也许，真的是我想的那样。"

行崇宁不想继续这个话题，装作没听见。

屈医生从兜里掏出一盒烟，抽了一根递给行崇宁。

行崇宁接了过去。

屈医生道貌岸然地补充了一句："吸烟绝对有害健康，你可别举报我工作时间伙同你抽烟。"

于是，两个男人在办公室里锁着门，打开窗户，挤在狭窄的通风口吞云吐雾。

行崇宁本人并不想做什么心理治疗，来这里纯粹为了宽母亲的心。

之前了解行崇宁的个性，屈医生当然也知道状况，所以不勉强。

屈医生只是从两人未见面的这一年多的经历说起，想要抛砖引玉。于是，两个人闲聊一般，断断续续说了一会儿。

屈医生刻意绕着弯追问了好几次"小姑娘"的事，都被行崇宁避开了，只字未提。

"你其实有点害怕别人提她吧？"屈医生说，"你从前可没有这么刻意地回避过什么事情。"

行崇宁看着烟缸里烟蒂上渐渐灭掉的星火，一言不发。

"不不不，错了，不是害怕别人提她，"屈医生摇摇头，"其实你是害怕她。"

行崇宁觉得可笑，不禁反问道："我怕她做什么？"

"你怕你的规则被她打破。"

行崇宁冷冷一笑。

临走前，屈医生劝诫说："总之呢，少工作，多出去走走，我要是你这样，早环游世界去了。"

"那你怎么不去？"行崇宁问。

"前提是：我要是你这样。可我得为了生活而工作啊，而你不用。"

行崇宁刚要说话，屈医生抬起手，阻止他："我知道你要说什么，用一句网络金句来反驳你——不要跟我谈理想，我的理想就是不工作。"

"去了很多地方，也没觉得有多大意思。"行崇宁说。

"肯定也存在着有那么一点意思的地方吧。"

下午，行崇宁回家陪厉娴静吃饭，顺便叫她知道自己去找过屈医生了，晚饭的时候，行争鸣也在。

饭桌上，行争鸣想起房子的事情说："那个——叶佳楠说她找到合适的地方已经搬走了，钥匙也还给我了，你今后要用的话都可以随意了。"

行崇宁抬起眼看了行争鸣一眼，没吭声。

其实他在叶佳楠摔门而去的当天下午就先把暂时要用的东西搬走了，所以他直到此刻才知道叶佳楠后来也没住了。

叶佳楠搬了家之后，时间也过得十分快，临近春节，叶优桢来了。

正好是周末，叶佳楠想着妹妹喜欢热闹，于是就请了何茉莉、徐庆浩两个人加上陆剑，哪知朱小蓝却突然约了何茉莉跟徐庆浩。

这朱小蓝虽然不讨叶佳楠喜欢，却算得上是徐庆浩与何茉莉的红娘，在何茉莉心中的地位十分不一般。

叶佳楠想了想，也不是特别介意，就叫他们把朱小蓝一起叫来了。

一居室的小房子，陡然装了六个人，显得热闹非凡。

几个人里，叶优桢只在几年前见过何茉莉。叶佳楠就一一介绍了一下。叶优桢嘴巴甜，和人自来熟，按照介绍挨个叫哥哥姐姐。

"你长得和你姐姐太像了。"陆剑感叹。

"我是美少女，她是美青年，过几年等她嫁人了就变成美少妇了，我还是美少女，我们哪里像了？"

陆剑和叶优桢说话的时候，朱小蓝小声地问何茉莉："你身边有这样的单身男性，怎么不介绍给我，反而硬塞给叶佳楠？"

"这种事情硬塞得来吗？人家就只看上佳楠了。"

"我这辈子的红鸾星和叶佳楠犯冲啊，我看得上的人都只看得上她？"

"不过，他们没成，你可以努力一下。"何茉莉说。

过了会儿，叶佳楠去做饭，叶优桢拿了一副扑克出来招呼不做饭的打牌。

本来有五个人，多了一个，哪知道陆剑正好不会，于是朱小蓝自告奋勇地叫陆剑跟她坐一起，可以教他。打了几把之后，叶优桢说要去厨房帮姐姐的忙，就让朱小蓝来替自己。

叶佳楠正在调料，就吩咐叶优桢切肉丝。

妹妹洗了手，一边切一边问："那个陆剑究竟是你男朋友，还是朱小蓝的？"

叶佳楠回答："都不是。"

"他肯定对你有意思。"

"我和他相过亲，不过现在说清楚了，做朋友而已。"

妹妹听见，不禁一乐："佳佳小姐姐，做不成情侣还可以做一辈子的好朋友这样的心灵鸡汤你也喝？"

"去你丫的。"叶佳楠伸腿，踹了她一脚。

佐料配好了，叶佳楠站在旁边等着妹妹刀下的肉丝下锅。因为炒菜有大油烟，她去打开抽油烟机，又去关厨房的门。

这时，客厅里打牌的人发出一阵惊呼，好像是陆剑摸了一把绝世好牌。

叶佳楠走回妹妹身边，陡然说："优优，你自己有想过回来找他吗？"

"找谁？"妹妹埋头切菜，随口一问。

叶佳楠没有说话，妹妹狐疑地抬头看她一眼，突然好像就明白了。这几年，她们两个人都以"他"这个字来代替亲生父亲。

"叶佳楠，这不就是你赖在 A 城的原因吗？可是那是你的事情，我为什么要找他，我连他长什么样都不记得。我这辈子至今只有你和妈妈两个亲人，妈虽然什么也没说，但是你知道这样多伤她的心。我们现在这样不好吗？"

"可是总是想知道。"

"我不想知道。"叶优桢反驳道。

等何茉莉推开门时，两姐妹都恢复了常态，在各做各的事情。

"要不要帮忙？"何茉莉问。

"摆上碗筷就可以吃了。"叶佳楠说。

于是，何茉莉连忙招呼着客厅里的闲人们来端菜拿碗，准备开饭。

徐庆浩第一个迫不及待地夹了一口菜，三下两下地嚼了咽下去，惊讶地说："小叶同志，你做饭这么好吃？"

"那是当然了，不然你以为我老喜欢叫她和我一起住，究竟是为了什么？"何茉莉笑。

陆剑跟着夹了一口，还没送到嘴里，就听朱小蓝说："我厨艺也不错，吃过的都说好。"

叶佳楠接过话说："那多好啊，以后都你做。"

妹妹叶优桢听见，一扫刚才脸上的阴霾，扑哧一乐。

徐庆浩艳羡地说："我这一左一右都是打着灯笼难找的好媳妇儿啊，我怎么就没这个福气？"

何茉莉拿着筷子敲打徐庆浩的头："现在后悔还来得及。"

叶佳楠岔开话问："刚才听你和朱小蓝那么激动，说什么呢？"

何茉莉盛了饭，回答："我和徐庆浩约好了春节出去玩，结果他说他临时要加班，本来以为就泡汤了，刚才小蓝说她一个人没事，可以陪我。"

"去哪儿啊？"叶优桢问，"我也想去。"

—6—

叶佳楠拍了拍她的脑门："玩什么玩，你一年到头都难得在家，春节多陪一陪妈妈。"

叶优桢嘟囔："你还不是一样，为什么光说我？"

看到两姐妹互相打闹的样子，陆剑却想起电话里叶佳楠的话——我是被我现在的家人领养的。

那个语气，和平时他见到的叶佳楠完全不同。

他每次见到她，她都是精神抖擞的，在他们面前乐天又开朗的样子，就像是一颗不知疲惫的开心果，时而活泼，时而严谨，可是就在那个深夜，她在电话里收敛起自己的伪装，带着一些倦怠和惆怅对他说："我今天心情不太好。"虽然追求叶佳楠大半起因是源于自己母亲的旨意，但是就在他出言要和她做普通朋友的这一夜，他却好像更加动了心，也许这就是传说中男人的保护欲？

饭后，陆剑自告奋勇要擦桌子洗碗，叶佳楠有些不太好意思，就进厨房帮忙。叶优桢则作为半个主人，组织剩下的四个人又开始打牌。

等他俩收拾好从厨房出来的时候，叶优桢和朱小蓝两个人已经输得眼红，情绪激昂，一心想要翻盘赢回来。

两个人又开始嫌座位的朝向不好，吵着要换另一个方向坐。

叶佳楠这间一居室的小窝，本来是凑不出足够六个人坐的凳子，为了吃一顿饭，只好把桌子搬到沙发旁边，安排一半人坐沙发边才勉强够坐。

所以一换方位，叶优桢就换到沙发边，可是等她坐下去发现海拔实太低，拿牌难受，于是将电视柜上的一沓书垫在座位底下。

叶优桢去喝了口水，正要一屁股下去继续再战，何茉莉却眼疾手快，一把将面上那本杂志抽出来："这本书你也敢拿来垫座位，这是你姐的心肝。"

那本正好就是有行崇宁专题的杂志。

"我一直以为我姐的心肝是我。"叶优桢不服气。

叶佳楠抚额："别听茉莉瞎说。"说完，从何茉莉手里夺过那本书，搁在茶几上，还狠狠地瞪了她两眼。

陆剑本来拿着遥控器看电视，好奇地探过头来。

结果，换了位置，叶优桢还是输了。

叶佳楠在旁边无奈地说："刚才明明你就应该出黑桃 Q 啊？"

叶优桢解释："可是他有 A。"

"那不正中下怀，等他出了 A，你的 K 就最大了，最后一把可以通吃。"

说完，叶佳楠将刚才那一把的最后几手牌重新复原给叶优桢看。

"这样出的话，你们不就赢了。"

叶优桢一脸生无可恋。

"你平时吃那么多，也要记得分一点营养给脑子啊。"叶佳楠有一种恨铁不成钢的感觉。

何茉莉嘿嘿一笑，轰走叶佳楠："该看电视的这位赌神小姐姐，请继续去看电视，别打扰我们。"

叶佳楠视线转回去，发现在一旁一声没吭的陆剑竟然在翻刚才那本书，她心肝一颤，打岔说："你还喜欢看这种时尚杂志？"

"这上面有你们公司。"陆剑一边说，一边翻页，"没想到你这么有集体荣誉感。"

叶佳楠知道陆剑误会了何茉莉那句"心肝"的说法，也懒得解释，敷衍地笑了笑。

陆剑其实一晚上都在找与叶佳楠单独相处的机会，他很想继续关于身世的话题，又怕太唐突，于是继续借着聊叶佳楠工作的名义，没话找话说。

"工作忙吗？"

"还好。"叶佳楠说。

"上次你给我解释陀飞轮，我还回去认真地查了下，还真是很佩服那些了解它的人。"陆剑说。

"是吧。"叶佳楠不知道怎么接话了。

两个人沉默间，陆剑无意地翻到了下一页，视线落在了行崇宁的那张照片上，浏览着上面的题记，不禁道："你们公司是和他合作？"

"是啊，你也认识他？"

陆剑点点头。

叶佳楠并没有追问，想来陆剑知道的也是之前小肖知道的那些家族传奇和八卦而已，哪知陆剑却出乎意料地回答："工作上有一点点交集。"

叶佳楠诧异道："他和你工作上能有什么关系？"

也许是察觉到叶佳楠的好奇心，引发了两个人的交流，陆剑顿时来了兴致："他和我们一个案子有关，到现在都还没有结案。我正巧不久前整理档案的时候，还看过那起案件的资料。"

"他是嫌疑犯？"叶佳楠问。

"不是，"陆剑解释，"他是被害人，绑架勒索案。"

叶佳楠震惊了，半晌才问："后来呢？"

"他也命大，被人从七楼推下去，居然没死，摔成了植物人，在床上躺了好几年又醒了。没想到如今竟然跟个正常人一样，还在业界这么有名，你说人的毅力和坚持可怕不可怕？"

陆剑像是在和朋友聊一个电视剧里无关紧要的情节一样，絮絮叨叨地说着，而这席话对叶佳楠而言又全然不同。

这时，叶优桢和朱小蓝终于大赢了一把，叶优桢乐得几乎要掀翻屋顶了。

叶优桢转过身来，双手掐住叶佳楠的脸颊，强行将她的脸往两边扯出一个鬼脸，得意地说："你哪只眼睛看见我笨了？明明就是刚才手气不好而已。"

叶佳楠呆呆地被她摆弄着没有说话。

"你看我姐都被我惊呆了。"叶优桢笑，"来来来，继续，何茉莉我要你们两口子血本无归！"

叶佳楠拨开叶优桢的手，垂头掩饰自己的失态，缓了缓又问陆剑："这是什么时候的事情？"

陆剑想了想，回答："十多年了吧，出事的时候行崇宁还未成年。"

"怎么从没听人说过？"

"也就是你问，我才说的。那么多年的事情，以前媒体哪有现在这么发达，何况也不是什么光彩的事情，就被压下去了，哪怕有新闻报道，用的也应该是化名吧。"

说完，陆剑将书放在了茶几上。

叶佳楠突然想起行崇宁不识字的事情，又问："他受伤有什么后遗症吗？脑子和神经损伤什么的？"

"肯定有吧，不然怎么会在床上躺那么多年昏迷不醒。"

大概是没想到自己只是随口提起的一个案子就能如此吸引叶佳楠的注意力，陆剑几乎将过去记忆中和这事有关的细枝末节都回想了一遍。过了会儿，陆剑又说："不过关于他倒是有个奇怪的事情。"

叶佳楠转头看他，等着他的下文。

陆剑说："调查资料里写他有先天性的什么空间定向综合征。"

"先天的？"

"是这么写的。你知道？"

叶佳楠并未答话。

这时，陆剑终于察觉到叶佳楠情绪的异样："你和他很熟？"

叶佳楠避重就轻地答："我妈妈认识他们家里的人。"

见她主动提起家人，陆剑立刻见缝插针："对了，你上次说要找亲人。"

叶佳楠抬眸扫了一眼正在认真摸牌的叶优桢，低声说："暂时不找了。谢谢你。"

随后，陆剑的手机响了，他急忙离开客厅去接电话。

见几个人还在兴高采烈地打着牌，叶佳楠趁机去洗手间整理了一下自己的情绪。

她坐在马桶盖上，看着对面窗户玻璃上映出的自己，心绪渐渐冷静了下来，随后掏出兜里的手机，解锁开始玩一个 APP 游戏，这是她的日常解压习惯。

游戏里，沉默公主探索出那些被视觉空间中的逻辑错觉隐藏起来的路，一步一步走出迷阵，到达下一个目的地。

公主在她指尖的指引下，徘徊在迷宫的小径上。

门外传来叶优桢赢钱的欢呼声。

过了会儿，叶优桢又高声喊："我的小姐姐，你掉厕所里了吗？快来帮我数钱。"

叶佳楠没有回应她，只是静静地按着屏幕，直到白衣公主走完最后一步，光柱照射下来，公主得到了王冠，变成了一只白色的自由的飞鸟。

叶佳楠觉得自己轻松多了。

是的。

行崇宁的过去和他的未来，和她又有什么关系。

去他的。

第八章

夜幕下有金字塔

叶佳楠一出洗手间，就听见妹妹对她宣布："你不在的时候我们商量好了，你陪我们一起去埃及。"

叶佳楠一脸无语："为什么你们要去，我就得陪你们去？"

"谁叫你是我姐，亲的。"叶优桢说，"不然就绝交。"

"谁叫你是我好闺密。"何茉莉说，"不然就绝交。"

两个人说完，朝朱小蓝递了个眼色，朱小蓝一改常态伏低姿态说："谁叫你抢了我的初恋。好歹补偿一下我啦。"

叶佳楠瞪大眼："你初恋和我有个毛线关系？"

何茉莉说："反正三缺一了，你不去就等着众叛亲离。"

叶佳楠目光扫过在场的三位女士："我不想去埃及，换一个地方行吗？"

何茉莉瞪住她："不是你一直都对我们唠叨说没去过埃及简直是人生遗憾吗？而且春节去哪儿玩都挤啊，所以，埃及是很好的选择哦！"

叶佳楠欲哭无泪："可是我才去过啊。"

妹妹叶优桢反驳她："你上次去埃及，那已经是前年发生的事情了好吗？过了这么久，都可以沧海桑田了。"

朱小蓝喝着茶："你去过不正好吗？给我们当专职翻译不就行了。"

叶佳楠说："我工资都付房租和押金了，如今穷得叮当响，没钱旅行。"

妹妹又说："我之前分到比赛的奖金啦，不如，小妹我赞助你五百块钱。"

叶佳楠不为所动："你自己留着花吧。"

"五百一？五百二？五百三？五百三第一次……"

叶佳楠听得想抽她："你当姐姐我是叫花子呢？"

叶优桢痴痴地笑着说："那我加个零，五千。"

"就你这智商，五百三加个零明明是五千三。"

"你怎么斤斤计较成这样？"叶优桢感叹道。

"不愿意就算了。"叶佳楠瞥她。

"成交！"

在得到母亲的应允后，叶佳楠开始筹备第二次埃及之旅。

结果四个人中间除了叶佳楠，其余三个都是出门连东南西北都分不清的人，找路基本靠猜，英文基本靠比画。她以前出去玩都是一个人独来独往，一想起要带三个拖油瓶，顿时头大。

过了几天，她想起在阿斯旺认识的那个胖子领队，当时胖子见她一个人出门，就互相加了微信，万一在埃及遇见什么困难可以找他，随后又号称自己是埃及通，在埃及旅游界小有名气，没有搞不定的事情。

叶佳楠觉得他虽然人很油滑，但确实是一副热心肠，还挺有好感的。

胖子十分热情，帮她们订了机票，又推荐了几家当地口碑十分好的酒店，事情就敲定了。

没想到胖子事后还发了一个朋友圈，吆喝着说：朋友们，前年被我带着去膜拜阿布辛贝神庙的小美女，如今又开始想念尼罗河，准备春节再次出行。可见埃及要多美有多美，我们社的服务要多周到就有多周到，比我这万年光棍吸引人多了，赶紧联系我，预订你的埃及终生难忘之旅。

叶佳楠是中午吃饭的时候，才翻到这条朋友圈，不禁觉得好笑。

哪知道，屏幕再往上拉，文字的后面居然还附了一张叶佳楠侧面的照片。

叶佳楠也不知道这是胖子什么时候给自己照的。照片上的她正站在神庙前面拉美西斯广场的杂草丛里，背后是巨大的拉美西斯二世的雕像。

她在下面留了一个笑脸。她本来不喜欢照相，更不喜欢别人在网上发自己的照片，可是人家对自己这么热心，也不能太计较。

胖子过了会儿回复她：小美女，用用你的照片不介意吧，最近旅行社生意不好愁死人了，帮个忙。

她笑着回复：给提成吗？

行崇宁突然发现自己收的那块沉香木被落在之前小别墅的二楼，于是中午从公司抽空回去了一趟。

小唐的车在门口等着他。

他独自拿钥匙开门，一进屋转身看到玄关柜上的地球仪，微微一愣。他记得和叶佳楠起冲突那天，这东西被她碰在地上底座摔坏了，而后又被他随手扔进了垃圾桶里。

外面是阴天，玄关的光线也不好，他抬手打开了门厅的灯。

于是，行崇宁立在灯下，垂眸看着这个地球仪。

这个东西似乎是被她用胶水给粘了起来，继续放回原位。

而朝着外面的，依旧是叶佳楠喜欢的太平洋的那一面。

多固执的一个人。

他习惯性地伸手，只是在指尖触到地球仪的表面时，稍微迟疑了下，手指微微一屈，又将手收了回去，最终没有按照自己过去的习惯再转动它的朝向。

行崇宁上了二楼，从抽屉里拿到自己的东西，下了楼梯，站在客厅正中，环视了一圈。门厅那边灯光的光线十分微弱，并没有给阴天下偌大的客厅带来多少光明，沉在昏暗之中的房子和过去并没有丝毫差别，就好像叶佳楠从来没有来过一样。

他陡然想起屈医生的话——你怕你的规则被她打破。

行崇宁自嘲地笑了笑，关灯，锁门。

他回到车上，叫小唐在半路上随便找了个地方吃午饭。

上菜前，小唐趁闲刷了刷手机，随后"咦——"了一声："这个人长得好像叶小姐。"说着将手机转向行崇宁。

行崇宁抬眸一看，这哪里只是长得像，明明就是站在阿布辛贝神庙前面的叶佳楠本人。

小唐急忙解释："刚才刷的朋友圈，看见徐海洋发的，就是上次你去阿斯旺坐他车的那个导游。"胖子的原名就叫徐海洋，当时胖子跟叶佳楠说行崇宁是朋友的熟人，所以来搭便车，胖子口中的那个朋友便是小唐。小唐的姐姐和姐夫在开罗做手机生意，和胖子特别熟。

没坐几分钟，服务员就将两盘简单的小菜先端上来。

行崇宁拿起筷子有些漫不经心地问小唐："他发叶佳楠照片做什么？"

于是，小唐将那条朋友圈的内容复述了一遍给行崇宁听。

这是一家小清新的本地菜小饭馆，小唐陪前女友来过几次，刚才恰好路过的时候想起来的，于是推荐给行崇宁。

他们到的时候已经过了饭点，客人不多。

对面桌来了一对老年夫妻，七十多岁，老头子身边的椅子上摆着一个医院的塑料袋，不用细看就知道里面装的黑色大胶片不是 CT 就是核磁共振的检查结果。

这种东西，他再熟悉不过。

服务员拿了菜单给他们。

老头子眯着眼睛在自己的双肩大包里摸索了半天，掏出一副眼镜，看了看又摇头，将眼镜盒搁在桌子上，又继续在里面翻找。

上完洗手间的银发老太太回来："你又在包里乱翻什么？"

老头子找得有些不耐烦，恶狠狠地对老伴说："我找我的老花镜，这个是你的，我的那个你是没给我拿吗？"

老太太拿起桌上那副戴上，远远地拿起菜单，放在眼睛底下看了起来："我给你念，你听着就好了，别乱翻我东西了。"

"你是把我的眼镜忘在医院里了？"

"你自己没收拾，还怪我。"老太太抱怨道。

两个老年人就这样你一句我一句地拌嘴，其间还穿插着老太太念菜单的单价。

老头子问："为什么炒菜里面没有炒猪肝？"

老太太翻页道："不适合你的胆固醇，我已经替你过滤了。"

这时，来给他们添茶的老板娘阻断了行崇宁的视线。

行崇宁缓缓喝了一口茶："这个时候倒是去北非的好季节。"

-2-

二月份，回老家陪母亲过完年，正月初五的时候，姐妹俩就在机场跟何茉莉、朱小蓝两人会合，然后朝着埃及出发了。

当初牌桌上决定这个事情的时候，叶佳楠就一直抗拒。

A城飞开罗的直航一周只有三趟，节假日还特别贵，于是四个人订的从卡塔尔转机到开罗，省了接近一半的机票钱。

抵达开罗的时候，已经是开罗的深夜。

这一天的行程是胖子安排的，本来他强烈推荐吉萨区的一家叫 Mena House 的酒店，可是看了她们的航班到达的时间后说："Mena House 很贵的，你们那么晚才到就没必要为了几个小时就浪费一天的房费，不如住离机场不远的地方，找个经济型酒店休整一下，睡一觉第二天再去吉萨区那边。"

一行人到了酒店时，都累得不行，连东西也不想吃，倒头大睡。

第二天早上，四个人睡到日上三竿，从酒店出来，想找点吃的，发现一条街上除了有宜家，还有一个巨大的 Shopping Mall，里面家乐福、各种国际快餐店、冰激凌店、奢侈品店都应有尽有。姑娘们也大多穿得花花绿绿的。

"这居然是埃及，真是打开了新世界的大门。"叶优桢感叹。

"那你以为呢？"叶佳楠问她。

"我以为路上不是坐马车的，就是赶骆驼的，随便捡个男人都长得像法老，穿着埃及艳后里面的裤衩，要不然变成阿拉丁的风格也成。"叶优桢侃侃而谈。

朱小蓝附和："我也是。"

叶佳楠想了想说："我上次来开罗几乎没有上过街，南方阿斯旺那边是很落后，可是开罗毕竟也算是国际大都市吧？"

退了房间以后，叶佳楠领着三个拖油瓶打车直奔吉萨区。

虽然之前胖子打过预防针，说这个酒店就在金字塔的旁边，二战的时候还办过开罗会议，一两百年以来，各种政要、明星、显贵都住过，地段特别好，旺季的时候简直一房难求，但是当她们终于到了酒店，下车转身往身后看的瞬间，四个人仍然被震惊了。

酒店几乎和金字塔的景区就隔了一条马路，从酒店内的草坪看去，金字塔仿佛像是酒店自己的景观。

叶优桢激动地抱住何茉莉说："金字塔！金字塔！金字塔！这是真的金字塔！"

叶佳楠上次一个人来开罗，为了省钱，住的都是昨晚那种背包客酒店，没有想到居然有酒店可以这样二十四小时近距离接触到金字塔。

她拿着护照去前台帮大家办理入住，其余三个人基本舍不得进大堂，不停地在外面摆拍。前台办手续特别慢，叶佳楠只好一边等一边在大堂里逛着。那些走廊的墙上和玻璃陈列柜里有很多显示酒店辉煌历史的老照片，她觉得还挺值得回味的。

　　一个年长的服务生见她看得认真，就主动过来介绍说对面两栋客房是新修的，而大堂后面这栋主楼则是有好几百年的历史了，还建议她在不打扰主楼客人的情况下走上楼去看看。

　　对方成功地激发了叶佳楠的好奇心，见还没轮到自己办理入住，于是绕过大堂朝主楼内部走去。

　　墙是白色的，而除此以外家具和门的颜色都十分深沉，螺旋样式的楼梯在走廊的正中间盘旋而下，古朴而厚重的铜制水晶灯垂悬着，下面摆着花团锦簇的鲜花篮，那一个个拱形的门廊让叶佳楠感觉自己就像是走进了一千零一夜的世界。

　　和外面的烈日完全不同，这里是如此的静谧又昏暗，仿佛几百年的时间都在此沉淀了下来。她扶着木制的扶手拾阶而上，走到二分之一的地方，身体随着楼梯轻轻一转，然后看到从一千零一夜的背景中，走着楼梯下来的行崇宁。

　　她呆呆地愣在原地，完全无法用言语形容自己心中的震惊。

　　他却并未看见她，而是在和后面的人说话。那人则是常伴行崇宁身侧，又随时为他当司机的小唐。

　　二人前后脚沿着楼梯向下。

　　叶佳楠身体都僵住了。

　　直到小唐先看见她，笑着喊了一声："叶小姐。"

　　行崇宁听见这句话之后，视线才从小唐身上挪开，停下脚步站在高处的台阶上，垂着眼帘，居高临下地看着叶佳楠。

　　这个角度，叫叶佳楠回想起了湖边自己吻他的那个夜晚。一时间她觉得很尴尬，生怕他以为自己是什么跟踪狂，居然为了他而跟到了非洲。可是，下一时间，她又觉得气愤，她行得端坐得正，凭什么要怕他？

　　叶佳楠清了清嗓子，努力地提升了一下自己的气场，故作不屑地瞥了一眼行崇宁："之前就听说住这个酒店的中国人很多，但是没想到居然会多到这种程度。"

小唐笑了笑，看了一眼行崇宁，又看了一眼叶佳楠，本来在心中酝酿了一句"好巧"的台词，可惜憋了半天，胸中的良心又让他实在说不出口。

叶佳楠跟小唐打过招呼，刻意忽略掉行崇宁，转身狠狠地踩在地毯上重新回到前台大堂。

大堂里，何茉莉一行人已经拍完照，坐在沙发上，喝着服务生端来的茶水，吹着空调，旁边居然多了两位中国血统的小鲜肉。

一看见叶佳楠，叶优桢就拉着她坐到自己身边："正好他们是在埃及的留学生，在亚历山大念书，正好也住在这里，刚才在门口拍照认识的。"随后又跟两个小鲜肉介绍说："这是我姐姐。"

一个黄毛和一个卷毛连忙笑嘻嘻地说："姐姐好。"

叶佳楠抚额，她哪有那么老？

朱小蓝说："你们都要去哪些地方我们可以一起啊，这样就不愁我们找不到东南西北了，怎么样？"

黄毛咧着嘴，脑袋如同啄米："这么多美女同胞，真是太荣幸了。"

等办了入住手续，一切安顿好，已经是下午，有些迟了。

卷毛劝告说金字塔那边下午关门早，今天要去看也看不了多久了，然后又提议他们订了座位可以在船上吃晚餐外加夜游尼罗河，船上七点还有当地的肚皮舞表演，问要不要一起去。

何茉莉、叶优桢和朱小蓝都是欣然同意，叶佳楠却说："我不想坐船，你们去吧。"

"那你怎么办？"叶优桢问。

"我随便找个地方吃顿饭，然后逛逛。"叶佳楠回答。

因为事前说好的，如果遇见叶佳楠去过的景点，又不想再去第二次的，她们要允许她单飞。

于是叶优桢说："好吧，你逛到不错的地方，记得明天领我们去。"

等一伙人走了以后，叶佳楠跟门童打听了一下离这最近的中餐馆，打了个车独自去吃饭。餐馆离酒店就十多分钟车程，立着中文招牌叫"唐人馆"，室内装修得就跟拍清宫戏似的，可是炒的菜真不怎么样。

她点了个炒肉片和一个汤，虽然难以下咽，仍然努力地吃光了。

结账出门以后，餐馆旁边是卖手机和电器的，她闲来无事有些好奇地进去逛了逛，又想起刚才坐车的时候看到这附近有个集市，于是循着记忆朝那个方向走去。

这里是典型的沙漠气候，中午的时候晒得人头晕，等太阳一下山，风就十分冷，她拿出包里预备的厚外套给自己套上。

大概因为附近并不是旅游景点，外国游人并不多，所以很多人都打量着她这个外国人。

马路上有马车，有摩托，有几乎要散架的吉普，甚至有不关门的中巴车，门边站着一个售票员，问她要不要上车。周遭简直可以说是乱成一锅粥。当然也有见她要过马路，就礼貌地停下来让她先过的小车司机。

等叶佳楠到了集市那边，已经华灯初上，大马路变成了一个人潮攒动的夜市。路口有个大婶摆了个地摊卖烤玉米，叶佳楠蹲在那里，等着大婶现烤了一个。她付完钱起身之后，发现身后有个衣衫褴褛的小女孩，不超过十岁，身后还牵着一个更瘦小的男孩，双眼含泪。

小女孩伸出一双手，用英文说自己饿极了，叫叶佳楠给她一点钱。

叶佳楠一心软，将卖玉米的大婶找给她的零钱放在了小女孩的手里。

没想到，小女孩却一把拽住她的衣服直说太少了，叫她再给点。

叶佳楠看了一眼女孩身后咽口水的小弟弟，没好气地打开背包，将钱包拿了出来。正在她要掏钱的时候，身边却忽然又多了一群小乞丐，都往叶佳楠身边凑，有个大一点的几乎要将手伸向她的包。

她只好改变主意，警惕地将钱包合上，紧紧捏在手里，绕开这群小乞丐继续朝前走。

这群孩子并没有轻易放过她，将她围了起来。

叶佳楠无奈地拨开他们，快步地朝前走，直到走到集市中间的小巷口，一个二十多岁的青年男子粗暴地上前将打头的那个小姑娘一下子掀开，嘴里还用阿拉伯语不停咒骂呵斥着。这群小乞丐离去后，叶佳楠才发现刚才跟着自己的还有一个瘦瘦的成年男性。

叶佳楠陡然紧张了起来，刚才她为了避开孩子们的纠缠，慌不择路地逃到了这个僻静的小巷子里，此刻反而升起一种更加不安的感觉，于是她将自己衣服的拉链拉到了脖子，把钱包塞进背包，再背在胸前，转身匆匆朝来时的街口走去。

这时，好不容易走到了光亮处，却有个迎面而来的满脸络腮胡的中年男子故意用胳膊挤了一下她，同时朝她不怀好意地笑了下，然后居然转向，跟着她走。

叶佳楠紧张地扭头一看，发现跟着她的人已经增加到三个。她不敢再犹豫，转回身准备撒腿就跑，却不想撞在了一个结实的胸膛中。

在她还没反应过来的时候，那个人已经强行扣住她的胳膊，迅速地将她拽进街边的一家咖啡馆。

叶佳楠吓得几乎蒙了，惊魂之间，却听对方用中文怒着呵斥她："你疯了，一个女的晚上跑到这街上来！"

她猛地抬头，然后看到那颗唇珠和行崇宁的脸，顿时错愕道："我……我……我白天去过机场附近，觉得开罗挺安全的，就以为……"

行崇宁捏着她的手腕，怒意未消："这里可是吉萨。"

叶佳楠怔忪："你怎么会在这里？"

刚才行崇宁坐车回酒店的路上，正好看到对面烤玉米摊前被小乞丐围住的叶佳楠，他觉得有些不妙，付了钱就下了车。等他穿过车水马龙的马路，已经寻不到叶佳楠的去向。街上人潮涌动，岔路口也多，他心急地走进了集市四处寻找，后来好不容易看到那群被遣散的孩子，才循着方向找了过来。

他却不知道从何说起，只轻描淡写地答了一句："正巧路过。"

叶佳楠回过神，发现彼此站在咖啡馆门口，玻璃门将集市外的人流隔绝开，却频频引得服务生和周围顾客注目，叶佳楠低声问："他们都看着我们做什么？"

行崇宁回身也看了一圈，才缓缓说："这里好像只接待男顾客。"

叶佳楠闻言诧异，也跟着回头看了一眼，发现一屋子人里面确实只有她一个女的，顿时红了脸，走也不是，留也不是。

行崇宁说了一声"走吧"，然后牵着她推开了门。

叶佳楠有些紧张地朝外面看了看，发现跟着她的那几个人已经散开了。

天色渐晚，街边还是同样的小贩和小摊，一切都和刚才一样，只是因为她身边有了男伴，所以又有了不同，没有人贸然上前搭讪。行崇宁依旧紧握着她的手腕，一前一后地走在集市上，仿佛是在宣示主权。

两个人又回到了玉米摊附近，坐在地上烤玉米的那位大婶还记得叶佳楠，冲她一边招手一边嘴里说着话。两个人语言不通，但是叶佳楠能猜到她的意思，因为刚才她付了钱，玉米却没来得及拿走。

行崇宁微微一顿，松开了手。

叶佳楠朝大婶那边跑了两步，接过对方递过来的玉米，不禁笑了。

行崇宁站在路边看了一下，转头对叶佳楠说："没见到车，反正也不远，不如走回去？"

叶佳楠咬了一口玉米："好啊。"

于是，两个人并肩走在闹市回酒店的路上，而叶佳楠则边走边啃玉米。说实话，那玉米并不合她的口味，任何调味料都没有加，完全就是一个天然的玉米直接掰开放在火上烤熟了而已，还有一部分已经成了黑炭。

时不时地，仍然有路人忍不住打量他们。

她吃着东西，嘴上没空，行崇宁也不是一个会主动和人说话的人，于是两个人一直沉默着，一句话也没有说。

大概身边多了一位个高体强的男士，叶佳楠的安全感满满的，精神放松之后又开始在街上东张西望。当地人过马路基本也是凑齐了就走，既不会看红绿灯，也不爱走人行横道。大马路的两边都是街边商铺，卖衣服的、榨甘蔗汁的、卖儿童玩具的、卖手机家电的，琳琅满目，跟国内的小县城差不多。

行崇宁走得心无旁骛，加上腿长的优势，没几步就走到前面去了，叶佳楠又急急忙忙去追他。经过刚才的事情，她已经将他当成自己的护身符，可不敢随意和他走散。

她刚小跑着到他身侧，又被路边一家国际品牌的女性内衣店吸引了目光，本来想多瞄两眼，却看见行崇宁又走前面去了，赶紧再继续追。

如此反复好几次。

十多分钟之后，叶佳楠隐隐觉得这样的方式有些不太对劲，她仔细地琢磨了一下之后，居然产生了一种仿佛她是行崇宁遛的狗的错觉。

回程的路走了大半之后，灯光和路人都渐渐稀疏。

过了一个转盘一样的隔离带以后，远远朝前路看去，人行道上几乎只剩他们两个行人了，只是偶尔还有一些汽车、摩托飞快地从二人不远处呼啸而过。

叶佳楠朝行崇宁的方向又近了两步。

行崇宁见状停下来等了她一下："你走里面。"随后，他又从她身后绕了半圈，走到了人行道的外侧，和她对调了一下左右位置，将她和路上的车道隔开。

四周越来越荒芜，偶尔见到路边一些废弃的烂尾楼，窗户里都是漆黑的洞。

叶佳楠多看了几眼以后开始觉得阴风阵阵袭来。

这时，行崇宁的电话响了，他接了起来。

电话里传来小唐的声音，问他是不是到酒店了。

叶佳楠本来无心偷听，可是两个人实在太近了，不想听也没办法。

就在此刻，旁边烂尾小洋楼的二楼窗户里陡然跃出一个黑乎乎的身影，扑到叶佳楠跟前。事发突然，叶佳楠吓得猛地尖叫了一声，然后惊慌地往行崇宁身边一跳，与此同时，她的后脑勺不小心撞在还在讲电话的行崇宁的手上。

于是，他手里的手机就以一条弧线飞了出去，摔在了马路上。

行崇宁不禁愣住了。

叶佳楠再往跟前那个黑影一看，不过是一只瘦得只剩皮包骨头的大黑猫。

待叶佳楠收起惊慌，想要跟行崇宁解释一下的时候，一辆破得几乎要散架的小巴车慢腾腾地从手机上面碾了过去……

那一刻，叶佳楠似乎听见了自己心碎的声音。

她将视线从手机那里缓缓转到行崇宁的脸上，努力地解释道："我真的——不是——故意的。"

在快走到酒店那条街的时候，遇见一个警察的哨卡，警察和安保正在用金属探测器检查一辆要去酒店送游客的大巴车的车底。另一个警察将他们拦下来，在得知两人是酒店住客后，还仔细地查验了房卡才放两人过去。

进了酒店大门，叶佳楠看到酒店辉煌灿烂的灯火，听到酒店的西餐厅里传来的耳熟能详的流行音乐，总觉得酒店里面和外面真是截然不同的两个世界。

行崇宁住的是景观主楼，而她们住的是普通标间，正在叶佳楠想着要如何告别的时候。行崇宁却说："我还没吃晚饭，你要不要也吃一点？"

叶佳楠对于他的邀请有些意外，因为她觉得行崇宁上次说的那些话足以表明他对她有多厌恶，可是此刻却装作什么事情也没发生过一样，还问她需不需要一起吃饭？

她现在的立场十分坚定。

他以为刚才他将自己从跟踪者的魔掌中救了出来，他就可以对她招之即来挥之即去？就可以为所欲为？

叶佳楠正要回绝他，却听他又说："酒店餐厅你去过没有？早餐也是在那里，再过一会儿金字塔就亮灯了，从那里拍照，角度特别好。"

叶佳楠的心正在摇摆之间，她的嘴巴却已经被她的尊严控制住，率先冒出了三个字："不用了。"

得到这个答案，行崇宁将视线从她脸上移开，点了点头，转身离开。

叶佳楠朝着他离去的方向看了一眼，接着回了自己的住处。

打开房间，叶佳楠发现漆黑一片，妹妹不在，于是她去敲隔壁何茉莉她们的门，也没人，应该是都还没有回来。

等她洗了澡出来，尼罗河观景三姐妹依然未归。

叶佳楠一边拿毛巾擦头发，一边打开电视机，有一个台正在放着电影《速度与激情》，她看了几分钟发现自己以前似乎看过，觉得无趣，于是又推开玻璃门，走到阳台看风景。

整个吉萨几乎没有什么高楼，而他们的酒店隔在东边繁华城市和金字塔景区之间，再往西行便是沙漠。他们的阳台也是对着沙漠的方向，所以夜空黑得十分纯粹。

果然和行崇宁说的一样，金字塔的灯亮了。

那灯光并不是五颜六色的，也不够璀璨夺目，仅仅是简简单单的黄色，却将金字塔的轮廓在夜空中照得肃穆又沉静。

-3-

叶佳楠赶紧去翻双肩包里的相机，拿到阳台上拍了好一会儿才又回房间，她盘着腿坐在床上，翻看刚才的摄影作品。

这时，被她扔在床上的手机屏幕亮了，是叶优桢发来的汇报自己动态的微信。

叶佳楠看完消息，手机拿在手里，不禁想起刚才行崇宁的手机被车碾压得当场报废的情形。她想着小唐不在，他没手机，不能打电话，又不能上网，孤零零的一个人，也太惨了。

她犹豫了一下，换了衣服下楼朝餐厅走去。

餐厅在酒店大草坪的东侧，是个独立的白色建筑，附近有个很漂亮的喷泉。

叶佳楠找到行崇宁的时候，他正坐在靠近喷泉的窗边，低头切着盘中的牛排，身后是黑幕中的金字塔。

手机摆在桌子上，屏幕中央已经碎得凹了下去，边框翘着，还勉强维持着手机的形态。

她走了过去："嗨。"

行崇宁闻声抬头，眼中隐约闪过一丝意外。

不远处的服务生已经走来替她拉开椅子，另一个服务生拿了菜单。

叶佳楠说了声谢谢，回绝了菜单。

等服务生远去之后，叶佳楠将自己的手机拿出来，掏出卡槽，又将他手机里的电话卡取了下来，插进了她的手机里："我手机赔你好了，你先将就着用，唯一麻烦的就是电话号码没法转了。"

他细嚼慢咽，在咽下嘴里的东西后，喝了一口水，开口问："你呢？"

"我和妹妹还有我同学都在一起，有事用她们的就好了。"说着，她替他按了下开机键。

其实，她这手机也不完整，上面的裂痕还是上次和他在一起摔破的。

叶佳楠将手机递给行崇宁。

行崇宁朝她手里看了一眼。

叶佳楠解释："其实也没用多久，就是摔过几回，你别嫌弃。"

哪知，他刚一接过手，电话铃声就急切地响了起来。

打电话的是小唐，可见之前打得多心急。

"行先生，您在哪儿？刚才怎么说到一半就断掉了，我拨回去就怎么也打不通，我打电话回酒店，前台说您不在房间。"小唐噼里啪啦地说了一长串。

"我在餐厅，刚才手机出了点问题。"行崇宁言简意赅地回答。

"那就好。"小唐松了口气。

"明天您有什么安排吗？要不要来吃饭，叫我姐姐做几个菜？"小唐又问。

"不用了，我自己转转，有需要的时候联系你。"

挂了电话以后，叶佳楠好奇地问："他没和你住一起？"

"他这几天都留在他姐家里。"

"他姐？"

"小唐的大姐以前做这条线的旅游，结婚以后，就留在开罗定居了。"

"开旅游夫妻店吗？"叶佳楠问。

"不是，他姐夫之前是在这里做中国家电生意的本地人，现在应该还在做。"

"埃及人？"叶佳楠诧异。

"埃及人。"行崇宁答。

叶佳楠吃惊地张着嘴，瞪大眼睛看着行崇宁，伸出四根手指："有四个太太？"

行崇宁本来在切牛排，察觉她的眼神后，抬头看见叶佳楠这副表情，禁不住笑了："一个。"

"不是可以有四个吗？"叶佳楠追问。

行崇宁的嘴角微微扬起，凹出一个深深的窝，眼睛眯着，整个人一边挂着笑，一边去切盘子里的食物："一个都已经够苦恼了，怎么还受得了四个？"

他垂着眼帘，纤长密集的睫毛一览无余，吃东西的时候唇珠也跟着一起动。

"唇珠精。"叶佳楠暗暗嘟囔了一句。

"嗯？"他抬头看她，有些纳闷。

"没什么。"叶佳楠急忙调整视线，去看窗外的金字塔。

餐厅外面是一个装了彩灯的喷泉水池，水池的背后便是亮着灯的金字塔，从这里看去，金字塔前面没有大树和建筑物遮挡，所以视野十分开阔，加上近处的水池和池边盛开的鲜花，与远处建在漫漫黄沙上的金字塔形成了一种奇异的对比。

行崇宁没有说错，这里才是拍照角度最好的地方。

他吃完了牛排，又继续吃旁边的甜食，见她在发愣，又回头扫了一眼引得她目不转睛的景色，然后不合时宜地问了一句："手机密码？"

叶佳楠回神："1022。"

行崇宁听见这四个数字，挑了挑眉："生日？"

叶佳楠脸上一红，低声说："你觉得别扭，改一下就好了。"

行崇宁说："这密码挺好。"

叶佳楠看到他桌上被他吃成空盘的甜品："你喜欢吃甜食？"难怪上次他还知道黑森林蛋糕是山月庄西点的招牌。

他反问："我就不可以喜欢吃甜食？"

"呃——"叶佳楠说，"和本人形象有点反差。"

这时，突然听到叶优桢叽叽喳喳地叫姐姐的声音，叶佳楠闻声望去，发现尼罗河观景三姐妹正在外面。

原来三个人和卷毛两位男士回到酒店，何茉莉觉得喷泉这边景色不错，便建议绕路过来看看，没想到一眼就瞅见叶佳楠。

三个人走进来，将行崇宁仔仔细细地打量了一番。

何茉莉悄悄朝叶佳楠眨了眨眼睛。

"这是我妹妹，这两个是我同学。"叶佳楠介绍着，"行先生，行崇宁，我们工作上认识的。"

行崇宁本来只是按照平时习惯扫了三个人一眼，在听见是妹妹的时候，却多看了叶优桢两下。

介绍完，叶佳楠就要领着三个人告辞。

没想到行崇宁却说了一句："要不要坐会儿，喝点东西？"

叶佳楠大跌眼镜，心想：行先生，你的冷漠孤傲、疾言厉色都藏到哪里去了。她稳住心神，再一次拒绝道："逛了一天了，她们都累了，还是早点回去休息吧。"

可惜，等叶佳楠准备起身的时候，却发现尼罗河观景三姐妹居然压根儿不打算听她的，一起傻笑地看着行崇宁，统一一副"你长得这么好看，说什么都好"的表情。

原先以为只是进来打个招呼，所以卷毛和黄毛还在外面站着，叶佳楠头疼地提醒："那两个辛苦地陪着你们的小鲜肉，你们不要了？"

朱小蓝说："什么小鲜肉，我们哪有这么肤浅，不过是看在同胞的分儿上正好一起逛逛而已。"

朱小蓝又问："行先生做什么工作的？"

行崇宁漫不经心地答："做设计。"

叶优桢敏感地嗅到了叶佳楠情绪的异常，于是胳膊支在桌面，双手撑着下巴，追问行崇宁："你们怎么认识的？"

"都跟你说了是工作上认识的。"叶佳楠皱着眉，抢先回答。

"我觉得不止吧。"肯定有内幕。

"行先生的哥哥是妈妈一个挺要好的高中同学。"叶佳楠交代。

"啊？那就不能叫行先生，要叫叔叔啦。"叶优桢睁着一双无辜的大眼睛。

不提还好，一提起这个，叶佳楠就一肚子火："对啊，辈分大，就可以上天了。"说完，叶佳楠留下手机给行崇宁，强拉着叶优桢走了。

临走前，叶优桢还回头说了一句："行叔叔，再见。"

行崇宁的额角抽动了一下，他觉得之前是不是自己给自己挖了个坑。

朱小蓝见状，又想要东拉西扯地搭讪，却被何茉莉堵住嘴。何茉莉知道朱小蓝已经开始对行崇宁有兴趣了，连忙将她一起拖走。

叶佳楠一离开，行崇宁的桌子再次陷入了寂静。

他又点了一份甜点，换了个方向，坐到叶佳楠刚才坐过的椅子上，静静地看着远处的金字塔，喃喃自语道："唇珠精？"

回到房间的叶优桢开始喋喋不休地对姐姐描述肚皮舞还有尼罗河的夜景。

叶佳楠总觉得自己忘记了什么重要的事情，又被叶优桢吵得静不下心，于是不耐烦地说："好了，我知道，我看过的，你不用再激动了。"

"小柯说，埃及有一句谚语：喝过尼罗河水的人，会再次回到埃及。"

"小柯是谁？"叶佳楠疑惑。

"那卷毛。"

"你喝了？"

"肯定啦，多有趣。难道你没喝过？"

"当然没有了。"叶佳楠心虚地掩饰。

其实她喝过，在古都卢克索，从卡尔纳克神庙坐船横渡到西岸的帝王谷，小船到河心的时候，她用瓶子捞了一点起来，浅浅地喝了一口。

"你喜欢今天那个人吧？"叶优桢问。

"谁？"

"那位行先生啊。"叶优桢收拾着包里的东西。

"才没有。"

"我有第六感哟，小姐姐，你不要不好意思，不然哪有这么巧，绕了半个地球都可以遇见。大不了下次我不叫他叔叔，改叫姐夫好了。都帅得炸裂苍穹了，你也不好好珍惜，小心便宜了朱小蓝。我发现你有兴趣的男人，她全都喜欢。"叶优桢坏笑。

"你太聒噪了，话太多。"

"彼此彼此。"

叶佳楠看了她一看，冷冷地问："你知不知道以前有个叫商博良的人？"

"结局是死于话多？"

叶佳楠呸了妹妹一口："我怎么会讲这么没有营养的故事？人家是个正儿八经的历史人物。"

"不认识。"叶优桢茫然，"商鞅的弟弟？"

叶佳楠抚额："一个法国人。"

叶优桢不服气："他一个法国人干吗要取个中国名字？"

"你听我说完！他是一个有名的语言学家。是他根据一块石碑破译了埃及象形文字，而扬名世界，还被别人称为埃及学之父。可是那个时候，他作为一个研究古埃及的学者却一次也没有来过埃及。后来人到了中年，有一回，他终于有机会来踏上梦寐以求的埃及的国土，然后——"叶佳楠在关键的地方停住了。

"然后，他发现了法老的宝藏？"叶优桢从小就喜欢听叶佳楠讲故事，迫不及待地想知道后续。

"不是。"

"他穿越了？"

"怎么可能。"叶佳楠呵呵干笑了两声。

"那你倒是继续说啊！"叶优桢着急。

"然后，坐船的时候，喝了尼罗河的水，他回国后就得了疟疾，死掉了。"叶佳楠说。

"呃——"叶优桢听完后表情变得微妙，用手捂着胸口说，"我有点想吐。"

叶佳楠看她那模样，憋着笑，钻进了被子里。

叶优桢咆哮："叶佳楠，你好毒，我不过就是戳穿了你的恋情而已！"

叶佳楠蒙在被子里，笑得上气不接下气。

小的时候，叶优桢特别特别瘦小，叶佳楠十分怕她和父母一样，从自己的世界消失掉。所有人都说她是好姐姐，像个小妈妈一样地照顾妹妹的饮食起居，可是其他人不知道，叶优桢真的是她的精神支柱，每次看着妹妹能一副生龙活虎的被她欺负的样子，她就觉得自己真的很幸运。

上床熄了灯，叶佳楠也没想起自己究竟忘了什么。

等到半夜的时候，叶佳楠猛然掀开被子，从床上坐了起来。

她想起来了。

她把自己手机的给了行崇宁，还告诉他密码。手机里面的 QQ、微信、微博、短信，所有的聊天信息他都可以随意看到，包括她和何茉莉背后议论他的那些话。

就算他不认识字。

手机相册里面，她照了很多惨不忍睹的脑残加中二的照片，还包括之前叶优桢送她一套比基尼泳装，硬要她穿着比基尼泳装把家里当秀场拍的视频。

完蛋！要疯了！

第九章
亚历山大

夜里，行崇宁坐在阳台的沙发上，点了一支烟。

二月的开罗，夜晚十分冷。

沙漠那边的风吹得指尖的火星忽明忽暗。

他蹙着眉，深深吸了一口。

叶佳楠第二天起了个大早，换了衣服就直奔主楼的大堂前台，问到了行崇宁的房间号。

她一口气从楼梯爬上三楼，敲着行崇宁的大门，按了两次门铃，都没有人来应声。她傻眼了，难道这人连夜携手机出逃了？

她觉得仿佛有一口老血涌上自己的胸口，火急火燎地一手拍门，一手按门铃。

正在打扫隔壁房间的男服务生，有点诧异地看着她。

叶佳楠尴尬地笑了笑。

等她要再按门铃的时候，门开了。

行崇宁一脸不悦，顶着头湿发出来开门，发丝里还有没冲洗干净的泡沫，全身上下除了腰间松松垮垮围了一条浴巾外，其余地方都是裸着的，整个人带着一种令人血脉贲张的热气。

叶佳楠努力将视线从他胸口的肌肉处挪开，挠着后脑勺解释："我不知道你在洗澡。"

行崇宁冷冷瞥了一眼叶佳楠，示意她垂头看看门口把手上挂着的"DO NOT DISTURB"的牌子。

他正憋着一股子起床气，正好叶佳楠自己找上门了。

叶佳楠干笑了几下，目光从"请勿打扰"上面又回到行崇宁身上，这一回她没有控制住自己的目光，从他的腿到他的小腹再到胸，肆无忌惮地看了一遍。

"你有事？"行崇宁的话打断了她的打量。

"啊？"呃——对了，她是来干什么的？

叶佳楠觉得自己的脑子已经短路了，满眼都是行崇宁的胸，完全不记得自己气势汹汹地来敲门的目的。

推着清洁车的男服务生路过，瞄了他们两眼。

"叶小姐，我正在洗澡。"行崇宁一手撑着门，迎着她赤裸裸的视线，挑起双眉，"你如果有这方面要求，也要先等我洗完。"

"你！"叶佳楠陡然瞪眼，"你个变态狂！"说完她怒冲冲地一步上前，猛拉把手替他将门狠狠地合上，自己匆匆地跑下了楼梯。

等她跑到一楼，才幡然醒悟，哀号道："我去，我的手机！"

回到房间，尼罗河三姐妹已经起床并聚在了一个房间里，朱小蓝正在对着镜子化眼妆，何茉莉琢磨着今天的行程，叶优桢则在玩手机。

朱小蓝瞄了叶佳楠一眼："一大早就去找帅哥了？这么心急。"

"我是有正事好不好。"

叶优桢昨天被叶佳楠的一惊一乍搞了半宿，早就知道来龙去脉，不屑道："不就是看一下比基尼泳装吗？最多让他长几个针眼，哪有我们惨，得了疟疾，回国也许会不治身亡。"

"什么比基尼泳装？"朱小蓝问。

叶优桢坏笑着，没有回答。

"别磨蹭了，咱们赶紧去吃饭，今天的行程很满。"何茉莉着急。

四个人中午从金字塔回来，准备回房间休整一下就去博物馆。叶佳楠一放下东西，洗了把脸，再次去找行崇宁。

没想到，等她到了主楼的大堂外，他却正要出门。跟前停着一辆车，服务生拉开车的后车门，他一弯腰就坐了进去，只给叶佳楠留了个背影。

"行崇宁！"叶佳楠一口气冲上前，把门给拉住，让正准备关门的服务生吓了一跳。

行崇宁闻声从车里抬头看她。

"我手机呢？"她把住车门，不让他走。

"在我身上。"

"你快把手机给我！"

"你有事？"

"我……"叶佳楠不确定，他到底是看见没看见，又不能做个此地无银三百两的傻子，一时间只好找个最傻气的借口，"我……我后悔了。"

"什么叫后悔了？"

陆陆续续有别的车开来，因为叶佳楠，行崇宁上的这辆车走不掉，便堵住了酒店唯一上下客的通道。

后面车的司机，开始不耐烦地按着喇叭。

连酒店的行李生也不禁走过来询问。

叶佳楠一时被那些急促刺耳的喇叭声催得心急，干脆一抬脚，顺势坐进车里，然后关上车门。

司机是个埃及人，见叶佳楠上了车后，就赶紧将车开了起来，后面的抱怨声才渐渐消失。

"你先把手机给我。"叶佳楠急道。

其实，行崇宁压根儿就没翻过她的手机，也没像她担心的那样故意看她之前的照片和视频，反而是觉得她的手机烦死了，不停地响着 APP 的信息推送，关键是还有闹铃。

只是行崇宁见她那么焦急，他开始以为是出了什么急事，而后叶佳楠支支吾吾的样子倒是很耐人寻味，反而叫他来了兴趣，故意道："你先给我个理由。"

叶佳楠一时语塞："这是我的手机。"

"昨天你把它赔给我之后，它就归我了。"

"那我反悔了，行了吧。"叶佳楠搪塞他。

"你赔给人的东西，都喜欢再要回去？"行崇宁问。

"你手机摔坏了，又不是我单方面的责任，你自己怎么不拿稳一点？"

"是这么个道理，但是是你强迫我收下的。"

"那我买一个新的给你，总行了吧？"

看着几欲抓狂的叶佳楠，行崇宁忍着笑，觉得自己是不是应该回去研究一下这个手机到底有什么猫腻："我好不容易用顺手了，不想换。"

"行崇宁，你能不能有点绅士风度？"

"绅士风度包治百病？"他板着脸反问。

"你昨天性格多好，今天怎么又原形毕露了？"

"大概是天刚亮就被人说是变态的缘故。"说起这个，行崇宁就来气，她手机不知道为什么设了一串闹钟，天还没亮就铃声大作，他无可奈何地起床洗个澡，起床气还没地方发泄，就被她强行拍开了门。

"也不说你做了什么我才说你变态的。"

"我做什么了？你一大早来敲我的门，连澡也不让我洗完，肆无忌惮地看了我半天，还劈头骂我是变态，叶佳楠，我到底对你做什么了？"行崇宁斜睨了她一眼。

"你……"她竟然词穷了。

"嗯？"

"你别胡搅蛮缠好不好？"叶佳楠怒道。

"这四个字，明明用在你身上才比较恰当。"行崇宁反唇相讥。

"我让你给我！"叶佳楠已经没辙了。

行崇宁淡淡地扫了她一眼，整个眼神似乎都在说："你想得美。"

这时，行崇宁的电话不合时宜地响了起来。

行崇宁从上衣的内兜里掏出手机，刚要按开接听键，就见叶佳楠陡然伸手来夺，行崇宁将手往后一抬，叶佳楠顿时扑了个空，随之就摔到了他的身上。

他只是觉得一团软香温玉砸到自己怀里，连车身也摇晃了一下。

叶佳楠抬起头，正好对上行崇宁的眼睛，她毫不放弃，并且下最后通牒，威胁说："把手机还给我，不然我——"

行崇宁挑眉道："不然就怎么样？"

他说话时，双唇微微张开，唇似绽桃。她几乎贴着他的胸口，这姿势让行崇宁的那颗唇珠几乎就挂在叶佳楠的眼前。

她咽了一下嘴里的唾沫，恶向胆边生，心一横，恶狠狠地说："不然，我就亲你了！"

反正又不是没干过。

一回生二回熟了。

这一招果然有效，行崇宁微微怔忡，直到电话里传来一个声音打破了这份沉寂："通宝？通宝？是通宝吗？怎么搞的？没打错啊。"

行崇宁回过神，清了清嗓子，握着电话放到耳边："妈，是我。"

那一瞬间，叶佳楠的脸从登徒子的扬扬得意，瞬间转成"西红柿"，再到隐隐发青。如果死可以让刚才的事情变成完全没有发生过的话，那么她会毫不犹豫地选择即——刻——就——死——

-2-

行崇宁和母亲有一搭没一搭地讲着电话。

"你和谁在一起呢？"厉娴静追问。

"一个朋友。"

"女的？"

"嗯。"

"那我这电话打的不是时候！"厉娴静很有自知之明地说，"挂了，挂了。"

行崇宁觉得自己有个这样的亲妈，也是头疼。

叶佳楠离行崇宁远远的，脸几乎要贴在车窗玻璃上。她有点庆幸厉娴静讲电话始终低声细语，才能让她一句也没听见，这样至少可以掩耳盗铃。

叶佳楠继续趴在车窗上，看着往后飞逝的景色，也不敢回头，两只耳朵却一直竖着关注着行崇宁的一举一动，等母子俩挂了电话，她还是没脸回头继续刚才的话题。

车停了下来，进了高速公路收费站。

络腮胡的司机，从收费亭那里取了卡又继续开着车朝前行。

她觉得有点不对劲。

收费站？高速公路？

叶佳楠猛然回头："你这是去哪儿啊？"

"亚历山大。"

叶佳楠目瞪口呆，亚历山大港离开罗有两百多公里的路程："我不去亚历山大！我要回开罗！"

行崇宁瞥了她一眼，淡淡地说："这和我有什么关系？你自己上的车。"

"怪我没搞清楚情况好吧？手机给我，先送我回去。"

"你的要求越来越多。"

"我……"叶佳楠气结，"那手机我不要了，先让我回去。"

"我有拦着你，不让你走？"行崇宁面无波澜地反问。

叶佳楠听着这话，再扭头看着行崇宁的那副表情，真想一把掐死他："那你让司机在前面出口下高速，我自己搭车回去，绝对不给你添麻烦，总行了吧？"

之前叶佳楠和行崇宁说话都是用的中文，司机自然一个字也没听懂。叶佳楠试着自己用英文和司机交流，司机会一口带着阿拉伯口音的英语。叶佳楠解释自己要回开罗，问司机下一个出口还有多远，她要下车。

司机听明白叶佳楠的话后，欲言又止地从后视镜里看了她一眼，说刚刚才过了一个出口，离下一个还有三四十公里。

叶佳楠抬手看了下自己的腕表，再估算了下时间，然后去摸自己的包，却陡然摸了个空。

他大爷！

她猛地想起来，自己没带包。

刚才她从房间里出来找行崇宁的时候是空着双手的，身上除了酒店的房卡以外，信用卡、护照、钱包一样也没带在身上。

她觉得自己倒霉得天都要塌了。

叶佳楠轻轻咳嗽了一声，偷偷地瞄了一眼行崇宁。

从刚才她和司机说话开始，行崇宁没有发表任何意见，静静地看着窗外。车已经到了郊外，路边可见的建筑十分稀少，地平线上沙尘浑浊，目及之处都是土黄色。

叶佳楠后悔刚才放狠话，没想到马上就被打脸了："我说——"

他闻声回头。

"你能不能先借我点钱，我什么都没有带，连车费也没有。"叶佳楠说。

"你要一个人搭车回去？"

"是啊。"

"我不借。"行崇宁抛出这三个字，送给叶佳楠。

她听见之后觉得自己的肺都要被气炸了："你要不要这么过分，我们好歹也是同胞，有你这么没有同情心还小心眼的男人吗？"

行崇宁似乎已经懒得和她理论，干脆叮嘱司机锁了门，闭目养神。

络腮胡司机一直在留意叶佳楠和行崇宁的争执，虽然完全听不懂，但是他从叶佳楠叫他停车的事情上能估计个大概。络腮胡看着后视镜，诚恳地对叶佳楠说："小姐，你一个人在郊外搭车是很危险的举动，你跟着我们比较安全。"

叶佳楠听完一愣。

是的，她一时心急，疏忽了。

她顿时想起夜市上那些跟踪她，用胳膊故意来撞她的男人们。

叶佳楠憋红着脸，没有再说话。

过了片刻，见她安静了下来，行崇宁开口说："我去亚历山大，晚上见个朋友，明天送你回开罗。"

"嗯。"叶佳楠低落地应了一声，人在屋檐下，不得不低头。

行崇宁将手机给了叶佳楠："给你妹妹她们报个信。"

电话一打到叶优桢那里，发现她果然已经急得像热锅上的蚂蚁在房间里乱窜，对着电话大吼说自己要去报警找大使馆了，要叶佳楠三分钟之内必须出现。

"你知道吗，我过去洗了个澡，你就不见了，护照、钱包全部都在房间里，昨天又把手机给那个帅哥了，我都快要以为你被外星人掳走了。"

叶佳楠尽量简单地解释："我现在在去亚历山大的路上。"

"不是吧，"叶优桢惊叹，"亚历山大是哪里啊？"

"在开罗西面，地中海边的一个港口，我明天就回去。"

"你一个人？"叶优桢觉得不寻常。

"还有行……先生。"

叶优桢听见那三个字，态度马上来了一个一百八十度的大转变："哇喔——我的小姐姐，你这是跟他私奔了吗？"

"你完全没必要啊，我真的很支持你啊！"叶优桢又强调。

叶优桢没有磨炼出厉娴静那般的涵养，一副大嗓门对着话筒吼出来，连前排司机也能听得一清二楚，还好司机不懂中文。

叶佳楠抚额："回来跟你解释，我会尽快回去的，你们先自己玩吧，不用管我。"

她讲完电话，毫不犹豫地将手机还给了行崇宁，一点留恋也没有。

因为从这一刻开始，行崇宁就是衣食父母，是金主，在金主面前识时务者为俊杰。

司机见两位客人不再说话，于是打开收音机开始放音乐。

车厢内顿时响起了十分有特色的中东风格的音乐，女声优雅又浑厚。

过了会儿，叶佳楠有点想上厕所，可是行崇宁继续闭着眼睛靠在椅背上，搞不清他究竟是睡着了，还是只是养神。

而开车的络腮胡却一脸沉醉地随着音乐的节拍有节奏地耸肩。

叶佳楠实在不知道该跟这两个男人中的哪一个开口。

就在她真正觉得自己要走投无路之时，司机正好说快到了，现在这个时段城里一般都在堵车，所以可以在服务区休息一下。

等车一泊好，叶佳楠就迫不及待地推门下车去找厕所。

冲到厕所门口之后，叶佳楠看见门口坐了位大叔，拦下她要收她两埃镑，不然不让她进去。她好说歹说一阵，对方也不理，不知道是装着听不懂英文还是真不懂，反正就一直把着门，比画着要两埃镑。

叶佳楠在心中哀号，真是传说中的一分钱逼死英雄汉？

人有三急，何况是都到厕所门口了，看到希望的曙光后，如今又活生生地憋回去。叶佳楠心急如焚地折返，司机已经不知道去哪里了。行崇宁也下了车，站在车的外侧一边看着服务区外飞驰而过的车辆，一边吸烟。

她硬着头皮走了过去："借点钱给我。"

他本来在看着马路出神，转过头，口中还含着一股青烟。

叶佳楠怕行崇宁以为她还想借钱一个人回开罗，只好解释："我不是搭车，我只要两埃镑。"

随后，他垂头用手指弹了弹烟灰，那缕青烟从他鼻子里一丝丝地逸了出来："你拿两埃镑能干什么？"他好奇。

按照当时的汇率，两埃镑折合人民币大概几毛钱。

她已经快绷不住了，顶着一张生无可恋脸，回答说："缴费上个厕所。"

反正她在他面前早没什么美好形象了，破罐子破摔而已，也没什么大不了的。

行崇宁打开车门，从外套上摸了一沓钱给叶佳楠。

叶佳楠眼疾手快地从其中抽了一张钱，随即撒腿就朝厕所方向跑去。

行崇宁看着她那副迫不及待的背影，忍不住浅浅笑着走到垃圾桶边掐灭了手里的烟蒂。

四点到了亚历山大港，果然在堵车。

和开罗全城的土黄色完全不同，整个亚历山大似乎是五彩缤纷的，路边有各式各样的欧式咖啡馆，打开车窗迎面而来的就是地中海的风。

让叶佳楠没想到的是，行崇宁到市区的第一件事情居然是去买了个新手机，将电话卡换了之后，就把手机还给了她。

叶佳楠目瞪口呆地接过自己梦寐以求的破手机，所以，其实他一直都是在逗她玩？

在混乱的交通中，司机以龟速将他们送到了海边的四季酒店。

酒店是小唐事先就替行崇宁订好的，只是没想到会临时多出一个人，于是行崇宁在前台交涉说想要换房。

叶佳楠没有带护照，不敢正大光明去住店，只好在大厅里远远等着。

酒店前台的客服没有过多询问要住几个人，就按照行崇宁的要求帮他换了房间。

叶佳楠默默地跟在行崇宁后面上了电梯，进了房间后发现自己被闪瞎了双眼。行崇宁换的是有两间卧室的那种套房，中间一个客厅，两间卧室分别在客厅的左右两边，连卫生间都是独立分开的。房间的欧式古典装潢顿时让叶佳楠觉得自己就算不是奥地利公主至少也是沙俄的公爵夫人，而客厅的西面是一个正对地中海的大露台。

目及之处，都是海天一色的地中海蓝。

叶佳楠张着嘴看着房间，心中默默地为土豪点了个赞。

行崇宁说："我出门见个朋友办点事情，你自己吃晚饭。"然后从身上拿了一沓美金外加一张信用卡递给叶佳楠。

临走时，他又回头说："楼顶有餐厅，酒店附近好像也可以逛，天黑了就不要走太远……"他说到一半又突然顿住，似乎不太习惯这么啰唆的自己，盯着叶佳楠怔忡了一秒钟，随后闭上嘴，拿上房卡就走了。

—3—

等门一锁，叶佳楠就一跃蹦向沙发，将自己失而复得的手机拿出来检查了一遍，然后开始上网。

她们那个尼罗河四姐妹的微信群里，静悄悄的，没人说话。

叶佳楠：你们去博物馆了？

叶佳楠将信息发出去等了好几分钟，结果一个搭理她的也没有。她在自己卧室里将浴室和衣帽间都转了一遍，然后将行崇宁留下的钱和卡都带在身上出了门。

此刻正值埃及的初春，亚历山大比开罗要冷一些，地中海的风浪有些大，游泳的人少，但是海滩上晒日光浴的人很多，好些白人俏妞穿着比基尼泳装在秀大腿和胸脯肉。

叶佳楠在滨海大道上拦了一辆车去往闻名世界的亚历山大图书馆。

这是她第一次到亚历山大。车一路都在海边开着，似乎出租车每驶过一米都是地中海的蔚蓝。

图书馆门口有一座亚历山大大帝的雕像。

说实话，买票进入图书馆以后，叶佳楠被小小地震撼了一把，没想到经济这么落后的国家居然能拥有如此现代化又规模宏大的图书馆，竟然给人一种雄伟的感觉。

她随手翻了好几本都是清一色的阿拉伯文，其他语言的也不知道怎么找，她怕天色太晚，不敢耽误，走马观花地参观了一遍，出门遇见几个中学生模样的姑娘抱着手里的书，在旁边看着叶佳楠，一副想上前又不敢行动的样子。

叶佳楠纳闷地回看她们。

整个图书馆外面只有她一个黄皮黑眼的东方人，所以十分显眼。

大概是叶佳楠的回视让她们鼓起了勇气，一个胆子大一点的小妹妹红着脸上前来，捏着手机，问叶佳楠可不可以和她照相。

之前叶佳楠就听人说亚历山大的人特别喜欢找外国人合影，没想到是真的。

她犹豫了一下，点了点头。

没想到这一同意竟然一发不可收拾，图书馆门口的姑娘们竟然全部都凑了过来，挨个跟她合影。一时间，她居然生出一种图兰朵公主来巡街的感觉。

结果姑娘们刚被搞定了，又来了一个小伙子。

叶佳楠想起吉萨夜市上的前车之鉴，连忙摇头，跑到大路上拦下一辆出租车回酒店。

她在酒店附近找了家餐厅点了几样东西，等餐的时候又打开手机。

尼罗河三姐妹已经从博物馆回到了酒店，在群里给她发信息。

叶优桢：我们刚到酒店。佳佳姐，你在干吗？

叶佳楠：我刚才去了亚历山大图书馆，你们猜我遇见了什么？

何茉莉：什么？

叶佳楠：整个图书馆的人都来找我合影。

叶优桢发了一连串流汗的表情。

何茉莉：为什么？你干什么了？

叶佳楠：大概发现我长得美吧。

叶优桢：我要吐了。

这时，一直在一旁没出现的朱小蓝发一句：也许人家回去上网发一个——今天遇见了一个好丑的中国姑娘，围观了很久，不要着急，有图为证。

叶佳楠一边吃饭，一边玩手机，看见朱小蓝的话差点笑喷了。

后来，群里又沉寂了几分钟没动静。

叶佳楠：怎么，都被我吓走了？

叶优桢：没，刚才我在教训小蓝姐。咱俩一个基因啊，她说你丑，也就是间接说我丑，所以我替你扁了她一顿。

叶佳楠：优优，果然是亲的。

何茉莉倒是关心别的话题，干脆拿起话筒发语音问："你那边怎么样？不会全城只有一家酒店，而且酒店只剩一张床了，然后不得不同床共枕吧？"

叶佳楠也开了语音："茉莉，你被武侠片洗脑了吧。"

"那到底怎么样？"叶优桢也凑到何茉莉的话筒前问。

叶佳楠：你们想多了，我们住的两个房间。

朱小蓝：没劲。这么好看的男人，能睡一晚都等于中了彩票了。

何茉莉：彩票也没他值钱，好不好？

朱小蓝：什么情况？

叶优桢开了个私聊窗口，问道：对了，姐，你的手机拿回来了？

叶佳楠：是啊，你反射弧好长。

叶优桢：你没有故意把你穿泳装的视频放给他看，让他流一摊鼻血？

叶佳楠：滚。

叶佳楠一边开心地用手机和三个人聊着天，一边吃着饭。可是饭菜就没那么让人开心了，阿拉伯人的传统，只要是带甜味的东西，都会甜得令人发指。

她想起行崇宁居然上次还在 Mena House 吃甜品，可见是真心喜欢甜食。

饭后，叶佳楠没有过多地在街上流连，听话地在日落前回到酒店。因为心情十分好，等电梯的时候，叶佳楠取下头上的皮筋，将头发散开。

她头发十分长，发尾已经到了臀部，漆黑又浓密。

很小的时候，那时还跟着亲生母亲和父亲，没人有闲心给她打理外表，甚至还长过虱子，所以不但没有留长发还剃过光头。后来到了养母林曼仪那里，林曼仪特别喜欢打扮女儿，将她一头狗啃似的头发养得十分好。

青春叛逆期的时候，假期里被发型师忽悠染成灰蓝色，结果林曼仪气得第二天就带她去剪了个板寸，从那以后就再也没有留过短发。出国留学前，林曼仪和她约法三章：一不准染发、烫发、文身，二不准在身上别的地方乱打洞，三不准和男朋友过夜。

不准变成非主流的发型已经上升到和不能跟男朋友睡觉这种程度的家规了。

第一个和她谈恋爱的学长，据说最初就是因为喜欢她的头发。

来了埃及以后，因为某些原因，她都是用一根皮筋将头发扎得结结实实的，再加上沉沉的一头长发，整个头皮都被扯痛了。

她一边揉着头皮，一边卡开了房门，发现灯亮着，行崇宁已经回来了。

他正坐在客厅外的露台上，手边的小圆桌上，开着一瓶红酒。

对面的地中海正值黄昏。

海平面上巨大的落日，正躲在云层后面，将海天相接的那片天染成了橘红色。行崇宁就这样坐在晚霞中，发梢和肩上都染着一层金黄。

叶佳楠忍不住走了出去，扶着栏杆，站在露台上，盯着远方的霞光挪不开眼。直到这一刻，她似乎才明白为什么有人将亚历山大称作"地中海的新娘"。

他坐着，她站着，一起静静地看着那轮红日从云层中露了出来，继续西沉，然后渐渐地落到海里，又将湛蓝的海水染成一片炽热的橘红。

浪涛起伏，波光粼粼。

让人舍不得眨眼。

海风拂面而来，耳边并不安静，有远处汽车的鸣笛，还有其他楼层的音乐声，可是一时间，叶佳楠又觉得胸中的那颗心是那么静。

两个人并未有任何交谈，直到夕阳沉到海平面以下。

叶佳楠从一片沉醉之中清醒过来，轻轻感叹："真美。"

行崇宁倒是没有立刻说话，转过头，给自己倒了半杯红酒，举在嘴边，轻轻地呷了一口，才慵懒地开口说："人活着总有许多美好的时刻。"

听到这话，叶佳楠不由得想起陆剑说的关于行崇宁的那些旧事，心中不禁有些感叹。

红酒的香味，在空气中散开。

"客厅的吧台还有酒杯。"行崇宁说。

叶佳楠在另一张椅子上坐下，摇了摇头："我不喜欢喝红酒。"说着，她想起身上的东西，掏出剩下的整钱和信用卡，"我拆散了一百刀，其他都没动，钱只有回去再还你。"

行崇宁接过去，放在桌子上。

这时，叶佳楠的微信一下子响了十几下，叮叮叮地一连串，她打开一看，发现是三个人在互相发白天去金字塔的照片。

她靠在椅背上，握着手机一张一张点开看，里面有的是单人照，有的是合影，还有的是纯粹的风景。上午她们还专门付费进了胡夫金字塔里面。

看着金字塔入口的那张照片，叶佳楠的手指放在上面，迟迟没有继续往下翻。她想起叶优桢走在那狭窄冗长又充满奇怪气味的墓道的时候，还问会不会穿越。

叶佳楠笑了，不由得说："你有没有进过金字塔的里面？"

"第一次来埃及的时候去过一次。"他答。

"我妹妹一边走一边还在想会不会走着走着就回到过去。"

行崇宁淡淡一笑，将手里的红酒杯放下。

"以前念书的时候我和她看过一个故事就是进入金字塔以后，时光就倒流了，所以她特别有执念。"

"回到过去做什么？"

天边的夕阳看起来似乎已经完全被海水淹没。

叶佳楠看着远方说："回到我六岁的那一年，问一问他为什么要抛弃我们。"没头没脑地冒出这句话之后，叶佳楠自觉有些失言，也不想解释。

没想到行崇宁却问："你说的是你父亲？"

叶佳楠诧异："你怎么知道？"

"我大哥跟我提过。"

"什么时候？"

行崇宁想了一下："是在第一次我们三个人见面吃饭的时候，在你还没到之前。"

叶佳楠愣了。

"你别误会，他当时只是告诉我，他以前很喜欢你的母亲，所以把情况给我介绍了一下，才提起你们两姐妹的事情。"

叶佳楠抿着嘴，沉默了片刻才说："行叔叔他都说什么了？"

虽然此"行叔叔"非彼"行叔叔"，但是在刚说完这三个字后，叶佳楠自己也禁不住笑了，凝重的气氛被自己给打破了，因为她想起在急诊室里，行崇宁在她面前自称行叔叔时那副盛气凌人的样子。

-4-

"你是不是也觉得我很可怜？"叶佳楠说，"我周围的朋友如果知道这事，都会十分诧异，然后在我面前小心翼翼的，生怕说错半个字。"

行崇宁看着她的脸怔了半秒，缓缓说："我们遇见的这世界上的很多人，也许都在一个别人所不知道的战场上，经历着人生的搏斗。"他眉峰轻轻拢着，"有的人生来需要旁人可怜，有的人却一点也不需要，收起怜悯，心存善意，才算尊重。"

叶佳楠默默地听着他的话，不知怎么的，心中翻涌着莫名的情绪，这些情绪一下一下地撞击着她的胸膛。

她不由得开口说："当时我六岁，优优四岁。"

她又说："那天他说要带我们去玩儿，就牵着我和妹妹坐车去了市郊的一个县城，后来在县政府门口有个面馆，他在里面给我们买了两碗面吃。那个时候我还特别高兴，因为面馆里面在卖那种玻璃瓶的可乐，我和优优从没有喝过可乐，他也给买了。然后他留下包袱说他要去办点事情，如果我们吃完了东西，他还没回来，我们就去县政府门口坐着等他。"

"然后我抱着妹妹坐了一个下午，他也没来。"

"当时妹妹脑门上还扎着针，一直都在发烧，本来应该继续去医院的。"

"当时是夏天，县政府门口是一块大空地，太阳晒得特别难受，周围都在冒烟，中午的时候实在受不了，我就背着妹妹去了旁边的树下躲了一会儿，后来我为这事特别后悔，我真的是特别特别后悔，我就想是不是因为我们躲在树荫下面，他没有发现我们，才一不小心走掉的。"

"天黑了之后，看门的大爷发现了我们，给我们买了两个馒头，就把我们带去了镇上的派出所。"

叶佳楠十分平静地说完这些，这是她第一次对人提起那一天的情景，连对叶优桢也没有说过。别人问她，她都说不记得了。

"那个时候你的亲生母亲在哪儿？"行崇宁问。

"我的生父想要一个儿子，所以经常打我和我妈，后来妹妹又出生了，这回不但又是女孩，还是个药罐子，他就更变本加厉了，我妈被打得实在受不了，就跟人跑了，再也没有回来过。"

此刻，天空几乎变成了暗淡的灰蓝色，只有西边的一朵云还染着残霞。地中海的风轻轻地刮在脸上。

行崇宁静静地看着叶佳楠。她十分爱哭，一个人在客厅里看个电影也能被感动到哭，还有那次在医院的病床上，她看着窗外的灯也能泪流满面，甚至于，他与她擦肩而过，她都能一边哭着爬台阶，一边来追他。所以他本以为她会哭，没想到并没有。

"我一直想找到他，然后亲口问问他，是真的把我们抛弃了，还是只是那天迷了路找不到我们。如果是他怕没有给妹妹治病的钱，我不用上学，我可以出去挣，如果是因为嫌我不够听话，不够乖，我都会改，可是他为什么要这样一声不吭地把我们一起扔掉？"

她陷入了自己的情绪里，心中有些难受。

若是换成别人，也许会安慰叶佳楠几句，或者干脆岔开话题。可是，他又从来都不擅长这些，于是两个人又陷入了沉默。

天色一点一点暗下去，风却越来越大，海浪的声音也渐渐明显。

他不说话的时候，面色会显得十分冷峻。

但是在这种沉默之下，叶佳楠反而觉得一点也不尴尬，这一切就好像是行崇宁在无言中留给她私人的空白时间。若是不了解他的人，也许会把这种举动看作是冷漠。

自此，叶佳楠才明白，他不是。

没有顾左右而言他，也没有故作轻松或者凝重，甚至没有好奇地追问，只是陪着她坐在夜幕下，无须多言，却胜过话语无数。

也许这也是他所谓的善意的尊重的其中一个部分吧。

半晌后，他缓缓开口说："其实，你有没有想过，也许你执念的根源并不是真的想知道为什么，而只是因为你们分别时太突然了，都没有好好说过再见。"

她微怔。

他眺望着海的尽头与天空相接的那一点点光，继续说："所以以后，要是到了不得不和重要的人分别的那一刻，就算无力挽回，至少也要认真地道个别，才不会那么遗憾。"

这时，行崇宁的电话响了，还是他母亲打来的。

行崇宁走到露台的另一边接电话。电话里，厉娴静似乎和行崇宁陷入了争执，争执的话题是因为厉娴静发现行崇宁撇下了小唐，一个人到了亚历山大。

"你这样有多胡闹，所有保镖里只剩下小唐已经是我退让的极限，你现在连他也不带！"厉娴静发火。

"我是个成年人，我有权利决定以什么方式生活。"

"不是，不是，你在别人面前是成年人，在我这里不是，永远都不是。"

厉娴静也毫不示弱。

行崇宁默不作声。

母子俩同时执拗的时候，气氛还是很可怕的。

行崇宁还是先服了软，因为厉娴静有比较严重的高血压，他憋着一肚子气，生硬地叫了一声妈。

"行二，你要还认我这个妈的话，我通知小唐明天联系那里的安保公司去酒店找你。"厉娴静斩钉截铁地说。

叶佳楠不好意思偷听人家讲电话，只好继续假装自己在翻手机。

亚历山大比开罗冷得多，日落之后的海边显得冷，她穿着单薄的外套有些招架不住，连打了两个喷嚏。她只想等行崇宁讲完电话，跟他打过招呼，就回房间泡热水澡。

这时，一阵海风猛然刮来，将桌子上的美钞一下子吹落了，一沓钱乘着风势散落开，就跟四处飞舞的蝴蝶似的。

叶佳楠心中惊呼，急忙从椅子上跳起来去捡。

她一下子扑住了一堆钞票，却也漏掉了好几张。这是十九楼，要是飞出去就只有看着钱哭了。

于是，她一手拽着一把钱，空出另一只手匆匆又去扑漏网之鱼。

行崇宁讲完电话，一回头正好看见这一幕。

叶佳楠太着急，脚下没注意就被圆桌腿一绊。她自己摔了个狗啃泥不说，桌子上的红酒瓶和酒杯一起被掀翻落地，酒瓶滚到她身后倒还完好，杯子却碎成了几片。

眼看作为肇事者的叶佳楠被洒了一身的红酒还毫无知觉，下一时间手就要按在碎玻璃上，行崇宁几步上前，眼疾手快地拽住她的胳膊肘，将她从地上提起来。

"你什么时候能改掉这个冒冒失失的毛病？"行崇宁对她说。

叶佳楠倒没反驳，小心地动了动自己的肩膀，眉头轻轻皱了起来。

行崇宁刚才一时情急，正好拽住的是她那只受过伤的胳膊，见她如此表情才想起来上回医生说她的左手有习惯性脱臼的毛病。

"给我看看。"他说。

叶佳楠退后一步，背靠着露台的栏杆："没事。"

其实，她这只手还真有点害怕行崇宁，上次的脱臼虽然不是他弄的，但也是由他而起，身体机能在本能上还有点犯怵。

"给我看看。"他眉毛叠在一起，又说了一遍，不容反驳。

叶佳楠只得乖乖地伸出手。

见那手掌上沾满了湿答答的红酒，行崇宁的眉毛拧得更深了。

说实话，按照平时来说，这样的手，他连看都不想看，就像当初她在雨师湖的银杏林里伸出一双泥手叫他帮忙一样，他一直想问她，你知不知道自己当时有多脏。

此刻的行崇宁嫌弃地绕过她的手掌，捏住略显干净的手腕上方，检查她是不是真的受伤了。

结果她那满手的酒，一举起来，黏稠的液体就顺着手腕朝下流。

行崇宁忍无可忍，大步走回房间拿了一条毛巾出来，示意她先把手里紧拽着的美金放下，随后又将她的双手擦了个干干净净。

叶佳楠不禁有一种父亲教育女儿要讲卫生、爱干净的错觉，竟然感觉十分窝心。

而行崇宁擦完之后，又检查确认了一遍，这下总算治好了自己的强迫症。

他把毛巾搭在旁边的栏杆上，用手从她手腕向上一直捏到肩膀，见叶佳楠脸上表情都无恙，才松开她。

"都说了没事。"

"要是有事又算我头上。"他上回差点在急诊室守了她一个通宵。

叶佳楠呵呵地干笑了两声。

"你怎么会弄成习惯性脱臼？"他问。

"是以前我生父给打的，很多次了。"她轻描淡写地交代。

行崇宁轻轻地叹了口气。他叹得十分轻，轻得就像一根羽毛扫在叶佳楠的胸口上，若不是她和他紧挨着，也许根本不会察觉。

回过神，叶佳楠才注意到他俩的姿势有点暧昧。

她后背抵着露台的栏杆，而行崇宁站在她前面，说话的时候，他图省力气，两手撑在栏杆上，将她周围圈成了一个圈。

这酒店是高层建筑，栏杆装得很高，她将近一米七的身高，都觉得栏杆已经抵到后背了。

所以这个姿势，几乎就类似于传说中的"壁咚"？

想到这里，叶佳楠咽了一口嘴里的唾沫，手足无措，不知道要怎么办才好。

"那天晚上在台阶上你为什么亲我？"他两手撑在她身侧，俯下身，盯着她看。

"我不记得了。"叶佳楠别开脸。

"下午你说我不还你手机，你就要怎么样？"他唇齿间还残留着红酒的香气。

"我……我忘了。"她支吾着。

"那我不该把手机还给你。"他侧着脸，浅浅笑着，一双眼睛在星辰下笑得亮晶晶的。

"唇珠精。"她恨恨地说。

他这一回没问她唇珠精到底是什么意思，缓缓地拢了笑颜，将视线转到她的唇上。

地中海的夜风越来越大，从叶佳楠的身后刮来。她一头长发被风吹得四下翻飞，甚至撩到行崇宁的肩头和脸上。

夜色渐浓，月亮和星星都出来了。

他伸手将她飘在他脸颊和耳边的头发拂下来，别了一些在她的耳后。

然后，他垂下眼帘，作势要吻她。

叶佳楠得到这个讯息后，不禁屏住了呼吸，整个人陷入一种几乎快燃起来的状态之中，脸上已经烧得不像话。

只是下一时刻，她觉得鼻子有些痒，那种痒的滋味活生生将她强行拉回现实。

然后——

"阿嚏！"她张嘴就是一个细小的喷嚏。

唾沫星子喷了行崇宁一脸……

–5–

他是一时得了失心疯才会想要吻她——这是行崇宁此刻心中的唯一想法。

浴室里，他一遍又一遍地洗着自己的脸。

叶佳楠站在他的门口。

她道歉："我不是故意的。"

她忏悔："我已经憋到最小了。"

她解释："我是想要埋头的，可是没来得及。"

她保证："下次再发生这种事情，我一定提前跟你打招呼。"

她又安慰他说："何况你本来就准备亲我，亲上了以后还是会沾到口水，现在只不过面积大了点，地方没对而已。"

她真的已经词穷了。

行崇宁擦了一把脸，将毛巾扔在盥洗台上，忍无可忍地走到她跟前说："叶佳楠，你闭嘴行吗？"

叶佳楠看到炸了毛的行崇宁，可不敢惹他，赶紧捂住嘴。

"你出去。"行崇宁说。

"不是吧，"叶佳楠眼巴巴地望着行崇宁，"你前一秒钟还欢喜地要亲我，后一秒钟就翻脸不认人了，跟以前一样又要撵我走，叫我流落街头。我身无分文，又没证件。"

行崇宁的脸阴沉得可以滴出水来："我是叫你回房间睡觉。"

"哦。"

叶佳楠刚转身，行崇宁又叫住她："你打个电话给客房部，叫他们来把你刚才弄的那一摊子打扫一下。"

"那你呢？"叶佳楠问。

"我洗澡睡觉，明天回开罗。"他说。

关了卧室的门，行崇宁依次将衣服脱下来，然后他听见叶佳楠果然很听话地在客厅里给客服打电话。

他侧了侧头，听了一两句，才去浴室洗澡。

打开龙头，热水从头一直淋到脚。

行崇宁在莲蓬头的水雾下面，静静地站了一会儿，思绪飘得有点远。

他第二次去见屈医生，临走时屈医生跟他说："崇宁，试试看，这也许是一个新的开始。"

那天晚上，他站在雨师湖的山上，看着对面的灯火想了许多，如此叫他措手不及的一个吻，后来她说："我突然发现自己喜欢你。"

这些年，那么多女人想要靠近他，环肥燕瘦，明眸善睐。他却始终不太适应任何陌生人的靠近。甚至旁人递过来的东西，他都不轻易伸手去接。

是不愿意，还是不敢。

他不知道。

十多年来他一闭眼就想起那一幕，那个人和他一起从楼上摔下去，脑浆和血都溅在了他的身上，他记得自己的眼睛、鼻子、嘴里都是对方的血，然后下一瞬迎接他的就是好像死亡一样漫长的黑暗和窒息感。

那种感觉就像是你被人活活埋葬在泥里，没有光亮，没有声音，没有空气，只有无尽头的时间。

一直到他醒来，母亲告诉他，他躺着的这些年，哥哥结了婚又离了，他中意过的那位家教女教师已经嫁作人妇。

还有——父亲去世了。

对，就是叶佳楠所说的金字塔的故事。

他从金字塔里走出来，站在阳光下，发现在金字塔里的恍然一瞬，外面世界的时间却已经过了很多年，物是人非。

所以，他带着讥讽问她："你喜欢我什么？"

一个对他什么都不了解的人，居然可以轻易地将"喜欢"这个词用在他的身上。

他觉得十分可笑。

直到后来，他遇见餐馆里的那对念餐单的老夫妻。

所以从屈医生办公室坐车回家的路上，那句"试试看"一直萦绕在他耳边，他不由得想起午后阳光下，自告奋勇地替他念菜单的那个小姑娘，还有她那只被阳光穿透的耳朵。

此后的几天，他路过茶水间偶然听见方昕正和一个小助理小声地说："你应该试试看。"

他一愣，不由驻足。

倒着茶的方昕并没有发现行崇宁，继续对小助理说："有些衣服看着不怎么样，穿在身上特别合适，所以一定要试试看。"

他松了口气。

周日，回到老宅，看见厉娴静预约了人来家里做全身的保养和按摩。他进客厅时，厉娴静正被上门服务的人哄得心花怒放，说她显年轻，皮肤好，还给她推荐了一款桃花颜色的指甲油。

厉娴静直摇头："不不不，我涂上就成老妖妇了。"

那人笑盈盈地说："我帮您先涂一个指甲，您试试看啊，很好看的。"

厉娴静嘴角扬起来："那就……试试看？"

行崇宁不想再听到这三个字，免得一听到就想起叶佳楠。

第二天在公司，负责和千重珠宝合作基本款设计的 Toms，拿着设计图来找他，问他要不要把表盘的万年历形状再调整一下。

行崇宁看着图正在迟疑的时候，长着一张猕猴桃脸，一直都说德语的这个 Toms 陡然冒出一句蹩脚的中文："干脆我们试试看？"

行崇宁听见这三个字，顿时觉得窝火，只想立刻撕一张胶布将他的嘴封起来。

他真的是被这些人逼疯的。

行崇宁洗了澡，站在屋里穿衣服，听见叶佳楠正按照他的要求在跟服务生交代工作。他吹干了头发以后，坐在落地窗前看着远处漆黑的大海。

可是室内的水晶灯映在玻璃上，他抬眼一看，玻璃里照出自己的样子。

从那次事故之后，他就变成了一个极安静的人，可是此刻，他的心里却有点乱。行崇宁起身打开门，走出卧室。

叶佳楠正盘腿坐在沙发上，专心致志地玩着手机里的游戏。

她听到开门声，抬头见行崇宁手里拿着外套："你要出去？"

"嗯。"

行崇宁却没立刻走，直到等着那个服务生打扫完毕之后，随后才离开。

他锁了门，走过长长的走廊进了电梯。

酒店附近有不少咖啡馆，他坐了会儿，又在海边转了一圈，等他再回到房间的时候，时间已经很晚了。

客厅的电视还开着，叶佳楠就这样窝在沙发上睡着了。

她并没有开灯，所以电视屏幕上明暗交替的光线一闪一闪地映在她的脸上。行崇宁站在门口呆立了几秒钟才走进去。

行崇宁缓缓地绕过叶佳楠睡着的沙发，推开客厅的玻璃门，到露台上点了一根烟。他站在栏杆前，对着星空和大海。

随着情节，电影低缓的背景音乐传来。

电视里放的电影大概是叶佳楠自己通过酒店的系统点播的。

电影的名字叫《坠入》。

他从摩洛哥回来那次，正好遇见她在客厅里看这部电影，整个人哭得跟个泪人似的。

曾经有很长一段时间，他待在美国做苏醒后的复健治疗和心理矫治，途中，医生找了许多电影给他打发时间。

他很少看画面，只是听声音听台词。

其中就有这部电影。说实话，这部戏大部分都是寂静的，所以第一次播到它的时候，让人感觉十分乏味。

后来，在每一个漆黑无人的夜里，他总是习惯开着电视睡觉，偶尔也拿出那些碟片来继续放。有那么一两次，会碰巧抽到这张碟。所以他几乎可以背出里面的情节。

男主角意外失去了双腿，绝望地活在病床上，被病痛和尊严折磨得如一具行尸走肉。直到医院里一个带着奇怪口音的小女孩闯入他的世界。

她拯救了他。

电视里，连影片的尾曲都播完了，周围变得十分安静。

行崇宁双手撑在栏杆上，指间夹着烟蒂。

海风吹着那半支烟，让它明亮而快速地燃烧着，最后又渐渐熄灭化作灰烬，被吹散在黑夜里。

他回到客厅，将叶佳楠从沙发上轻轻捞起来，小心地抱在怀里，然后将她放回自己的床上。

安顿好她，他又回到客厅去关电视，结果看到沙发扶手上搭着叶佳楠的外套。

红酒将她的外套染出几大片酒红色的污渍，几乎没法穿出门。

行崇宁本想给前台打电话，又怕一会儿门铃太吵，于是拿上脏衣服直接出门去找服务生。

第二天清晨，叫醒叶佳楠的是她自己手机的闹铃。

听见那熟悉的音乐声，她开始以为是自己做梦，坐起来以后发现自己居然睡在自己的床上，而后，她揉着眼睛去找手机。

最终，她在客厅沙发找到它。

她刚一放下，手机又响了，是她调的备用闹钟。

这是她之前怕错过航班调的闹铃，此刻简直变成了夺命连环呼，难怪昨天行崇宁拿着她手机，那么大的起床气。

她正要松口气，行崇宁已经打开了房门。

"早上好。"她干笑了一声，有一种手脚都不知道往哪里放的感觉。

行崇宁脸色倒还好，瞥了她一眼。

叶佳楠开始继续在客厅里四处搜索。

"你找什么？"行崇宁问。

"我的外套。"叶佳楠头也不抬地说。

"你那衣服还能穿？"

"可是我只有一件啊。"

"我昨天拿给他们洗了。"说完，行崇宁就拿起桌子上的座机给洗衣部打了电话，叫他们把外套送来。

手机又响了一声，这次是提醒低电量。

"噢，马上就没电了。"叶佳楠哀号。

"谁叫你晚上不关机。"他说。

"我手机晚上本来就从不关机。"

"为什么？"

"以前我过的美国时间啊，怕半夜妈妈或者妹妹有事找我，后来就习惯这样了。"她说。

没一会儿，门铃响了。

叶佳楠蹦起来去开门，她发现门口除了来送衣服的服务生还站了四个陌生男人以及小唐。

"嗨。"叶佳楠打招呼。

"叶小姐早。"小唐说。

叶佳楠瞄了瞄小唐旁边那四个穿着紧身外衣的壮汉，想起厉娴静在电话里说要找安保公司的话，拎着自己的衣服，转头对行崇宁说："找你的。"

她回去刷牙洗脸，听见外面行崇宁对小唐说："但是，我才是你的老板。"

"行先生……"

"你可以留下，叫他们回去，跟老太太说这是我的底线。"

等叶佳楠洗漱完毕，回到客厅，发现一个人都不见了，行崇宁正在自己房间里洗脸。

"人呢？"叶佳楠问。

"他在大堂等我们，现在去吃早餐？"

"好啊。"叶佳楠答。

早餐特别丰盛，叶佳楠要了两个煎蛋之后，看到行崇宁一边吃着小蛋糕，一边给咖啡杯里加糖。

"你要少吃点糖，对身体不好。"她说完又后悔，怕触了他的逆鳞质问她算哪根葱，又闹得彼此火冒三丈。

哪想行崇宁却没有生气，抬眼看她："你怎么知道我喜欢吃糖？"

"你不是喜欢吃糖，是喜欢吃甜的。"她解释。

"你还没回答我。"

"偶然注意到的，因为很不常见。"一个高冷的人居然和小朋友同一爱好。

"我小时候在瑞士长大的。"他说，"家里有个阿姨，特别喜欢做甜食。"

"那你中文说得不错。"她说。

"在家只能说中文。"

早餐后，行崇宁退了房间，而昨天的那位络腮胡司机大哥已经开着车在酒店门口等着他们了，只是多了一个乘客——小唐。

在最后离开亚历山大前，他们驱车去了屹立在地中海边的凯特贝城堡。

那是几百年前埃及国王在亚历山大灯塔的遗址上修建的。

古堡是淡黄色的中世纪风格，雄伟又美丽。

小唐和司机在一起，并没有跟着他们逛。

叶佳楠跟行崇宁从古堡出来，绕过一个广场，顺着堤坝，走到附近的海边。这里没有沙滩，人工堆砌而成的堤坝阻挡了海水，很多本地人正坐在堤坝前的石块上垂钓。

海浪澎湃地打着堤坝。

湛蓝天空下的古堡，就像是一幅油画。

她惊叹着掏出手机，猛拍了一阵，直到完全没电。

一放下手机，叶佳楠又遇见了昨天的情景，很多人主动上前问她可不可以合影。她笑着摇头拒绝，却仍然有对不肯放弃的父母，竟然将自己家的小孩子塞到她怀里，趁机合影，那婴儿就跟条小美人鱼似的，嘴里对着她不停地吐泡泡，将叶佳楠逗乐了。

行崇宁站在旁边看着她。

有人找行崇宁合影，他大概板着一张脸，摆了摆手，就没人敢继续纠缠了。

这里大概也是本地人喜欢来的地方，有很多小商小贩。

一个手里捏着一大把彩色气球的小伙子，大概不到二十岁，之前一直在旁边卖气球。他在附近围观了一会儿，也蠢蠢欲动地想要跟叶佳楠合影，于是腼腆地朝她走去。

叶佳楠被他那一大把飘着的彩色气球给吸引了，答应他说合影可以，但是她也想借他卖的气球照一张相。

小伙子咧着两行大白牙笑了，忙不迭地点头同意。

合影完，小伙子很爽快地就将一大把系着彩色气球的绳子给了叶佳楠，教她拿好。

叶佳楠屁颠屁颠地将行崇宁叫到跟前，把手机交给他，拜托他替她照相。

可谁能想，她刚一站定，一个巨浪拍到岸边的石块上，陡然激起几米高的水花，叶佳楠最先发现，一边大声提醒着旁边的人，一边往前跑，却比不上浪花的速度，还是被浇了个透心凉。

　　包括小伙子在内的好几个游客，也都没躲掉，一起被淋湿了。

　　叶佳楠垂头打量了一下狼狈的自己，实在觉得好笑，再回头一看其他几个人，更忍不住乐得哈哈大笑。

　　行崇宁隔得远，幸免于难，手里握着叶佳楠的手机，蹙眉看着她那一头湿发和湿漉漉的衣服。

　　她的外套并不厚，薄薄的几层，被打湿后，立刻贴在腰身和胸口上，让她上半身的那道曲线顿时显露无遗。

　　他的眉拧得更紧，立刻脱下自己的外套，跨着大步朝她走去。

　　叶佳楠本人却毫无察觉，反而小心翼翼地护着少年借给她的气球。见行崇宁过来，她继续笑着问："怎么办？这里太阳这么大，我是不是躺在地上等着晒干就好了，你说先晒正面还是先晒背面？"

　　他没接话，将自己脱下的那件衣服罩在她的外面。

　　她仰着脸，朝着他笑。

　　他垂头看着她。

　　他们的脸隔得很近。

　　她那双眼睛笑起来亮得和这阳光一样，让人觉得炫目。

　　行崇宁本来要松开衣服的手，微微一滞。

　　涛声响在耳畔。

　　身后是凯特贝古堡。

　　"叶佳楠。"他低声叫她。

　　那颗唇珠微微动，念出了她的名字，像是自语又像是叹息。

　　"嗯。"她抬起眼帘看他。

　　突然，他就低头吻了她。

　　唇瓣相触的那一刻，叶佳楠听见自己的心发出"啪嗒"一声。

　　她完全忘记周遭的一切。海浪声远去，风停住，炽热的太阳也不见了。甚至连她发梢上正在往下滴的水珠子都凝固了。

　　她闭上眼，手指一松，捏在手中的气球飞走了——

第十章
一千零一夜

—1—

咖啡馆，叶佳楠等着行崇宁。

他随身带的行李里有备用的衣服，行李却放在车上了，于是他找了个就近的咖啡馆留下她，自己去找小唐和司机拿衣服。

叶佳楠一个人坐在窗边，跟服务生借了个充电器给手机充电。

而她的脑子仍然有点甜得发蒙。

他亲了她，然后还有条不紊地付了那无辜少年卖气球的钱，牵着湿漉漉的她将她安置到这里。

没过几分钟，叶佳楠就看到了街对面去而复返的行崇宁。

行崇宁本来穿着两件衣服，如今厚外套给了她，便只剩一件衬衣在身上了，衬衣和他这个人一样，既干净又整洁。正午的阳光特别刺眼，他的脸迎着日光，眉头深深地皱着，手里则拿着他带到亚历山大的那个黑色的行李包。

他平时很喜欢蹙着眉，所以眉心已经有了没法抚平的纹路，可是就是那纹路却将他的五官渲染出了成熟男人才有的沉稳。

他长得可真好看，妈妈也一定喜欢他——叶佳楠不禁在心中感叹。

不过性格却很让人头疼，不知道可不可以改改——叶佳楠又想。

他九岁的时候我才出生，妈妈会不会嫌他太老——叶佳楠继续琢磨。

但是，以后我们可以一起过生日，很省钱——叶佳楠暗自打算。

在她进行丰富内心活动的时候，行崇宁已经推开咖啡馆的门，走了进来。

叶佳楠本来心中就窃喜得跟喝着蜜似的，一瞅见他渐渐走近的身影就忍不住对着他傻笑。

见她表现得如此坦荡，行崇宁想起自己刚才的吻，反倒有点尴尬了。

他垂下眼帘，清了清嗓子，将包递给叶佳楠："去把你的湿衣服换了。"

"哦。"叶佳楠拎着包就进了咖啡馆的洗手间。

她脱了衣服，发现自己连里面都浸湿了，赶紧翻了一件他的深蓝衬衣穿上，扣子扣到一半，觉得里面实在难受，于是干脆又解开衣服，把半湿的内衣一并脱了，找了一件他的短袖 T 恤穿里面，外面才继续套衬衣。

衣服松松垮垮的，倒没有长得过分夸张，她正好把下摆塞了一些在牛仔裤里，然后将换下来的衣服全部塞进行崇宁的包里，开门出去。

行崇宁面前的桌子上摆了两本菜单，等叶佳楠一坐下，他就将菜单推给她："小唐那边约的一点半出发，我们吃了午饭再出城。"

叶佳楠没有一点异议，一边翻菜单一边问："你要吃什么？"

"干脆你选吧。"

叶佳楠闻言将脸从菜单上抬起来，笑眯眯地问："我念给你听，好不好？"

他别过脸，冷冷说："有什么可念的，你随便挑几个就行了。"

叶佳楠盯着他的眼睛看，脸上的笑容却渐渐扩大："我给你念菜单，你不好意思？"

他瞄了叶佳楠一眼，收回桌上的餐单，"砰"的一声合上，也不理会她的眼神，利落地叫来服务生要了两份牛排和两杯果汁。

这时叶佳楠的电话响了，是叶优桢打来的。

"姐，你什么时候到开罗？"叶优桢问。

"晚饭的时候吧，应该可以到。"

"我们准备去白沙漠，今晚要歇在沙漠里，明天才回。"

"那我怎么办？"

"你不是有帅哥吗？"叶优桢说。

叶佳楠抬头看了行崇宁一眼，怕妹妹口无遮拦被行崇宁听见，赶紧拿起电话走到旁边："你们三个人去？"

"当然不是了，那个卷毛找了个领队，还联系了当地的贝都因人的营地，有好几个中国人一起。"

"那你们小心点，别落单。"

"还有，"叶优桢说，"何茉莉把她们的房间给退了，把所有行李箱都放在咱们那边，好节约一晚上房费。要不要我把咱们的房间也一起退了，你就和……"

"你敢！"叶佳楠打断她。

叶佳楠讲完电话，又回到座位。

"你妹妹她们怎么了？"行崇宁问。

"去白沙漠了，明天才回来。"叶佳楠交代。

"白沙漠里晚上有狐狸。"行崇宁突然说。

"狐狸？"叶佳楠诧异。

见她凝重的脸色，他顿时明白她担心什么，解释说："不是你想的那样，是小狐狸，比猫大不了多少，晚上看见人还会出来翻人的行李找吃的。"

"你也去过？"

"听人说的，我没去过白沙漠，不过我以前在阿布辛贝旁边也遇见过。"

"撒哈拉沙漠的晚上一点也不美。"她回忆起自己通宵坐车前往阿布辛贝神庙的那个夜晚。

"也许是你没遇见好时机。"他说。

"那最美的时候是什么样的？"

"星星很多。"

他不太习惯和人闲聊，能与叶佳楠一路唠叨已经是极限，所以脑子里想了半晌关于撒哈拉的美，最后变成语言也不过只总结出这索然无味的四个字。

两个人吃过晚饭，歇了小半会儿，司机就准点开着昨天那辆车停在了窗外的路边，小唐笑盈盈地坐在副驾驶。

叶佳楠知道"准时"这个词对于一个埃及人多么不容易。

有小唐在，叶佳楠坐在车里可不敢像昨天那样凭着司机不懂中文，就随意乱发音。

她有些拘谨，没怎么说话。

行崇宁之前有些不适应她的聒噪，如此一来，觉得清静了不少。

哪知没安静一会儿，叶佳楠脑袋朝旁边一耷拉，就没声了。

行崇宁静静地转头去看她，发现她斜靠着车窗早睡着了，脑袋随着车速一摇一晃的。她的嘴唇没有完全闭紧，双唇中间有一条缝，露了一截洁白的门牙出来。此刻，阳光正好照在她的额头和发顶。

行崇宁想起早上的时候，她拿着气球背靠着大海狼狈又灿烂地笑着，眼睛里就像淬了一层地中海的阳光，灼得他不敢直视。

坐在前排的小唐并不知道后面什么状况，正要转头与行崇宁说话，却见行崇宁立即抬起手，让他噤声。

叶佳楠的腿动了一下，手机从手上滑到了地上。

行崇宁从她脚边替她捡起来。

手机刚才在餐厅里充了一会儿电，已经可以继续用了。他看了看那手机，嘴角漾着笑。

叶佳楠时睡时醒，所以觉得路上的时间过得很快。

车快到开罗的时候正赶上晚高峰，一路都在堵车。在询问了行崇宁的意见后，车绕进了一条小路，四个人进了一家当地有名的餐馆吃晚饭。

叶佳楠不是个挑食的人，可是她真的十分不习惯吃阿拉伯人的食物，所以看到桌子上的那些菜就难受，只从竹篮里掰了一块饼就着水吃了几口。

行崇宁垂头拿勺子舀着自己盘里土黄色的米饭，吃到一半时，看到叶佳楠压根儿就没动。

"要不要吃点烤肉？"他说。

叶佳楠摇了摇头，精神萎靡地答："我不饿。"

他放下叉子，沉默地盯了她一会儿："有没有什么想吃的？"

叶佳楠撑着头，恹恹地答："有顿麦当劳和肯德基也好啊。"

小唐笑："我上次看到酒店餐厅的菜单上有宫保鸡丁和麻婆豆腐。"

"好吃吗？"叶佳楠问。

"没点过。"小唐说，"不过叶小姐要是想吃中国菜，明天去我姐姐家，我让她给你做一桌。"

叶佳楠摇头："太麻烦了，不用了，我真不饿。"

小唐接了个电话后回来，对行崇宁说："晚上演出安排好了。"

"嗯。"

几个人迅速地吃完饭，然后上路。

到了酒店大堂外，她和行崇宁一起从车上下来。

"你住几号房？"他问。

"那边那栋的 2219。"叶佳楠指了下方向。

"你先回去休息，时间到了我去找你，晚上一起去。"

叶佳楠本想问一起去哪里，又想起刚才饭桌上小唐说的演出的事情，于是点点头。

行崇宁回到房间先接了几个电话，然后才抽空去浴室洗头洗澡，等他擦着头发，套上衣服走出浴室，将黑色旅行包里的东西清理出来，却发现里面裹着一件叶佳楠的内衣，还是黑色的蕾丝边。

他盯着它一愣，从地上捡起来走了几步顺手搁在床上。

此刻正值黄昏，行崇宁本来拿着烟灰缸正站在阳台上刚点了支烟，却听见门铃响了，他将烟蒂架在烟灰缸上，走向门厅。

门开了，叶佳楠站在门口，身上已经换了身自己的衣服。

第一句她说："嗨——"

第二句她说："我来拿我的衣服。"

行崇宁示意她进屋。

"东西在床上。"他说完，走去吧台打开小冰箱给她拿饮料。

叶佳楠按照他的指示找去，发现自己的内衣果真躺在他的床上，雪白平整的床单上黑色的蕾丝格外醒目。

她不禁抚额，急忙将它收起来。

他拧开一瓶果汁递给她。

"你的衣服我还没来得及洗，明天还给你。"她说。

"我明天晚上的航班，飞瑞士。"他说。

"明天就走？"她微愣。

"嗯。"

叶佳楠忽然觉得好像到了旅途的终点，两个人分道扬镳，她感到特别失落，却又不知道说什么好。

阳台上，被他放在烟缸上的那支烟还在燃着，袅袅的青烟随着外面的风微微飘荡。下一时刻，风大了一些，将烟头卷下了烟灰缸，滚落在桌面。

行崇宁察觉到了，走出去将它掐灭。

叶佳楠的视线随着他的动作移动，一抬眼看到了沙漠中的金字塔。此刻正值黄昏，景区大概已经清场，游客早就散去，仅剩孤零零的三座大金字塔矗立在沙漠中。

"从你这里看，果然是最漂亮的。"她喃喃说着，不禁也走到了阳台上。

她突然就跟发现新大陆似的，指着胡夫金字塔说："你看朝我们这面的中间，有个凹进去的洞。是不是那个进墓道的入口？"

行崇宁循着她手指的方向看去："应该是。"

"居然可以看得这么清楚。哎，想想你可以每天晚上对着金字塔睡觉，真幸福。"叶佳楠感叹，"不过，被朱小蓝听见我这话她肯定又要反驳我。"

"你上次见过她，我的一个朋友。"叶佳楠补充，"我订这酒店的时候特别憧憬，结果她就讽刺我说：大半夜对着几个死人墓睡觉你不瘆得慌吗？"

行崇宁忍俊不禁，浅浅笑了。

"呃，我不是存心硌硬你啊。"叶佳楠摆手解释。

"我知道。"

-2-

没过一小会儿，小唐就来电话汇报说他们的车快到了。

叶佳楠急急忙忙将衣服放回房间，又带了个背包，跑去主楼的大堂坐车。

还是之前那辆车，司机也没换。

"我们要去哪儿？"上车后，叶佳楠问。

"哈利市场旁边的固力官。"坐在副驾驶的小唐回答。

"去看苏菲舞？"叶佳楠问。

小唐回头："叶小姐看过？"

"没有。只是听说过。"

六点多的固力官，观众已经开始进场了。

人很多。本地人多，外国的游客也不少，各种肤色和语言。他们三个去得很早，所以位置也很好，叶佳楠的旁边坐着的是一对中国夫妇，夫妇俩还带着一个七八岁的小男生。

行崇宁很安静地等待着，旁边的小唐偶尔和他说句话。

叶佳楠倒是很兴奋，抬头打量着这栋建筑物的内部，很空旷的室内空间，长方形，可以容纳好几百个人，屋顶很高，中间没有柱子，墙上有圆拱形的门。

"要不是前面有个舞台，我还以为这是个大教室。"叶佳楠对行崇宁说，"不过还是像《一千零一夜》里的阿拉伯城堡。"

行崇宁还没发话，坐在叶佳楠左手边的那个小男生倒是好奇地凑过来问："'一千零一夜'是什么？也是一个宫殿？"

"一本书。"叶佳楠低头回答他。

"有一千零一页的页码？"

"不是这个意思。"叶佳楠笑。

反正离演出时间还早，她干脆和男孩聊起天打发时间。

"这本书讲的是一个阿拉伯的国王，十分残暴，然后他每天要娶一个女孩，第二天早上又把女孩杀掉。"叶佳楠说。

"为什么第二天才杀掉，而不是马上杀掉呢？"男孩问。

这个问题问住了叶佳楠，其实答案很简单，因为国王想先睡了那些姑娘再取人家的性命，令人发指啊。

可是，对着一个小男生该如何启齿？

叶佳楠只好解释："都说了这国王很残暴嘛，当然就没有理由啦。"

行崇宁侧着脸挑眉看了看叶佳楠，满脸的神色都在表达——你好敷衍。

"小孩子哪有你那么挑剔？"叶佳楠说。

男孩迫不及待地想要知道后续："然后呢？"

叶佳楠耐着性子继续说了起来。

"后来，这个国家的宰相有个女儿……"

"这姑娘每天讲到最精彩的地方就打住，无论如何也不继续讲了，说要听结局就必须等到第二个夜晚……"

"就这样，姑娘每天讲着不同的故事，在第一千零一个夜晚，姑娘说她已经没有故事了，任凭国王处置。可是这个时候，国王发现自己已经深深地爱上了这个姑娘，再也舍不得杀掉她。"

"可是——"男孩正要再继续问，他的父亲将他的头拧了过去，不准他再继续缠着叶佳楠说话。

小男孩却又转过脑袋，从自己兜里拿了一颗棒棒糖出来，送给叶佳楠："分一颗给你，不过妈妈说这里看演出不可以吃东西。你就回去再吃好啦。"

叶佳楠笑着说谢谢。

只听男孩子的爸爸继续对孩子补充解释："刚才这个姐姐给你讲的那本书，就是阿拉伯人的民间故事。"

"什么是民间故事？"男孩又问。

"意思就是它没有作者，是通过以前的人们互相讲故事，口头流传的。"父亲答。

叶佳楠没继续再听这对父子的谈话，拿着棒棒糖小声对右边的行崇宁说："你喜欢的零食，我转送给你？你回去再吃？"

行崇宁淡淡瞥了叶佳楠一眼。

"我讲故事的水平怎么样？"叶佳楠喜滋滋地问。

"你要是山鲁佐德，估计活不过第二夜。"行崇宁说。

"这有什么关系，反正我还没对你讲过故事，你就已经喜欢我了。"

"谁告诉你我喜欢你？"他挑眉。

"你怎么不喜欢我？那你早上还亲我？"

"也许只是因为之前你对我干了这事，找你讨债而已。"

"你——"

她支起身正要反驳，却不想灯光变暗，鼓声陡然就响了起来，节目开始了。

穿着白长袍的鼓手抱着鼓出现在舞台上，紧接着响起一个二楼歌手的吟唱声。

序幕之后，真正的苏菲舞舞者出现了，着装颜色鲜艳。

苏菲舞，就是一般人说的圆圈舞，以舞者穿着大摆裙用很快的速度做长时间的旋转而得名，而所有的舞者都是男性。

他们会在时快时慢的旋转中，不停地拿着多个道具变换手型，也会利用自己多彩且有很多层褶的裙子变化出不同的造型。

舞者的旋转，乐手拍打的节奏还有现场的灯光组成了一种华丽惊艳的艺术表演。

谢幕的时候，所有观众都不约而同地起身鼓掌。

年纪最长的那位，叶佳楠估摸了下，觉得他好像转了四五十分钟。

散场时，行崇宁几乎等到大半的人都离开，才开始起身。

"怎么样？"小唐笑着问叶佳楠。

"有点震撼，你也是第一次看？"

"以前在船上看过，不过别的地方表演的成分多，固力宫的更有仪式感。"小唐答。

从固力宫出来，绕了两条街才找到他们的车。

叶佳楠给妹妹打电话，无法接通，发了条消息也没回。

然后，她拨了何茉莉的号码，依旧如此。

"沙漠里会不会有什么危险？"她有些不安地问行崇宁。

"应该只是没有信号。"他说。

待车开动，叶佳楠放下手机，想起刚才的演出，轻声对行崇宁说："中途我发现那个有点胖的舞者，他旋转的时候好像哭了，你也看见了吧？"

"旋转是他们的一种修行，也许他恰好在那一刻感悟到了点什么。"行崇宁答。

回酒店的路上路过一家肯德基，叶佳楠有些眼馋，可是餐厅已经打烊了。

他顺着她的目光看去，想起她晚餐时说的话："可以明天再来。"

"嗯。"

这时，前面好像出了一场不大不小的车祸，当地人都停下车围着看热闹，完全没有移动的迹象，于是他们不得不绕道。司机是个本地通，嘴里用阿拉伯语碎碎念着。车一路在狭小的巷子里穿行，每每以为已经走进一条死胡同的时候，在尽头一拐弯却又进入了另一条通道，最后他们从一条十分昏暗的小路钻出来竟然就是尼罗河大桥，看到尼罗河宽阔的河面，顿时有了一种豁然开朗的感觉。

此刻的尼罗河已经沉在夜色里，河面上还有五彩缤纷的游船，远处开罗塔的灯在夜幕下异常醒目。

回到酒店，发现酒店的草坪上搭着白色的幔帐，正在举行西式婚礼。

已经到了婚礼的后半程，新娘新郎的亲朋好友都在舞台上扭着腰身跳舞。

叶佳楠旁观了一下，不禁感叹："在这种地方举行婚礼真是够奢华的。"因为婚礼的背景就是灯光下被烘托得金灿灿的巨大的金字塔，估计拍出来的照片，每一张都可以放进地理杂志。

行崇宁站在她旁边没有说话。

音乐声很大，酒店大概一直有这样的传统，所以音响师也没觉得这个时间会打扰酒店客人的休息。

那天晚上，叶佳楠睡得不太安稳，一是因为婚礼的音乐一直吵到很晚，二是由于叶优桢一直没有消息，她总是觉得有些不安。

她没有看时间，不知道自己是什么时候睡着的。

第二天一早，手机闹铃响了，她从床上坐起来，愣愣地盯着手机屏幕，半晌才想起来昨天两个人约好八点要去金字塔。

她扑去浴室洗漱，然后换衣服，拿上包走下楼跑去餐厅。

餐厅外面的草坪上，有工人还在拆卸昨天婚礼的舞台。

行崇宁已经早早吃过了，坐在餐厅里等她。

"我睡过头了，对不起对不起。"叶佳楠一边道着歉，一边去取面包和酸奶，取完就准备朝外走。

"吃了再走。"行崇宁说。

"没事，我平时也经常这样，可以出发了。"叶佳楠嘴里咬着面包。

"坐着好好吃了再走。"他冷着脸，又重复了一次。

叶佳楠看了他一眼，乖乖照做，跟幼儿园小朋友一样坐在桌边。

出了酒店的大门，左转没几步，穿过马路就是金字塔的景区入口。

前几天叶佳楠刚刚来了一次，当时她带了一大盒清凉油，一股脑儿全给了那个安检的黑脸大叔。这回大叔一眼就认出了她，十分热情地和她打招呼，没让她排队就带她过去了，留下行崇宁默默地站在旅游警察跟前把身上所有东西掏出来安检。

她在一旁等待，又打了何茉莉她们三个人的电话，还是没有接通，打开微信也没有消息。

-3-

这是叶佳楠第三次来到金字塔，已经没了普通游客的激动情绪。

景区早上八点就开门了，因为她，两人耽误到日上三竿才出门，所以此刻团队的游客已经有些多了。

叶佳楠站在胡夫金字塔的跟前，仰头看着这座庞然大物半晌。

"我第一次看见金字塔的时候哭了。"她努力解释，"怎么说呢，就是那种会让人热泪盈眶的感觉。"

"和想象中一样？"他问。

"比我想象中还要震撼。"她说。

两个人就这么聊着天，脱离了熙熙攘攘的游客，沿着胡夫金字塔的边缘走到了背面。

"你呢？"叶佳楠问。

"我第一次看见金字塔才十五岁，一口气从胡夫金字塔的入口爬上了墓室。"他说。

"居然是这么久之前的事情。"她感叹。

"嗯。"后来回去不久就出了那场意外。

"第二次是什么时候？前年？"她问。

"是现在。"他答。

她停下脚步看他："真的？"

"是。"

叶佳楠转身看了一下来路："这里和十多年前你来的时候有区别吗？"

行崇宁也随着她的话回头看了看："几乎没有。"

"以前有个导游告诉我埃及有一句谚语，人类惧怕时间……"

"时间惧怕金字塔。"他答出下半句。

叶佳楠笑："你居然也知道。"

"埃及人老喜欢挂在嘴边。"

这时，有个埃及小贩拿着一堆东西在很远的地方朝他们招手，然后就开始一路小跑着靠近，嘴上也没停，一会儿来一句"你好"，一会儿换成"阿里哈撒哟"，一会儿又变成"哦哈哟"。

叶佳楠拉着行崇宁赶紧朝前走："别看他，不然我们就没法脱身了。"

前几天来金字塔的时候，叶优桢替何茉莉拍照，有个小贩牵着骆驼故意挡在后面，她们一开始没注意，照完之后那小贩就说她们和他的骆驼合了影，要收美金。叶佳楠是个十分护短的人，看到光天化日之下那人不怀好意地堵着妹妹和好友不放手，瞬间就发飙了。哪知无论她们说什么，这群小贩就装着听不懂英文的样子，景区的警察也只当和事佬，叫她们给点小费了事。后来，遇见那个安检的大叔，安检大叔告诫她们说全埃及的骗子基本都集中在金字塔了，一定要四处小心。

所以，她一看见这些人就十分窝火。

他们走得越快，小贩就喊得越起劲儿。

走了一段距离，不知道对方怎么确定他们是中国人的，然后就开始不停在身后说"你好"。

"金字塔估计也有变化，十多年前应该没这么多难缠的生意人。"叶佳楠哭笑不得地说。

没几步小贩干脆绕到行崇宁前面，又将台词换成"I love China, I love Chinese."，整个人就跟复读机似的将这两句话在嘴里翻来覆去地说。

紧接着，他开始从自己的斜挎包里掏出各式各样的金字塔纪念品拿在手里，空下来的那只手还朝行崇宁胳膊上拽。

行崇宁一直对于陌生人这种突如其来的身体接触十分抵触，身体微僵，眼神冷下来，警惕地避开了小半步。

叶佳楠见状，立刻停下来挡在行崇宁身前，板着脸义正辞严地告诉这小贩，他们不想买任何东西，请他立刻离开。

小贩有三十多岁，个子和行崇宁差不多高，只是皮肤被晒得黝黑，脸上有刀刻一般的纹路，头顶裹着头巾，听见叶佳楠口中的英文后，不知道是没听懂话还是已经听懂了有点沮丧，他的声音低下去，喃喃地在嘴里继续念叨着"I love China"，只是语气已经不再激昂。

行崇宁没插嘴，只是轻轻地摇了摇头，从钱夹里抽出一张美钞准备打发掉他。

他看了行崇宁一眼，又将目光转到叶佳楠身上，然后说："I have a girl, she likes Chinese pen."

叶佳楠闻言一愣，看着行崇宁。

"我没有笔。"行崇宁无奈。

"我好像有。"叶佳楠打开自己的双肩包，拿出化妆袋，翻出了一支黑色的签字笔递给那个男人。

小贩将笔拽在手中说完谢谢之后，又拿眼角瞄着行崇宁抽出来的那张美金，眼神流露出一种赤裸裸的贪婪。

行崇宁想了想，还是将钞票递给了他。

小贩得到钱和笔，脸上陡然一喜，什么话也没留下，一溜烟就跑没影了。

叶佳楠拉上双肩包的拉链，略感无奈："我怎么觉得他有点像是个骗子，骗了我的同情心。"

"只要你觉得他是真的就行了。"他说。

"你平时对人那么冷淡，是不是不喜欢被人看出来其实很心软？"她眯起眼睛笑。

他冷冷地瞥了她一眼，径自迈腿朝前走。

"心软很丢脸？"她急忙追上前跟着他，不怀好意地继续问，没想到踩在一颗石子上，脚下打滑。

他眼疾手快地稳住她："认真看路。"

她吐了下舌头，对他做了个鬼脸。

他和她开始继续绕着胡夫金字塔的边缘，朝着哈夫拉金字塔走去。

哈夫拉金字塔就在胡夫金字塔的背后，相互隔得十分近，它的四周散落着许多大小不一的石块，游客更是寥寥无几。

在北侧，叶佳楠在金字塔石基的缝隙里发现了一张小纸条。

那是一张像便笺一样的纸，对折之后被人小心翼翼地塞到金字塔石头与石头的夹缝中。不知道被放在这里多久了，它已经失去了本来的白色，幸亏这里少雨又干燥，所以才保持得如此好。

叶佳楠小心翼翼地用手指展开它，在石头上铺开。

上面用笔写了一行阿拉伯文。

叶佳楠就像有重大考古发现似的，觉得好奇极了，兴奋地回头叫行崇宁来看："你懂不懂阿拉伯文……"话到一半，她停了下来。

她又失言了。

她连忙道歉："对不起，我不是故意的。"

他抬眸看了她一看："我也不懂阿拉伯文。"从她手里接过那张纸条，垂帘看了一眼，然后拿起手机拍了一张照片。

"对哦，还是你聪明。"她说着也对着纸条拍了一张照，立刻发了个朋友圈求助，随后将纸条原封不动地放回了原位。

此刻的阳光已经有些烈，他们站的地方因为有金字塔的遮挡成了难得阴凉的地方。

叶佳楠从自己的背包拿出两瓶酒店房间赠送的矿泉水，她分了一瓶给行崇宁。行崇宁接过去拧开瓶盖，然后还给叶佳楠，自己喝的是下一瓶水。

两个人干脆在背阴处找了一块干净石块坐了下来，躲躲烈日顺带歇口气。

"为什么？"叶佳楠咬着唇犹豫了一下，终于问出口，"为什么不认识字？"

他看着远方的沙漠没有回答。

她垂着眸，又说："我上次说喜欢你，你说我连你为什么不认识字都不知道，也不了解你，所以没有资格对你说喜欢。我确实不知道，但是我想问问你，让你亲口对我说。"

他又喝了一口水，半晌才问："你为什么喜欢我？"

她看着他那颗喝水后还残留着水的唇珠，想了一想回答说："喜欢你长得好看。"

他闻言嘴角微微扬起，笑了。

"你一个小姑娘对人说话都这么……直白？"

"有生之年，我只对你一个人这样告白过。"她说。

他唇边含着笑，慢悠悠地又喝了两口水，将盖子拧好后，放在身侧，然后问她："你还有没有笔？"

"没有了。"叶佳楠摇摇头，随后又眼睛一亮，"噢，我有！"说完就翻开包，拿出化妆袋里的眉笔递给他。

他接过笔，又从自己的钱夹里面找了一张收银票，翻到背面白色的地方。

"不用这么艰苦，我还有纸。"叶佳楠包里随身带着一本小的线圈本，翻开其中一张空白页递给他。

行崇宁试了试笔尖，然后缓缓下笔，在纸面上写了三个字——叶迦南。

他写字的时候动作很慢，却书写得十分有条理。一笔一画，字形虽然方方正正，横平竖直，看起来仍然不失漂亮。

叶佳楠异常惊讶："你居然，我以为……"

"你以为我真的一个字也不会？"他停笔，抬头看她。

"不是，我……"叶佳楠不知道说什么好，话到一半突然想起来，"不过，我不是这个迦南，是'上好佳'的'佳'。"

他恍然："哦，对，你上次说过。"

他准备提笔改正，没想到叶佳楠却将线圈本从他手中要了过去。

"不用了，这样挺好。"她说。

叶佳楠拿起本子，喜滋滋地看着上面他写的名字。认真端详了半晌后，她又拿起眉笔在自己的姓名旁边添上"行崇宁"三个字。

她咬着唇偷笑着，又将那本子拿给行崇宁看。

-4-

行崇宁盯着那两个并排的名字，沉默了半晌。

哈夫拉金字塔对面有一条路，在荒芜的沙漠中蜿蜒到远方，此刻正有几个当地人牵着一队载着游客的骆驼走在上面，驼铃一下一下地交错地响着。

他将视线移到远方，像是在想什么，又像什么也没有想。

"我是在瑞士出生的，生下来就有视觉空间定位综合征。"他平静地开口叙述着，"就是看什么东西都是颠倒的，没有方向感，分不清左右，别人出左手，我会出右手，就好像进入了一个小孔成像的镜面世界，也没法看电视，读书，甚至刚开始走路都有困难。找不到任何可以参考的病例，没有家族病史，亿万人中好像只存在了我这样的一个例案。那个时候，有的人说是我母亲生育时太高龄，我父亲则怪她有孕后一与他吵架就酗酒吸烟的坏毛病。那是她十分煎熬的一段人生，她辞去了在泊灵表业的所有职务，带我四处求医，还资助医学院的研究。后来治疗有了起色，大概还没到十岁，我就已经和同龄孩子差不多了，只是再后来，我出了一场事故，从那之后，只要在比较焦虑和紧张的环境下，我就会回到过去的状态，医生说这是创伤后的应激障碍。"

他说完这冗长又艰难的一大段话后，停了下来，神色变得有些迟疑，最后却仍然继续开口："至于那场事故，是我……"

"我知道。"她出言打断了他。

上次陆剑提起，她之后就去查阅过那件事情的始末。

记者用化名在报道中为受害者做了掩饰，但是她仍然在一大堆旧新闻里找到了它。

他看着她："你知道？"

"我知道那件事情。"她直言不讳地重复了一次。

她知道，所以他不用说了。

不用因为她仅仅问了一句为什么，他就原封不动地把伤口再剖开给她看一次。她刚才怎么会那么傻，还要他亲口对她说。她只是听了开头，就发现完全接受不了他用那么平铺直叙的语气来描述那些血淋淋的过去。

没有人能那么强大。

如果有，那或许只是有一个不想示弱而强撑的外壳而已。

叶佳楠凝视着他："不认识字没什么大不了的，认识我的名字就好了。从此以后你就有我了，我这人博闻强记，认识的字可多了，英文也是词霸，只要我认识的，我都念给你听，但是你会说德语，这个我不会，以后我可以去学。"文盲和学霸的基因综合一下，也不会太差。

听到她信誓旦旦，他怔忡了几秒钟，随后脸朝着一侧莞尔一笑。

"我说得这么认真，你反而嘲笑我？"她有了点挫败感。

"你二十一岁？"

"二十二。"她纠正。

"你才这个年纪，就敢做这样的决定？"

"这和年龄有什么关系？你二十二岁时人生没有着落，那只是因为没有遇见我。"她强调。

这时，远处有个人风风火火地朝他们跑来。

叶佳楠定睛一看，竟然又是刚才要笔的那个小贩。

"这次他要是还有脸来骗我，我就揍他。"叶佳楠低声对行崇宁嘀咕，"你会不会打架？"

"学过一点防身。"

"难怪你上回对我那么狠。"一下就把她给制服了，然后摊鸡蛋饼似的将她按在墙上。

小贩气喘吁吁地跑到跟前，一边比画着双手，一边叽叽咕咕说了一大堆阿拉伯语。

两人同时起身，茫然地看着这小贩。

小贩说了半天大概才想起来双方语言的鸿沟，于是站在原地两手一摊，然后笑着从包里掏出一个钥匙扣一样的香精瓶和一条鲜红的披肩，嘴里不停地重复："Gift, gift..."

叶佳楠听见这个单词，与行崇宁面面相觑。

小贩见他们不接，就强行塞到两人手里，然后撒腿跑开，等跑了相距大概五十米后，又回身朝他们挥手告别。

"礼物？"叶佳楠错愕。

"嗯。"

她将那个香精瓶挂在自己双肩包的拉链上，再看着那条鲜红欲滴的披肩，却不知道如何是好。

等烈日到了正空，金字塔下能够供人休息的阴影变得越来越窄，两人又重新回到阳光下。走了几步，叶佳楠觉得实在太晒了，将那条红披肩抖开，搭在了头上。

行崇宁无意间转脸瞄了她的披肩一眼。

叶佳楠的视线和他撞在一起，猛然想起什么，迅速地将红披肩取了下来，避开他。

"你是不是晕血？"她听人说晕血的人对大片红色的东西也很敏感。

"我不晕血，我只是单纯地……"他侧了下头，脑海里酝酿了半晌，却不知道怎么表达，所以索性没有继续说了。

叶佳楠不禁想起当他看到自己弄了一身血时的神色，或许不仅仅是由于洁癖，她觉得那极有可能是害怕。

他害怕血。

得到这个结论后，她的胸口像被什么东西蜇了一下，有一点点痛。

"所以我拿鸡血泼你，你才那么生气？"她心虚地问。

他微微一顿，而后，颔首笑道："是。"

"对了，你等我一下。"叶佳楠小心地撕下线圈本上写着两个人名字的那页纸，慎重地折了又折，又回到金字塔边刚才歇脚的地方，找到那条放着阿拉伯文纸条的石缝，将自己撕下的这张纸藏在了那附近。

行崇宁静静地看着她跑开去做这一切，然后又见她灿烂地笑着跑回他的身边，她身上的那条明艳的头巾在这寸草不生的金黄荒漠中显得十分醒目耀眼。

他看了下自己的腕表，问道："时间差不多了。"

"你几点的航班？你要走了吗？"她失落道。

"晚上的，还早。我是说午饭时间到了。"他问，"想吃什么？"

她毫不犹豫地答："炸鸡、汉堡和薯条。"

于是，从景区里出来，行崇宁先给小唐打了个电话说了下自己午餐的安排，然后招了辆出租车直奔叶佳楠从昨天就开始惦记的那家肯德基。

周末的中午，快餐店里的人还不算多。

大部分顾客都是小孩子和妇女，还有一桌是几个小学生模样的孩子在过生日，而叶佳楠和行崇宁是里面仅有的两个外国人。

挨着街边的落地玻璃窗处，已经被孩子们占满了，行崇宁选了个靠墙的座位，叶佳楠将自己的双肩包交给行崇宁看管，然后自告奋勇地去柜台买食物。

其实在柜台排队的不过就三个人，可是整个店里却只有一台收银机在正常工作，而且按照埃及人做事慢条斯理的特性，进程就十分缓慢了。

店里有个送外卖的小伙子拿着一个送餐的箱子，一边清点顾客外卖订单，一边好奇地瞄了瞄叶佳楠。

叶佳楠有点担心他会跟在亚历山大的那些人一样激动地冲过来要求与她合影。

她回头看了看不远处的行崇宁，他正板着脸，面无表情地打量隔壁桌一个对着他吐口水泡泡的小婴儿。

叶佳楠看着他那副神色，觉得十分好笑。

收银点餐的队伍终于朝前进了一位，排在她前面的是个身材十分富态的女性，手边带着一个三四岁的小女孩。

小女孩一手被妈妈牵着，一手还逮着一个跑了气已经飘不起来的红色气球。

这时候，叶佳楠看到行崇宁离开了座位，一手提着她的包，一手拿着她的手机朝她走来。他将手机递给她："你电话响了。"

叶佳楠一看手机屏幕，是叶优桢打来的。

她不由得紧张了起来。

她将听筒放在耳边说了一声："喂。"

"小姐姐！"叶优桢没心没肺地在电话的那一头甜甜地叫着叶佳楠。

叶佳楠听见她的声音，那颗不安的心终于落到了实处，然后将叶优桢劈头盖脸一阵数落："你们干吗电话不通，短信、微信也不回我？你出去一天一夜没个消息，不知道我很担心吗？害得我昨天一晚上都心神不宁，还做噩梦！"

行崇宁站在身边等着她讲电话。

"我错了，我错了。"叶优桢告饶，"不过这也不能全怪我啊，我们租的那个无线路由器被朱小蓝给摔坏了，完全没法上网，然后沙漠里压根儿也没有手机信号，我也没辙啊。"

"你们到底什么时候回来？"

"我们已经在路上了，下午一点就可以到。"叶优桢说。

在她和妹妹讲话间，前面的母女已经买完餐，拿着甜筒和薯条离开了柜台。

叶佳楠赶紧先挂掉了电话，向前跨了一步。

收银员见他俩是外国人，就拿了一张带着图片的点餐卡递给他们。

她的眼睛盯着餐单，问旁边的行崇宁："你要不要冰激……"

"轰——"的一声像是爆炸的巨响，震耳欲聋。

整个地面都同时摇晃了一下。

然后一股猛烈的气流从她背后袭来，就好像一股巨大的力量猛然按着她朝前推去。下一个瞬间，他已经将她拽到了胸前。她的身体狠狠地撞在他心口上，逼得他也被迫退后了一步，腰背磕在后面的柜台上。

之前挂在她书包上的香精瓶也磕破了，液体洒了一地。

她缩在他的怀中，耳膜被震得嗡嗡嗡地响，只觉得脑袋都要炸了。

他稳住自己，又连忙用手将她的脸从怀中抬起来："叶佳楠？叶佳楠？叶佳楠？"他双眼紧盯着她，一遍又一遍地重复着她的名字。

她整个人都蒙住了，脑子完全空白。

缓了片刻后，她才听见旁边孩子们的哭声。

行崇宁又去查看她的身体四肢和被头发盖住的头，在发现她没有明显的外伤之后，他拍打了几下她的脸："叶佳楠，你有没有受伤？叶佳楠，回答我。"

她呆滞地摇了摇头，又摇了摇头，然后一下又一下地左右重复摇晃着。

他用右手捏住她的脸，制止了她的动作："够了，够了。我知道了。现在我要你张嘴回答我的话。"

"我……没事。"她说。

见她神志已经恢复，他顿时松了口气。

"你受伤了吗？"她抬头问。

"没有。"行崇宁说。

–5–

餐厅里的灯在刚才的爆炸声响起的同时已经全熄了。

所以光线暗了很多。

叶佳楠按捺住心惊，抬起头来打量四周。

那声巨响是从不远处传来的，他们这里应该只是受到波及。

可是即便如此，也够触目惊心。

快餐店在街边一个L形的拐角处，一面是玻璃门的出入口，另一面是封闭的落地玻璃窗。此刻，落地窗的那几块钢化玻璃已经龟裂成了无数细小的碎片，只是还苟延残喘地保持着原样，没有彻底裂开掉下来。

而门所在的方向离事故地点比较近，所以受到的冲击更大。门已经变形了，只剩一半连着墙。

收银台正好面对着大门，所以他们这几个虽然离街最远，却反而是受冲击力影响最大的一部分人，那一刻，她觉得自己的五脏六腑似乎都要被震出来了，要不是行崇宁在她身前挡着当了肉垫，她估计已经一头砸向柜台。

店里一片狼藉。

头顶天花板的其中一块掉了下来，两盏照明灯在半空挂着。

有人受了伤，不过看起来似乎都不是特别严重。

孩子的啼哭声不绝于耳，有的是因为摔疼了，有的则是看别人哭也跟着哭。

落地窗上的那几块龟裂的钢化玻璃摇摇欲坠，随时都可能掉下来砸到下面的孩子。

行崇宁将她安置在墙边的一个僻静角落里，然后说："你待在这儿，我去看看。"

她却一把拉住他。

"我不走远,就去把那几个孩子抱过来。"他说。

餐厅里包括行崇宁在内加起来一共就四个男人,行崇宁和刚才那个送外卖的小伙子一前一后地去挪开危险地带的孩子们,还有一个络腮胡去清理大门,剩下一个大胖子瘫坐在地上,双眼空洞,嘴里却念念有词。

行崇宁将抱过来的孩子放在叶佳楠旁边。

外卖小哥也送了一个小学生过来,对叶佳楠叽里咕噜地说了几句话,见叶佳楠完全听不懂,他又去叫了刚才那个女收银员过来。

叶佳楠这才明白,他大概是叫她们看住孩子,别让他们乱跑。

变了形的大门不一会儿就被络腮胡用蛮力强行掰开。

刚才站在叶佳楠前面点餐,手里拿着气球的那对母女一下子跳了起来,女人拉着孩子就要往外冲。

络腮胡把她拦了下来,不让她出去。

女人的情绪有些失控,一边哭着一边要绕开络腮胡的阻拦。

叶佳楠站到行崇宁的身边:"会是什么爆炸?"

"也许只是这附近的瓦斯爆炸。不要多想。"

然后,叶佳楠看到行崇宁拿出手机给小唐打电话,这才想起来在地上找自己的手机,找到后,发现它已经彻底摔坏了。

络腮胡好像被那女人说得渐渐烦躁起来,对女人咆哮了几句。

这时,街上有行人开始移动,很多人已经陆陆续续从室内走到了大马路上,朝爆炸声发出的地方围过去。络腮胡朝外面打量了一番,大概是觉得没有什么问题了,才退后一步,给女人让了路。

就在此刻,楼上外墙一块钢架的广告牌毫无征兆地贴着墙落了下来。

那络腮胡反应很快,大吼一声,飞快地朝门里闪躲。只是钢架坠落得太突然,络腮胡的身体躲过了,腿却被压住了。

络腮胡猛然惨叫了起来。

女人就站在络腮胡跟前目睹了一切，也跟着尖叫了。

两个大人的反应吓坏了女人身边的女儿。

小女孩张大了嘴，已经哭不出来了。

在场的人都被这突如其来的变故弄得愣住了。

离得近的一个中年妇女第一个回神，走过去将母女俩拉到墙边，然后回头朝其他人招手。

行崇宁说："不要离开我的视线，我去帮个忙。"

叶佳楠点点头，去看墙角有些崩溃的那对母女。

女人坐在地上满脸都是泪水，捧着脸嘴里不知道在说什么，完全没有清醒的神志来照看自己的女儿。

小女孩呆呆地看着自己的母亲，手上和脸上全是刚才买的冰激凌，还有番茄酱。

叶佳楠见她糊了一脸的脏东西，连鼻腔里也有，她顾不得其他，直接用自己衣服的袖子替她擦拭。

哪知叶佳楠刚擦完小女孩的左手，她就用右手去揉自己的眼睛。番茄酱直接被小女孩揉进了眼睛里，顿时疼得她哇哇大哭。

与此同时，行崇宁脱掉外衣卷起袖子，和外卖小哥一同去查看了一下络腮胡。

此刻的络腮胡被压住双腿，脸朝地面，没有明显的外伤，但是估计腿已经直接被压碎了，他本人的意识也开始渐渐模糊，情况十分糟糕。

而络腮胡的身躯和那块广告牌刚好又挡住了大门出口的方向。

行崇宁和外卖小哥用几个简单的单词外加手势费劲地沟通了一阵，两个人决定选另外一边，把钢化玻璃砸开，让大家先出去。

之前坐在地上失了魂的大胖子仍然保持着原来的姿势发怔。

而在场别的女性自发地过去帮男人的忙，清理玻璃窗附近的一些杂物。

外卖小哥是店里的员工，对这里的设施比较熟悉，于是他去柜台里面找工具砸玻璃。

可是，就在行崇宁等着外卖小哥拿工具的当口，他下意识地回头寻找叶佳楠的身影，却发现叶佳楠不见了。

行崇宁的神色猛然一变，人僵住了。

紧接着，他又在餐厅里环视了一圈——还是没有。

他高喊了一声："叶佳楠！"

在这样的环境下，中文的三个字的发音特别明显。

所以叶佳楠一下就听见了。

她的回答声从餐厅最深处的过道方向传来："我在洗手池。"

他循着声音疾步找去，看见叶佳楠在过道尽头的洗手间，正要牵着那个小女孩往回走。

"不是说了不要离开我的视线吗？"他的语气中带着怒意。

"番茄酱进她眼睛了，疼得直哭，我找水给她洗洗。"叶佳楠很怕他发怒，小心翼翼地解释。

"洗了？"他走近询问。

"嗯，幸好水还没有停。"她说。

是的，不但没有停，屋顶还在漏水。

盥洗盆的上面挂着一盏摇摇欲坠的吸顶灯，行崇宁怕它掉下来砸到这一大一小两位女士，于是伸手挡在她们俩的头上，催促她们快走。

就在此刻。

"轰——"

又是一声地动山摇的巨响。

比之前那一次，还要剧烈得多。

叶佳楠眼前一黑，瞬间失去了意识。

等她再次醒来，发现自己被行崇宁拥在怀里，眼前就是行崇宁的脸。

他头发上沾了些灰，眉心微蹙，嘴唇紧紧地闭着，而那双眼睛也是闭着的，又浓又长的睫毛覆盖着眼睑，好像真的被魔法变成了一只安静的唇珠精。

她微微一动，就惊醒了闭目养神的行崇宁。

昏暗的光线中，他睁开眼，看了看她。

"醒了？"他的嗓子似乎因为太长时间没说话，又干又涩，哑得几乎听不见声音。

"我们……"叶佳楠一时之间还没反应过来什么情况，只看到她和他困在一个墙边的三角地带，被倒塌的水泥板和墙夹在中间，行崇宁背靠着水泥板抱着她缩在地上。

他轻轻地清了两下嗓子，才开口说："墙被震塌了，我和你还有那个小姑娘一起，还记得吗？"

随着他的话，叶佳楠慢慢地回想起了晕倒前的情景。

"那孩子呢？"她问。

行崇宁看了下旁边一个比手掌宽一点的缝隙，说："她妈妈在外面喊，我就让她从那里爬出去了。你有没有哪儿不舒服？"

"没有，就是有点头晕。"

"想吐？"

"没有。"

"你休息下，少说话。"他缓缓说。

"会有人来救我们吗？"叶佳楠忍不住又问。

他毫不迟疑地答了一个字："会。"

"我晕了多久？"

"大概十分钟。"

叶佳楠转头看了下四周，光线十分暗，但是还没到伸手不见五指的地步。她摸了下旁边湿漉漉的墙，自来水管肯定断了，估计其他地方的主水管也爆了，所以水管里残留的水流了出来，弄得地上全是水。

她因为整个人都被行崇宁拥在怀里，所以她的衣服还好，而行崇宁则是直接坐在地上的，半身已经湿透了。他身上除了水，似乎还被她蹭上了冰激凌和番茄酱，叶佳楠庆幸他的强迫症此刻没有发作。

她和他的姿势十分亲密，在这夹缝似的空间里，身体贴在一起，脸和脸挨得很近。

时间一点一点地流逝着，每一秒都异常缓慢。

她对刚才遇见的那些事情感到心惊，此刻又身陷这样无声且狭小的环境中，更加觉得有一种令人窒息的压迫感。

"我不想休息，你陪我说说话，好不好？"她真的有点害怕。

"好。"

"我醒来之前，你怎么打发时间的？"她问。

"数数。"

"数数？"

"我怕自己睡着了，而且这样还可以估计时间。"他解释。

她觉得自己仿佛听到了什么声音，于是屏气凝神地注视着小女孩钻出去的那个黑洞。

"叶佳楠。"他见状，叫了她，"你要是觉得害怕，就讲个故事给我听。"

"为什么不是你讲给我听？"她转头看他。

"因为我不认识字。"他理所当然地答。

这是一个无懈可击的优势。

叶佳楠只好问："那你要不要继续听《一千零一夜》？"

"对我可以，但是你以后别对小朋友讲这本书。"

"为什么？"

"这不是儿童读物，你应付不了他们。"他很轻地咳嗽了一下。

"我怎么就应付不了了？"叶佳楠不满。

"那国王为什么一定要等到第二天早上才杀掉他的新娘？"他反问。

"呃——呃——"她脑子飞速地转着，"因为国王怕黑，不敢一个人睡觉。"叶佳楠说完后，对自己这个解释十分满意。

"如果孩子要问国王为什么要杀掉那些新娘，你怎么回答？"

"因为他的妻子背叛了他，他才厌恶所有女性。"

"他怎么知道妻子背叛了他？"

"他亲眼看见妻子和别人在一起。"叶佳楠开始招架不住。

"那么，叶小姐，"他挑眉，"你所谓的'在一起'这三个字怎么解释？"

叶佳楠张了张嘴却没说出来，觉得自己快编不下去了。

他装作一脸虔诚的模样，等着她继续说。

叶佳楠顿时来气了，心中一横，干脆破罐子破摔，恼道："对对对，原文就是妻子带着二十个女奴跟二十个男人光天化日之下在花园里集体交媾！行崇宁，你赢了，好吧。"

"你真讨厌。"她补充。

他盯着她的表情，沉沉地笑了，然后抬起左手，用手指捏住她的下巴，微微用力一拉，就迫使她的脸到了他的眼前。

他将自己的额头抵住她的额头。

他闭着双眼，像只猫科动物一样，拿鼻尖轻轻地蹭了蹭她。

"佳楠。"他用那低低沉沉、此时却有点嘶哑的嗓音念着她的名字。

"佳楠。"他若有若无地又念了一遍。

此刻的叶佳楠只觉得自己面对着这样的行崇宁，整颗心都交出去了。

她不禁抽出手，抚上他的脸。

他睁开眼，随之，微微张嘴含住她的唇瓣。

他的唇有点凉凉的。

可是，她的脑子已经随着他的亲吻停止了一切转动，而自己的身体好像正在捧着那颗赤诚的心本能地贴近他，只想离他近一些，再近一些。

他先是浅浅地吻着，随着她的贴近，他的舌趁机探入她的口中，加深了他的索取。

她有些不太适应这样的深吻，呼吸陡然紊乱，下意识地往后缩。

他那钳住她下颌的左手手指只好又稍稍用力，将她拉了回来。

又吻了一次。

直到她的气息完全属于了他，他才恋恋不舍地离开了她的唇。

"你以后也有我了。"他说。

说这句话时，他深邃的双眸中闪着光，就像曾经存在于叶佳楠想象中，那撒哈拉沙漠里悬挂在夜幕上的星星。

–6–

这是叶佳楠非常倒霉的一天，风尘仆仆地，只想来吃个鸡翅而已，却遇见了这样的意外。

可是，此刻她又觉得这是人生中最幸运的一天。

在金字塔下，她对他说："从此以后你就有我了。"

他当时什么也没有说，让她十分气馁。

却不想，在这里，他用一种让人沉醉的语气回应她："你以后也有我了。"

她胸膛里的那颗心还在剧烈地跳动着，嘴角的笑意也不断扩大。

叶佳楠垂着头，庆幸现在的光线是如此暗，才没有让她那副小人得志的表情被行崇宁捕捉到。

行崇宁松开托着她下巴的那只手。

"你们什么时候回国？"他问。

"后天晚上的飞机。"她答。

"一会儿回酒店把你们几个的护照号发给小唐，让他改签成今天最近的航班。"

"我……"

"现在这样的状况，也许我也顾及不了你们。不管你们还有什么行程，都必须走。"他不容置疑地说。

"我们那趟飞机不知道还有没有座位。"

"签到中途任何一个机场都可以，你们转一次机。"他说。

"你呢？"

"叶佳楠，你先答应我。"

"好。"她点头，又问，"你呢？"

"我会等你们上了飞机我再走。"

"回瑞士？"

"嗯。"

她觉得他好像精神不太好，身上凉凉的，才想起刚才接吻的时候，他的唇也是凉的，于是去摸他的手，问："你会不会感冒？"

"没事，大概是饿了。"

仿佛为了应景一般，她的肚子随着行崇宁刚才的"饿了"二字，咕咕地叫了两声。

"我也饿了。早知道这样刚才那外卖小哥箱子里的炸鸡和汉堡先拿给我吃两口啊，估计他也送不了货了，他们的汉堡看起来很大个儿。"她一边说，一边咽了咽口水。

"好了，"行崇宁让她打住，"换个话题，你想点别的。"

"明明就是你先提的啊。"她不服气。

他看到她脸上的污迹，不禁抬手替她擦了擦下巴。没想到却越擦越脏，于是他干脆收回手。

"怎么？我脸上有什么？番茄酱？"她问。

"刚才亲你的时候，不小心把你的脸弄脏的，算了，擦不干净。"

"我看看。"她说着又要去捉他的手看，没想到他及时将手缩回，然后轻轻啄了一下她的唇角。

"别追究我了，你的脸脏了也很美。"他说。

叶佳楠脸上一红。

她实在佩服他可以面不改色地说情话的能力。

"你身上有个什么味儿？"她疑惑。

"你的香精刚才洒我身上了。"他说。

"是的，熏得我都要窒息了，但是，还有别的气味。"她凑过去，想用鼻子仔细嗅一嗅。

"你身上还有番茄酱的味儿。"她说，"好像铁锈。"

他用左手隔开她，又岔开了话题："你说我们在帝王谷见过？"

"在墓室里，你想得起来吗？我被你吓了一跳，还叫了起来。"

"图坦卡蒙？"

"对。"叶佳楠笑，"当时真是吓死我了，你有没有听过图坦卡蒙的诅咒？当年发掘这个墓道的人都死于非命了。"

"你可以继续换下一个话题。"他说。

"你害怕？"

"我是无神论者。只是怕你胆子小。"

"我也是无神论者啊。"

"你不信鬼怪，还拿血泼我？"他挑眉。

叶佳楠欲哭无泪，这人真是又小气，又记仇。

"说起无神论，我倒是想起一个新的故事，你想不想听？"她灵光一闪。

行崇宁精神不太好，淡淡答："你说。"

"阿拜多斯的遗址上有座塞提一世的神庙，这个法老就是拉美西斯二世的父亲。我要说的这个故事就是和他有关。"

"嗯。"他头靠着墙，缓缓闭上眼睛。

"二十世纪，有个叫 Dorothy 的伦敦女孩，她很小的时候从楼梯上意外摔了下来，在已经死亡后，她又奇迹一样地活了过来，从此，她总被一些奇怪的梦境困扰。"

"你讲的这个比之前的故事有进步。"他合着眼帘，勾起嘴角。

叶佳楠得到他的肯定之后，更来劲了，继续说："当时 Dorothy 并不知道这些梦境是什么，或许只是出于一种对埃及文化本能的热爱，直到有一次她看到了阿拜多斯这个地方，还看到了塞提一世的名字，她终于明白过来，她想起了自己的前世。她曾经是阿拜多斯神庙里的一位女祭司，她偶遇了年轻英俊的塞提一世，然后爱上了他，后来却因为恋情的受阻，她选择了结束自己的生命。

"我知道这种都不太可信，当时她讲起她前世的故事的时候，也没有人相信她，但是她辗转到了阿拜多斯，她对所谓前世场景的描述还帮助考古专家发掘研究了这座神庙。一直到死，她都留在神庙附近，给游客当免费导游，介绍神庙和法老。

"她去世后被埋葬在神庙的附近。后来，当地人还专门给 Dorothy 写了一首很有名的诗来纪念她。"叶佳楠继续说。

这段传奇似的故事是她在那个埃及胖领队的微信朋友圈里看到的，当时觉得很特别，所以看过一遍就记住了，甚至她还隐约记得那首诗。

"你乘着尼罗河的水，向上游，以神明赋予你的姿态，漫游阿拜多斯……"

她讲完这个故事，看了看行崇宁。

他闭着眼睛，很安静，鼻息也很轻，以至于让叶佳楠觉得他是不是睡着了。她原本就觉得他身上凉，怕他睡着了会更凉，于是准备脱下自己的外衣搭在他的肩头和胸口。

哪想她才脱了一只袖子，就听行崇宁说："你先别动，好像有人来了。"眼睛也没睁开。

她停下动作，侧着耳朵仔细聆听了片刻，发现他没说错，开心地说："你耳朵真灵。"

"佳楠。"他喊她。

"嗯。"她从没有如此喜欢过自己的名字。

"记住我跟你说的话，出去后，先回酒店拿护照给小唐，让他替你们改签成最早的航班。"

"知道了。"她说。

他说话时也一直懒懒的，合着眼。

在这样的昏暗光线中，她与他贴得如此之近，却一直没有察觉他的异样。

叶佳楠攒足了劲儿，高喊道："Hello?"

外面的声音越来越大，有人在说话，甚至有人用中文回应："叶小姐！行先生呢？"

"在，我们都在。"叶佳楠听出来那是小唐的声音，急忙回声，然后又和他汇报了一下周围的情况。

"他们不敢把柱子掀开，怕垮掉砸到你们。所以只能从那个缝里开个大一点的洞，你们钻出来可以吗？"另一个说着汉语的陌生男声，跟叶佳楠沟通着，"但是你们在里面要仔细观察，一有不对劲的地方就要喊他们停。"

"可以可以。"叶佳楠说。

然后，机械断断续续、小心翼翼地操作着。

叶佳楠的身体块头小，救援的人先将她弄了出去。

扶着她的是个女工作人员，指着她的脸，问了她一堆问题，她也没听懂。小唐本来在最前面守着别人救行崇宁，听见异样马上回头，也看到叶佳楠的脸。

"叶小姐，你受伤了？"小唐问。

"没有啊。"叶佳楠答。

"你的脸……"

"番茄酱？"

叶佳楠纳闷地去擦脸，她是从那个缝隙里爬过来的，缝隙里面全是水，所以手也是湿的，手背一擦，就将脸上已经凝固的污渍带了下来。

她看着手背，全身倏然就凉了——这哪里是番茄酱，明明就是血迹。

肯定不是她的血，那属于谁就一目了然了，得到这个结论后，叶佳楠觉得自己的胸口好像被轰出了一个洞。

她慌张地拽住小唐："是行崇宁的血，肯定是。他受伤了，他一直在流血。你们快救他，快救他！"

小唐听见她的话，顾不得安慰她，急忙又跑回去了。

外面的街上挤了很多人，水泄不通。

远处有警车和救护车的声音，却不见车，因为什么车都开不进来了。

那些人不知道是在围观还是在聚众抗议。

周围好几栋建筑都被炸得像被推倒的积木一样，彻底散掉了。

而他们所在的这个餐厅，有一面墙已经被炸塌了，刚才一起在这里的孩子和大人大概都被转移了，只剩叶佳楠坐在一把残破的塑料椅上，泪水止不住地往外涌。

是的。

她怎么可以那么粗心？

原来他一直都僵在墙边。

哪怕他吻她，她害怕地缩开，他的身体都没有动过，只是用那只仅能活动的左手将她轻轻拉回到自己跟前。

他一边咳嗽一边用轻松的语气对她说自己一直在数数，因为他怕自己睡着了。

他发觉自己手上的血弄脏了她的脸，还歉意地想替她擦干净。

他怕她看到他身上的血，故意吻她让她分心，还一次又一次地岔开话题。

守着叶佳楠的那个女人不知道是什么情况，见叶佳楠的样子十分担心，只好用蹩脚的英文问："Pain? You pain?"

叶佳楠摇了摇头，眼泪簌簌地往下滴，手脚都抖得不能自已，完全说不出来一个字。

这时，又是一阵嘈杂。

一个陌生的中国男人在前面开道，小唐和其他三四个当地人抬着担架出来。行崇宁躺在担架上，叶佳楠终于在充足的光线下看到了他。

他一脸惨白，面色却十分平静，可是脖子以下，浅蓝色的衬衣已经有一半被血水染红了。

她想要靠他近一点，却没能做到。抬着担架的那些人几乎脚不沾地，直接往前面冲。

路被人潮堵住了。

救护车开不进来。

他们直接抬着人狂奔到可以上车的地方。

叶佳楠顾不得其他，追在后面，可是她还不够快，只能眼见着那些人将他推进救护车里，关上门，闪着灯，绝尘而去。

她不要命似的跟着跑了很长一条街，整个人几乎都要休克了。

叶佳楠迈着虚浮的脚步，走到路边，扶着一辆皮卡车，吐了起来。吐了一会儿，她感觉有人在拍她的肩，回头看去，是刚才看护她的那个年轻姑娘。姑娘一边用手比画着，一边重复着医院和救护车两个单词。

叶佳楠觉得这姑娘估计是要她上救护车去找行崇宁。

她顺从地跟着对方上了另一辆中巴车。车上已经坐满了，其中很多都是刚才爆炸中受伤的人。

车上有志愿者来给伤者登记。

其中一个负责登记的年轻人，英文很流利，叶佳楠告诉了他自己的国籍、姓名和酒店的地址。

到了医院，医院又叫伤员一个一个排队，等着医生按照伤势分诊。

叶佳楠压根儿没有排队，下车就溜去里面找行崇宁。

刚开始，她还拽着护士或者医生一一询问，发现什么都问不明白以后，她干脆自己去找。

医院不大，只有一栋五层的楼。

她从一楼开始，一间病房一间病房地查找，一张床一张床地查看，从一楼到五楼，除了手术室和 CT 室，能进去的地方她都找了一遍。

无果后，她站在过道上，茫然地站了半晌。

她发现自己一旦停下来，就有种能将人逼疯的恐惧感充斥着自己，她什么也不敢去想，脑海中唯一的执念就是那三个字：行崇宁。

叶佳楠告诉自己，也许刚才一不小心错过了，也许他的车还在路上堵着，比她还迟到医院。那么，现在再来一遍，再仔细一些。

于是她又从五楼的最后一个病房开始，往下找，又仔细查看了一遍新送来的伤患。

结果，仍然是没有。

她不放弃，又开始找第三遍，还是没有。

五楼有半层楼是手术室，在她将医院找了个底朝天之后，最后守在了手术室门口，也不知道过了多久，她就一直守着，仿佛她真的确信行崇宁在里面一般，直到一个声音在她身旁响起："是叶佳楠吗？"

听到让人久违的母语，叶佳楠忙回头看去，问她话的是一个三十多岁的华人女性，个子又瘦又高。

叶佳楠点了点头，但是她并不认识对方。

得到她的确认后，对方匆匆一步上前拥住她，然后落泪道："谢天谢地！谢天谢地，终于找到你了。我们问遍了所有的医院，后来听说儿童医院这里有一个中国籍的小姑娘，我就赶过来了。"

那人擦着自己的眼泪，又用手指指了指叶佳楠那头已经乱得不像话的长发："我叫唐艳妮，是小唐的姐姐。"

叶佳楠听见小唐的名字，一把握住她的手，情绪陡然激动起来："我知道你。行崇宁是被小唐带走的，他在哪儿？他怎么样？我怎么都找不到他，你们把他带到哪儿去了？"

唐艳妮安抚着她："没事，没事，行先生当时被送去中心医院，不在这里。他没事。"

"真的？你说的是真的？"叶佳楠反复确认，"他在哪儿？我要见他，我要听他对我说话。"

"现在不行。"

"你是不是骗我，他到底怎么了？你们都不知道，他一身的血，他那么怕血，他要怎么办？"

"佳楠，你冷静一下。你冷静下来，我再详细告诉你。"

听见唐艳妮的话，叶佳楠一下子就安静了，深呼吸了好几口，问道："现在可以了吗？"

"他受伤好像是因为爆炸的时候，头上的灯掉下来，不锈钢片插进了他右边的肩背，没伤到要害，你不用担心，只是伤口有些深，又一直泡着水，怕有感染。不过，你别着急，他的情况已经稳定了。"

"可不可以带我去看他？"叶佳楠问。

"你先听我说。行先生不知道你被弄丢了，当时小唐和我先生只告诉他，你在别的地方处理一点点小的擦伤，让他安心手术。他目前在手术室，你去了也见不到他。现在，佳楠，我得送你去机场。"

"我不！"叶佳楠挣开她的手，连忙退后几步。

"行先生进手术室前叮嘱我，你答应过他要回酒店拿护照给小唐改签机票，然后搭最近的航班回国，对不对？他让我转告你，说你答应的事情要说到做到。"她上前又拉住叶佳楠。

"是的，我答应他的，但是那是他算计我。他明明知道自己走不了，故意这么骗我答应他。"

"佳楠，他肯定当时就意料到了。"唐艳妮摸了摸她的头，"所以，你更要听他的话。"

叶佳楠将头转向别处，潜然泪下。

然后，唐艳妮带着她到了机场。

护照、机票都已经被人安排妥当。

叶优桢三个人是从唐艳妮安排去酒店的人那里了解到的情况，早早带着行李在机场等着叶佳楠。

叶佳楠一路都没有说话。

　　看到她那狼狈不堪又丢了魂的样子，三个人带她去洗手间洗了脸和手，还七手八脚地替她换了一身衣服。

　　唐艳妮一直没有离开她们四个人，带着她们通过安检，又过了海关。

　　叶优桢不禁诧异："唐姐姐，你要和我们一起上飞机？"

　　"是啊，受人所托，我要把你们一直送到家。"说完，她看了眼默然不语的叶佳楠。

　　因为下午的突发事件，机场的乘客猛然增多，都是迫不及待地想要回国的人，还好大部分航班都没有被延误。

　　她们需要先飞到多哈，再转机到 A 城。

　　飞机起飞之后，叶佳楠头靠着窗，一动不动地盯着地面的那座城市。

　　夜晚的开罗，灯光依旧璀璨，远远能看到灯火之间有一条蜿蜒狭长的漆黑地带，那是沉入黑夜中的尼罗河。

　　叶佳楠突然想起《一千零一夜》中的一句话——

　　如果这一生未曾到过开罗，那就等于没有看过世界。

　　而她的世界已经和行崇宁纠缠在了一起。

第十一章
佳楠，乖

—1—

她们降落在多哈机场的时候，已经是凌晨。

唐艳妮打开手机就收到了小唐发来的短信，说行崇宁已经出了手术室，没有大碍。她将这条信息拿给叶佳楠看。

这时，候机厅的电视英文频道在播一则新闻，埃及时间下午七点，亚历山大港又发生了一次爆炸，初步统计已经有上百的平民伤亡，各国政府陆续发出对本国公民的旅游警告。

叶佳楠急忙望向唐艳妮。

唐艳妮撑着额头正在打电话。

挂了电话之后，她回头对上叶佳楠的视线。

"明天一早，他们会送他去瑞士。你不用担心。"唐艳妮走到叶佳楠的座位前，又抱了她一下。

"你怎么样？"叶佳楠问。

"我？"

"我之前听说你在埃及生活，你先生呢？"

"他和我弟弟现在一起在医院里。"她说，"这样的事情以前也发生过，不会太糟糕的。"

"我们不用你陪，你要不要先回去？"叶佳楠问。

"不用，男人的事情，女人就不要掺和了，他们会解决的。"唐艳妮蹲下面对着她，"对了佳楠，你去过开罗国家博物馆吗？"

叶佳楠点头，里面有拉美西斯的木乃伊还有图坦卡蒙那震撼世界的黄金棺椁和面具，是整个古埃及文明的精髓所在。

"几年前暴乱的时候，埃及几个博物馆都被暴徒洗劫一空，他们又砸又抢，没有丝毫犹豫，只有开罗国家博物馆自始至终毫发无损。你知不知道是为什么？"

叶佳楠看着她，摇头。

"暴乱之初，开罗的平民就自发去了博物馆，无论男女，他们用自己的身体将整个博物馆的外面围了起来，一层又一层，都是厚厚的人墙。在场的每个人都怀着一个信念，如果对方妄想要进去破坏里面的任何东西，都需要从他们的尸体上踏过去。"唐艳妮说，"所以，佳楠，你不要自责，我认为行先生当时保护你的心情应该也是如此。但是如果现实让他自顾不暇，那么他只能送你远离危险。"

叶佳楠的泪水又开始往下滴。

她用手背擦了擦眼泪："我明白，我明白。"

一直在旁边坐着的叶优桢一把从侧面抱住她，耍着赖皮："我的小姐姐，你饿不饿，我带你去吃东西。"

"我不饿。"叶佳楠说。

"可是我饿了。你要是把我饿瘦了，要怎么对祖国交差？等我努力努力以后说不定就是奥运冠军，也是需要用心呵护的国宝啊。"

叶佳楠拗不过她，只好跟着她去找吃的。

多哈机场是个繁忙的国际空运中转站，但是能果腹的东西不多，仅剩一家营业到深夜的汉堡王。

叶佳楠盯着叶优桢分配在自己手中的那个大汉堡感慨："如果人生可

以重来……"

叶优桢接过她的话："你决定只吃汉堡王，再也不要肯德基了。"

叶佳楠陡然破涕为笑。

休整了三个多小时，他们坐上了前往 A 城的航班。飞机是从欧洲来的，在多哈中转。

大多数人在起飞后就盖着毯子睡觉了，机长把机舱里的灯也关掉了。叶佳楠却睡不着，一个人愣愣地在座位上坐了八个小时。

落地后，叶优桢拉着何茉莉急匆匆去上厕所，叶佳楠跟朱小蓝在等转盘的行李，唐艳妮则还在海关那里排着队，耽误了一阵子才出来。

叶佳楠看见唐艳妮急匆匆地朝自己跑来，迅速地将手机塞给了自己："快接。"

叶佳楠怔忡着将听筒放在耳边："喂。"

"佳楠？"行崇宁在电话那一头问。

听见这声音，叶佳楠顿时哽咽了："是我。"

"我没事。"他说。

"嗯。"

"等我回去。"

"嗯。"

"一会儿把你的手机号告诉唐姐，让她转给我。"

"我的手机已经碎了。"叶佳楠说。

"以后换了新手机，记得别在里面存艳照。"他说。

刚听见这句话，她前一秒都没反应过来，下一刻才被惊住，心中的忧伤瞬间被击碎，连掉眼泪的心情都没有了。

-2-

叶佳楠的生活又恢复了平静，休完假开始回公司上班，年后的工作渐渐忙起来。

妹妹也回归到了自己的游泳队。

正月十五那天，母亲来看了她一次，陪她过了节。第二天又回去了。何茉莉倒是经常来她这里蹭饭。

行崇宁的伤口涉及他的手。

在他的职业生涯中，双手都要求能做到十分精细的动作，来不得半点马虎，所以他回到瑞士后又做了一次手术。

千重珠宝与泊灵表业的腕表设计，因为已经到了后期，主设计已经没问题了，只需要细节的磨合，所以即使缺了行崇宁，也有泊灵表业别的设计师在继续衔接。

她隔三岔五会和行崇宁通电话。

可是行崇宁实在算不上是一个好的聊天对象，闲谈超过三分钟，他就会失去接话的耐性。

开始，叶佳楠找不到话说就喜欢说说自己，又问问他三餐吃什么。他有时会老实回答，有时却只想听她说话。

"干吗总是我一个人在说话？"她不满道。

"我喜欢听你说话。"他答。

"真的吗？为什么？"她甜甜地笑。

"自称学霸，讲话却毫无条理，听起来挺有意思的。"他答。

"……"她在电话里沉默地抗议。

"你继续。"他说。

"我生气了。"

"我表扬你，你还生气？"他不解。

"那怎么能算是表扬？"

"算。"

"……"

后来叶佳楠将自己最喜欢的那个公主艾达的视觉游戏发给行崇宁。说实话，方向感是他的软肋，这类东西是他一直越不过去的雷区，而她却同步打开手机，在电话里用声音一步一步地教他找到走出迷阵的路。

他的右手被固定着，所以平板电脑放在桌上，用耳机听着电话，好空出左手来操作平板电脑上的游戏。

"你让她往前面走。"

"哪里是前面？"

"屏幕左边。"她遥控指挥着，"然后再倒回去，上楼……"

"好了。"第一次过关成功。

"你笑了？"她问。

"没有。"

"你肯定笑了。"隔着电波她都能感觉到他的语气里面夹杂着一种初级游戏菜鸟才会有的笑意。

"下一关。"他说。

"你是不是觉得玩游戏特有自我满足感？"

"没有，下一关。"他冷冷地重复。

"你是不是有一种被人打了开了世界大门的感觉？"叶佳楠问。

"下一关，不然就挂电话。"他忍无可忍了。

"……"

和朋友聚会的时候，叶佳楠说其实行崇宁对人很好。

"很好是什么意思？"何茉莉好奇地问她。

"就是在不熟的人面前他有很强的戒备心，所以让人觉得他这人很不好相处。但是熟悉了之后，会发现实际上他人很好。"叶佳楠觉得她说后半句话的时候，其实有点违心……

"你情人眼里出西施呗。"朱小蓝翻着白眼，一针见血。

"难道你们觉得他长得不好看？"叶佳楠问。

"很好看，真心的。"何茉莉说。

"说他不好看会被雷劈。"朱小蓝补充道。

两位女士都给予了很高的评价，这让叶佳楠十分满意。

正在涮着火锅的徐庆浩，却不满地抬头对自己的女友表示抗议。

"所以常言道，好白菜都让猪给拱了。"朱小蓝说。

何茉莉笑出了声。

叶佳楠吐舌做了个鬼脸。

吃到半程，陆剑才匆匆赶来："不好意思，不好意思，临时遇到点事情耽误了。"

这顿饭是徐庆浩请客，说是再次答谢陆剑上次的帮忙，没想到主角却忙得最后才到。

他坐下以后，其余人心照不宣，都不好继续刚才的话题了。

"刚才在说什么？看起来很热闹。"陆剑不禁好奇。

叶佳楠对着陆剑笑了笑："她们说我是又白又甜的白菜。"

朱小蓝反驳："你明明演的是猪。"

"什么猪啊，小朱同学，你吃猪肉。"何茉莉赶紧拿肉堵住她的嘴。

陆剑作为一个硬汉直男，完全没明白她们打的什么哑谜，拆开筷子夹了口菜问："你们春节出去玩得怎么样？"

"拍照美死了。"朱小蓝说。

"沙漠？"

"白沙漠，星空啊。我拍了好多照片。"朱小蓝说，"你有微信吗？我发给你看。"

于是，朱小蓝顺理成章地成了陆剑的微信好友。

叶佳楠真是对她撩汉子的功力佩服得五体投地。

吃过饭，徐庆浩说有几个朋友要过来，建议大家一起去唱歌，人多才好玩。

到了事先预订的 KTV 包间，后约的那拨朋友还没到，徐庆浩去停车还没上来，何茉莉又跟着朱小蓝去洗手间了，最后只剩下陆剑和叶佳楠两个人。

"春节过得好吗？朋友叶佳楠。"陆剑挨着叶佳楠坐下来。

叶佳楠一笑："嗨，朋友陆剑。"刚才那顿饭两个人隔得远还没来得及单独说过话。

"不好不坏。"叶佳楠回答，"你呢？"

"一直在值班，其余时间都在和人相亲。"

叶佳楠忍俊不禁："你妈妈太着急了。"

"说我再不努力就要成老光棍了。"

"你多少岁？"

"二十九。"陆剑答。

叶佳楠想起了三十二岁的老光棍行崇宁，她不由得拿出手机看了下时间。

"你还有事？"陆剑问。

"跟人约好了一会儿要通电话。"

"男朋友？"

"嗯。"叶佳楠坦荡地点头。

"叫他一起来玩啊。"陆剑说。

"他很远。"叶佳楠抚额微笑。

"羡慕嫉妒恨。"陆剑说。

"啊？"

"我说他肯定对我们羡慕嫉妒恨，可以和你一起吃饭一起玩。"

"我可以把你的得意劲儿转达给他。"

"佳楠，你比我上次看到你的时候，快乐了很多。"陆剑说。

"当时我遇到点事情，所以有点失态。"她解释道。

"那天晚上在电话里说的事情，你还要和我继续聊聊吗？"他指的是叶佳楠当时提起的身世。

叶佳楠想了想，之后开口说："我曾经有想过要去找我的亲生父母。"

"现在呢？改主意了？"他问。

"我……"她不知道，她很犹豫。

"有些问题你要多想想。你找到之后，也许并不会重拾亲情，也许他们已经开启了新的生活，有了别的孩子，冷漠待你，无视你，不欢迎你的出现。也许他们还会用血缘关系作为要挟的筹码，与你纠缠不清。甚至也有可能你找到他们的时候，他们已经去世了，破灭了你的希望。"

徐庆浩从外面推门进来："你们俩怎么没点歌呢？"

"不着急。"陆剑说。

说了两句，徐庆浩去找服务生点酒去了。

包房里又只剩下他们两个人。

"你说的这些我都想过。"叶佳楠点头，"谢谢你，陆剑。"

"佳楠，你的养父母对你们好吗？"

"很好。不过我们没有爸爸，是妈妈把我们拉扯大的。"

"养母一个人？"

"是。我爸爸一直在生病，他们没有孩子，妈妈带我们回家的时候，爸爸已经在病床上下不来了，没过多久就去世了。"

"你妈妈真不容易。"

"所以我妹妹说得对，我去找亲生父母也许会伤她的心。"

"嗯。"陆剑点头，"可以再想想，而且很大可能是无论怎样都找不到了。"

这时，何茉莉和朱小蓝也进来了。

"点歌、点歌、点歌！"朱小蓝嚷着。

音乐响起来之后，在包厢里聊天基本需要用吼的才可以听见，也没法说话了，叶佳楠干脆也跑去点自己喜欢的歌。

过了会儿，徐庆浩的几个朋友都来了。男的女的都有，简单介绍了一番之后，有的摇骰子拼酒，有的拿着麦唱歌。叶佳楠却收到何茉莉的微信，她狐疑地抬头看了一眼包厢另一头的何茉莉，何茉莉冲她扬了扬下巴。

何茉莉：你刚才和陆剑说什么呢？

叶佳楠：说起我生父的事情。

何茉莉：哦，我还以为……

叶佳楠：以为我干吗？

何茉莉：以为你要白玫瑰和红玫瑰一起收，以为你吃着碗里想着锅里，以为你要脚踏两条船。

叶佳楠：狗嘴吐不出象牙。

何茉莉：别担心，在为死党两肋插刀的世界里，是不需要三观的，你劈腿我还可以帮你打掩护。

叶佳楠：你想多了，以后我不和陆剑说话就好了。

何茉莉：别啊，跟你说正事。如果陆剑和朱小蓝在一起，你不介意吧？

叶佳楠：你以后再也不要在我面前用"在一起"这个词。

何茉莉：这三个字惹你了？

叶佳楠：别提了，算是被人给毁了。话说，他们俩在谈恋爱？没看出来啊。

何茉莉：还没，不过她说她觉得陆剑很合眼缘，以前是因为你先来，所以她不好下手。如果你没想法了，她就不客气了。

叶佳楠：好。不过万一我和陆剑还有什么来往，请她不要误会，我绝对没有非分之想。

何茉莉看完叶佳楠的回话后，跟旁边的朱小蓝说了句什么。

朱小蓝听了之后，立马朝叶佳楠做了一个飞吻。

叶佳楠转头去打量陆剑。

他正被徐庆浩拉着在喝酒，完全不知道他已经被身边的女人给瓜分了。

叶佳楠不知道陆剑是不是先去参过军，然后才当的警察，只觉得他坐在沙发上都是一副正襟危坐的样子，手会下意识地放在膝盖上，腰也是直的。

行崇宁却不一样。

印象中，如果他不是穿着正装在谈公事的话，在没有外人的时间里，都是一副慵懒的样子。其实除了那一晚在亚历山大，她没有和他有多少私人相处的时间，但是她都能想象他接她电话的时候，会穿着很宽松的套头毛衣，头发乱蓬蓬的靠在沙发上，说不定还赤着脚。

想起这些，她有点想他，想听他的声音，甚至都等不到回家，于是，她开门走出了包厢，拨通了他的电话。

此刻的行崇宁正在会议室开会。他的手机被调成静音模式放在桌面上，虽然没有响动，但是屏幕一亮，他就察觉了。

他用德语跟对方公司的代表说了声抱歉，准备走到外面去接电话。

他左手拿着手机，右手带着伤不太方便，所以助理方昕立刻先他一步起身，替他挪开了身后的椅子。

他说："我耽误一会儿，你安排一下。"

方昕答："好。"

行崇宁走到走廊上接通了电话。

"佳楠。"

"是我。你在外面？复诊？"

"我在公司。"

"你没在家里养伤？"

"没事。"他说。

"公司很忙吗？"她问。

"还好。有一个项目需要推进，有我在比较好办。"

"那我一会儿给你打，你忙你的。"

"我这边没事了。"说话间，他已经从走廊走到了室外，天气还很冷，他这边还是白天。

行崇宁耳朵贴着电话，抬头看了看天空。

而叶佳楠那边，有人从包厢里出来，打开门的时候，音乐声陡然大了起来，里面的人正在情歌对唱，听声音好像是何茉莉和徐庆浩。

"我也在外面，还没回家。"叶佳楠说。

"怎么了？"她的电话比约定的时间早了点。

"就是和人聊天的时候想起你，突然就想问你伤口疼不疼。"

他在一张长椅上坐下，缓缓回答："不疼。"

"那天你为什么不告诉我你受伤了？"她犹豫着终于问了这个问题。

似乎在她问之前，他从没有思考过这个问题，顿了一下才回答："你那么爱哭，哭着真让人心烦。"他嘴里抱怨着，可是语气却是淡淡的，嗓音又低又暖。

这时，叶佳楠听见行崇宁的身边响起了别人的说话声，也不知道是有人一边聊天一边路过，还是在和他打招呼。

"我想你了。"她说。

叶佳楠觉得电话的那一头似乎又停了一下。

他的唇对着话筒没有动。

四周很静。

叶佳楠似乎都能听见瑞士春天的风声。

然后，她才听见行崇宁轻轻说："佳楠，乖。"

-3-

第二天是周末，叶佳楠陪何茉莉去她们学校附近的书店和书店老板谈订教辅的事情，叶佳楠闲来无事就站在旁边翻书。因为人来人往，车声人声十分嘈杂，完全静不下心来看文字，她就随手拿起旁边一本儿童绘本。

那是一本很别致的红色画册，她一拿起便开始翻阅。

只粗略地读了两页，她的心就颤了一下，不敢继续再看，将书合上，去收银台结账，将书买了下来。

等何茉莉找到她的时候，她手里拿着那本绘本站在门口。

"买书了？"何茉莉瞅见她手上的东西。

"是啊，封面可爱吧。"她晃了晃手里的画册。

"哟，童心未泯嘛。"何茉莉说。

"永远十四岁的美少女。"叶佳楠将书放回塑料袋里，捧着自己的脸故作陶醉地说。

"臭美的你。"何茉莉无语，"你们家行先生喜欢你什么啊？"

"那还需要问，他肯定是喜欢我长得美啊。"

"我要吐了。"何茉莉说。

从书店出来，两个人去吃午饭。那是一家人气颇旺的港式茶餐厅，叶佳楠这人喜欢吃肉，点了一大份烧鹅饭外加一碗鲜虾云吞。

"能吃是福。"何茉莉哀怨地说。

叶佳楠看着她面前的一堆素，扑哧一笑："你要辟谷修仙？"

"徐庆浩嫌我胖。"

"得了吧，你还没我重。"说着她又朝自己嘴里塞了块肉。

"我有时候晚上多吃一点，早上起来一称就重了，开始还不在意，后来真是一发不可收拾，徐庆浩还嫌弃我来着。"

"至于嘛，他敢嫌弃你我就揍他。"

"你们家行先生也会有这么一天的。"

"他！"叶佳楠瞪圆眼睛，本想怒喝一声"他敢"，"他"字倒是气势很足，"敢"字还没说出口就已心虚，垂头看了一眼盘里的肉，"他应该……不是这么肤浅的人吧。"

"不肤浅，不肤浅，他只是喜欢你长得美。"何茉莉以牙还牙。

两个人嘻嘻哈哈地吃完饭，临走时，叶佳楠看了眼座位上自己刚才买的那本绘本，手刚伸过去一半，又缩了回来，最后还是将其留在了座位上，和何茉莉一同离开了。

却不想，他们都进了电梯，餐厅的服务生却喘着气追上来："美女，你们的东西忘记拿走了！"

何茉莉转身接过那个塑料袋，一边道谢一边数落叶佳楠的粗心。

叶佳楠冲她做了个鬼脸，笑了笑。

何茉莉直接和男朋友约会去了，叶佳楠不想一个人回家，于是找了家星巴克坐了会儿。

她端了杯咖啡，坐在座位上，看了下表。行崇宁那边还是清晨，她实在不忍心叫醒睡梦中的他。犹豫中，她还是拿起了那本绘本。

她从小就喜欢画画，不然后来也不会去美国学设计。

很简单的一本给孩子看的绘本。

书里讲述了一个孩子失去自己的妈妈之后如何面对这个世界的故事。

上面有一句孩子的话——我拼命记住妈妈身上的味道，可这味道还是想跑。于是我把所有窗户都关起来，不让它逃走。

读到这里，独自坐在星巴克的叶佳楠已经泪流满面。

她早就完全忘记亲生母亲的长相，林曼仪已经完全取代了"妈妈"这个词。可是对于亲生父亲，她还记得一点。她经常都要在自己心中默念一下生父的名字，生父的长相，就怕自己把所有的一切都忘记。

妹妹不在乎那是因为当时太小了，对生父没有任何印象。

可是，她还记得。

正因为她还记得，所以才放不下，不甘心。

周末的星巴克人来人往，斜对面的一对情侣不禁对叶佳楠频频注目，其中那位女生还盯着叶佳楠看了好久。

她拿起包，去洗手间狠狠地洗了一把脸，又补了一下口红。

叶佳楠平静了一些，站在厕所里就拨了行崇宁的号码。

但是，电话没通。

等她从洗手间磨蹭了半天出来，那对情侣已经离开了，而她剩下的半杯咖啡和那本书还原封不动地放在桌面上。

她坐下去，又重复读了一遍那本书。

这一次，她虽然眼角仍然含着泪，心情却平静多了。

她拿出手机给陆剑打了个电话。

不到一个小时，陆剑来了星巴克。

"给你添麻烦了。"叶佳楠起身说。

"你再这样说就不是朋友了。"陆剑笑。

叶佳楠不好意思地扯出一个笑脸。

"好了，说正事。"陆剑说着从包里拿出一本记事本。

"需要这么正式吗？"叶佳楠诧异。

"我先把情况记一下，如果以后有必要，还需要你去局里一趟。"陆剑说。

"哦。"叶佳楠有点窘迫地点点头。

"开始吧，你把你还记得的事情都说一说。"陆剑拔开笔帽。

"我的生父叫谢小勇，具体怎么写，我不太确定，因为那个时候我还没读书，所以不识字。姓谢的谢，'小'这个字就不知道了，'勇'大概是勇敢的勇。当时我六岁，妹妹比我小两岁半。"

"母亲呢？"陆剑问。

"不记得了。她在我们被遗弃前就已经不见了。"

"一点印象也没有？"

"没有。"叶佳楠摇了摇头。

"家里的地址还记得吗？"

"没有家。老家不记得了，记事起就和父亲在 A 城，好像住的是工棚，只是我当时喜欢画画，我记得附近有个教画画的老伯伯经常教我画画，我还记得工棚附近是个菜市场，门口有一根电线杆。"她平静地回答，"还有，我当时叫谢佳佳，我妹妹好像没有名字，大家都叫她二妹。"

"佳佳就是佳楠的那个佳吗？"陆剑一边记，一边问。

"我不知道，只是平时是这样叫我的。"

"走丢的情景还记得吗？"

叶佳楠思绪一顿，在脑子里好好地整理了一番，然后将那天的情景讲述了一遍。

此刻的行崇宁正在日内瓦飞德国杜塞尔多夫的飞机上，忙着赶一个与 PYC 的会。他之前要回日内瓦，就是要洽谈关于 PYC 的并购项目。PYC 是德国一家闻名百年的制表厂，可惜那厚重刻板的德式腕表风格在市场上日渐萧瑟，早已不复当年的盛况。行崇宁却对他们那条生产线十分感兴趣，一心想要拿下来。

飞机已经停了，等着下飞机。

机舱外很冷。

行崇宁一边起身穿衣服，一边打开手机。

他还没法抬胳膊，所以穿外衣的时候，需要旁人协助。

方昕已经走到身侧给他帮忙。

袖子穿上去的时候，他细微地皱了皱眉。

"是不是碰到伤口了？"方昕察觉。

"没事。"他说。

打开手机，方昕看了一眼屏幕，提醒说："有一条叶小姐的来电提醒。"

他"嗯"了一声，自己用单手扣好纽扣，然后开始回叶佳楠的电话。

陆剑仔细地听着，一直没有打断叶佳楠，偶尔把一两个关键点记下来。说到被收养的地方，叶佳楠的电话就响了。

叶佳楠接起来。

"是我。"行崇宁说，"刚才我在搭飞机。"

"这么早。"叶佳楠算了下时差，他那边才九点多，"我还以为你在睡觉。"

"今天要赶着参加一个十一点的会。"他说这话的时候，已经走到了停机坪上，身边的风声简直刺耳。

叶佳楠听见风声，本想叫他好好养伤注意休息，可是想着陆剑在身边等着，也不好多啰唆，只好说自己在忙，简单告别收了线。

她放下手机，对陆剑说："就这些了，你觉得怎么样？"

陆剑点点头，将笔记又重新整理了一遍，然后才说："如果只是这些，要找到你父母的希望很渺茫。就拿你父亲谢小勇的名字来说吧，都是大海捞针。"

"嗯。没关系。"她也许只是想给自己一个交代。

接下来的几天，叶佳楠在公司也忙碌了起来。

由于上次从蒋总饭桌上传出的风言风语，有些本不熟悉的同事开始对叶佳楠频献殷勤，而另一些原本熟悉的同事表面上看着什么事也没有，但是与叶佳楠之间的相处明显发生了微妙的变化，并且，那些鸡毛蒜皮又讨不着好的事情很少有人再找她了。

小肖说："原本觉得你不过是个新人和你嘻嘻哈哈，还随时可以使唤你加班干活儿，结果却陡然发现你大有来头，当然不好意思起来啦。"小肖和叶佳楠差不多，也是个洒脱的直肠子，跟叶佳楠和好后，两个人基本又恢复了之前的师徒情深。

"别人不知道你还不知道吗，我那是狐假虎威。"叶佳楠头疼。

两个人在公司附近一家窄小的日本拉面馆里吃午餐。

"对了，你和我们厉大老板到底有什么关系？"小肖嚼着面，又用勺子舀了一勺骨汤喝了起来。

"我和大老板没什么关系啊。"

"那就是和行家有关系？"

"必须要说实话吗？"叶佳楠问。

"废话！"

叶佳楠在心中犹豫稍许之后，坦白说："行崇宁现在是我男朋友。"

"噗——"小肖嘴里的汤一口喷了出来。

—4—

三月底，有一场腕表业的重头戏，便是日内瓦国际高级钟表展，全球各大钟表品牌都竞相在此期间推出自己的新款。

泊灵表业也不例外。

这一次的表展还敲定了一个与天文有关的主题——A Child of Astronomy。

叶佳楠的公司因为初涉高级制表行业，所以安排了相关人员去瑞士观摩。这种事情自然是轮不到新人的，所以叶佳楠压根儿都没有奢望可以公费与行崇宁见面。

晚上，叶佳楠接到陆剑的电话。

"怎么样？"她问。

"佳楠，我很抱歉。"陆剑说。

叶佳楠怔忡片刻，急忙拿着电话摇头："你不要这样说。我本来就没抱什么希望，还是怪我自己能提供的线索太少了。"

"方便见个面吗？还是当面和你说一下情况比较好。"陆剑问。

"好。"

两个人约在叶佳楠小区附近的一家安静的西餐厅见面。

陆剑坐下后，拿出上次那本记事本，写下了"谢晓勇"和"谢小勇"两个名字。

"你生父有可能的这两个名字，我们也查了一下，十多年前没有现在这么详细的身份记录，所以仅凭他十多年前在A城当过建筑工人和姓名这两个信息，完全无迹可循。我还做了最坏的打算，查过这两个名字里留有犯罪记录的，符合你生父大致年龄的男性，"他说，"也没有。"

"嗯。"叶佳楠说。

陆剑继续在谢小勇的下方又写了几个名字——谢佳佳、谢家家、谢加加、谢嘉嘉。

陆剑拿笔指着上面的文字："按照你说的，我们把同音的几个字，外加由这几个字排列组合出来的名字，比对了A城和B城十多年来走失儿童的信息，里面都没有符合你们姐妹俩条件的。"

叶佳楠接过那本本子，看着上面的几个名字。

"所以有可能是时间太久，你当时年纪太小，记忆发生了偏差。"

叶佳楠默然不语。

陆剑迟疑着补充："不过，也还有一种可能性……"

叶佳楠苦笑："就是他们并没有报案找过我们，是不是？"

陆剑没有说话，算是默认。

然后服务生端来了之前叶佳楠点的一壶茶。

叶佳楠摆上茶杯，静静地给陆剑斟了一杯。

"对不起，佳楠，我很抱歉。"陆剑看着她说。

"谢谢，谢谢你，陆剑。"叶佳楠说。

"如果你还有什么线索又突然想起来了，还可以跟我说，我们再试试。"

"不用了，谢谢。"叶佳楠重复。

"我一遇见与工作有关的事情，说话就比较直接，你不要介意。其实，也许还有希望。"陆剑说，"你是不是心里有些不好受。要不要我陪你多坐会儿？"

"没关系。"叶佳楠笑了笑，"你要吃点什么？"刚才她先到，直接要了一壶茶，陆剑来了之后，一坐下就开始说正事，都忘记问他要不要点些别的东西。

"我们能力有限，现在有很多寻找走失儿童的志愿者机构，还有媒体，可以让他们帮帮忙，网络媒体也很发达，说不定会有收获。"

叶佳楠急忙摇头："不需要，我不需要太多的人知道。我妹妹不想这样，而且还会让我妈妈尴尬，她会伤心。还有……"

她顿了一下，却没继续说了。

还有她自己也不想更进一步。

那颗心，已经冷了。

十多年来，她一次又一次地告诉自己是生父遗弃了她们，可是她又一次又一次地对自己说，不是的，也许她当时真的是不小心和父亲走散了，只是因为怀着对妹妹的愧疚，所以才下意识地觉得是父亲故意的。所以她活得远没有妹妹那么轻松。

也许她也应该完完全全地忘记过去的一切。

叶佳楠的手指抚过那几个名字，最后落在"谢加加"上面，自语一般地轻轻说："我觉得我有可能是这个'加加'。"

"那我回去再比对一遍。"

"不用了。"

已经，不重要了。

这一段时间，她都在煎熬之中，怕没消息，又怕有消息；怕找不到，又怕找到。就在刚才，在电话里听见陆剑公布结果的时候，她居然觉得心中松了口气。

她确实难过，却不是陆剑想的那样，她难过的是自己竟然会对这样的结果感到松了口气。

一个拖了十多年的故事，以这样的结局收场，真是最好不过了。

她告别了陆剑，一个人走回家，用钥匙开门，按亮屋里的灯，打开电视，然后坐在沙发上看了半天电视，却不知道里面演的是什么。

不知道过了多久，手机振动了起来。

"佳楠。"是行崇宁。

"嗯。"

"你在家？"

"是啊。在看电视。"她答。

"吃饭了吗？"

"吃了。"

"吃的什么？"行崇宁又问。

"你今天是不是拿错剧本了？这明明是我的台词。"叶佳楠打电话时对行崇宁自带话题的三个开场白——在干吗？吃饭了吗？吃的什么？

行崇宁顿时莞尔。

其实他这几天忙得脚不沾地，拍卖会、新款发布会、采访一个接一个，只是就在刚才，他莫名地就想听听她的声音，才在拍卖会的间歇给她打电话。

叶佳楠问："表展怎么样？"

行崇宁揉着眉心答："Cartier 的一款天体飞行陀飞轮同心圆大抢风头。"

叶佳楠不服气："你们这么多专业制表厂还干不过一个卖珠宝的？"

行崇宁忍俊不禁："你不也是卖珠宝的？"

叶佳楠扬扬得意地说："对哦，最后还是把你拿下了。"

他挑起眉梢："你的自信心越来越膨胀。"

叶佳楠狗腿地解释："那还不是因为你越来越出色。"

讲完电话后，叶佳楠又拿起茶几上的那本杂志，翻开有行崇宁的那一页。然后，她垂下脸，用指尖在他的侧影轮廓上轻轻摩挲。

"幸好我有妹妹，有妈妈，"叶佳楠喃喃自语，"还有你。"

她放下书，去厨房打开冰箱，搜了一堆食材出来，又给何茉莉打电话："快来，我做宵夜给你吃。"

"宵夜是减肥的天敌。"何茉莉说。

"秘制烤翅不吃吗？"

"你怎么可以这样？"何茉莉说。

"那你继续减肥吧。"叶佳楠感叹。

"吃、吃，我要吃。"

何茉莉屁颠屁颠地出门换电梯，再敲开叶佳楠的门，手里还拿着一堆教案。

叶佳楠正在搅黄油，看到她抱着的书和本子："你在准备考试？"

何茉莉一屁股坐在沙发上："备课啊大姐。"

叶佳楠继续去厨房忙活了。

她先预热了烤箱后，然后将曲奇饼放进去，又开始腌制何茉莉喜欢的鸡翅。

何茉莉看到她桌子上新买的食谱书："你怎么最近钻研起烘焙来了？"

"我在学着做点心。"她在厨房高声回答。

"还吃点心，你真不怕胖？别啊，一胖毁所有！"

"不是我吃，是我以后要养活一个喜欢甜食的男人。"叶佳楠说。

何茉莉哈哈一笑："懂了，秒懂。"

两个人一边看电视聊天，一边吃，所以何茉莉待到很晚才走。

叶佳楠收拾完厨房的烂摊子，又去整理第二天出差的行李，看到床头柜上那本叫《小伤疤》的红色儿童绘本的时候，她打开抽屉，将它压到了最底下。

接下来的几天，小肖和老刘去了瑞士，叶佳楠被派去参加一个培训。一起培训的都是各个部门入职不到一年的同事，外加开年跳槽来的几个人。大家都是新人，没过多久就打成一片了。和叶佳楠培训住在一个房间的女孩叫邓桔，为人十分斯文。

叶佳楠觉得她的名字特别可爱，干脆叫她小橘子。

他们一般上午上课培训，下午去产业园区的车间，偶尔还要去门店观摩。

虽然是培训，却比平时忙碌很多，加上吃睡都和同事在一起，她不太方便跟行崇宁打电话。

而行崇宁似乎也更加忙碌了。

叶佳楠很想问他，身体有没有康复，可不可以进行横跨整个欧亚大陆的长途飞行，泊灵表业关于 PYC 的项目结束了没有，表展的发布会怎么样，是不是等这一切都妥当了他就可以回来了。

但是，她忍住了。

她有点害怕这样的自己，害怕自己把一切都放在另一个人身上的感觉。以前生母抛弃她们的时候，她觉得我有爸爸就好了，然后想尽办法变得乖巧懂事来讨爸爸欢心。哪知最终，爸爸也抛弃了她们。

行崇宁的电话也越来越少。

大概他是真的忙不过来吧，叶佳楠对自己说。

–5–

到了周末，培训那边也给叶佳楠他们放一天假，她闲着在家无聊，再加上心里头难受，就约了晚上和何茉莉去看电影。

刚到电影院的门口，何茉莉的一个学生家长突然来了个电话，说孩子在家有点反常，所以想和何茉莉交流下。

电影开场的时间越来越近，何茉莉却依然在和家长聊着。

何茉莉将话筒捂着，对叶佳楠说："你先进去吧，我随后就到。"

叶佳楠说："没事，我等你。"

等何茉莉讲完电话，两个人检票入场的时候，已经在放电影的映前广告了。

何茉莉拿着票领着叶佳楠找座位，走到座位跟前，却发现被人占了。

何茉莉说："麻烦你挪一下，这个位置是我们的。"

票是何茉莉在网上提前买的，位置正好是影厅的中间。

对方是个年轻的姑娘，看电影还带了一个跟行李袋似的大包，她看了一眼何茉莉，有些不乐意嘀咕着把包拿起来，让旁边男伴搁在膝盖上，然后就没下一步动作了。

于是何茉莉又说："不好意思，你现在坐的这个座位也是我们的。"

那姑娘闻言往左右看了看，发现周围都坐满了，只有几个角落才有空位置，于是她指着墙边，烦躁地翻了个白眼说："你们坐那边不行吗？马上开演了，换来换去烦不烦，这座位又不是你买的。"

何茉莉顿时就傻眼了。

叶佳楠在旁边看着别人这样嚣张跋扈地对何茉莉，肚子里火气蹭蹭蹭地往上涌，拿过何茉莉的票根放到那女的眼前说："欸，你还别说，这位置就是我买了的。你让开！"

那女的一下就从座位上蹦起来："谁叫你们不早点来，你这人有没有素质，连个请都不会说吗？"她站起来之后，才发现自己比叶佳楠矮了大半个头，气势上就差了一截，于是一边跳脚，一边拿手指高高地指着叶佳楠。

猩红的指甲几乎都要戳到叶佳楠的脸。

叶佳楠冷笑一下："我还真就让你见见什么叫作没素质。"

何茉莉夹在两个人中间，一看叶佳楠的表情就知道她的脾气要开始发作了。果然，下一刻已经见叶佳楠抬起手，一把揪住对方戳出来的那根手指头，然后就要进行下一步的动作。

何茉莉飞速地拦下叶佳楠，将她们隔开。

后来，影厅的工作人员来了，将双方隔开，又让他们按自己票面的位置坐好。这才消停下来。

何茉莉坐在自己来之不易的那个座位上，小声对叶佳楠说："你今天心情不好？"

"我是心情不好。但是就算我心情好，遇见这样的人我不怼回去，还不被她活活气死。"

"你还跟以前读书的时候一个脾气。"

"你又不是不知道，我冲动的时候，一般什么也不想，先把她揍趴下再说。"

"真要打起来怎么办？她身边还有个男的。"

"大不了你对付那女的，男的归我。"叶佳楠说。

何茉莉扑哧一下，乐了。

影厅的灯暗下来，电影马上就要开始了。

何茉莉突然有点好奇，又小声问："你当初是不是就是这样跟你们家行崇宁打架的？"

"我……"叶佳楠觉得没脸解释，只好敷衍说，"你能不能认真看电影？"

那晚，她还没来得及动手，他就把她给按倒了。他那一下，下手真的很重，以至于之后好长一段时间她看见他都有些犯怵。那是她第一次体会到，原来男人和女人在力量和速度上会有那么大的差距。

如今想来，黑暗之中有陌生人入侵了他的领地，他当时可能也在害怕吧。

电影看到中途，叶佳楠突然冒出一个念头：既然他没工夫回来，那她就去看他。

叶佳楠是个行动派，回到家就盘算了一下自己存款的余额，发现买两张往返机票还是够的，之后立马就打开电脑搜了搜飞瑞士的航班和签证要求，开始着手准备签证。

第二天叶佳楠在公司集合，集体搭车去培训基地，这是培训的最后一天，前几天已经安排好，等结束完今天的课程，晚上大家聚个餐，明天就分赴各自的岗位。

叶佳楠心情也十分好，上课时跟坐在旁边的邓桔研究了一下公司的请假制度。

中午，她越想越兴奋，马上就给行崇宁打电话。

电话却是关机，打了两次都是关机。

她的心情霎时就低落下去，好像满腔赤诚被人泼了一瓢凉水。

下午她又打一次，仍然关机。

等到晚饭前，她试着第一次给他发了条文字消息。

不过，与叶佳楠的心情不同，培训会聚餐活动很圆满。叶佳楠吃饱喝足，还把摆在自己面前的一盘杧果全给吃了。

饭后，酒精将她的脑子冲得昏昏沉沉，回到家，她踢掉鞋子，直接躺在沙发上。

没过多久，她迷糊着起来去上洗手间，又觉得脸上痒，然后一边走一边挠，走到镜子面前看到自己的一瞬间就清醒了。

镜子中的她整个脖子都是红斑。

"我天！"叶佳楠在心中哀号，然后给何茉莉打电话。

何茉莉在电话里吼："你赶紧下来，我带你去医院！"

出租车上，何茉莉还在啰唆："你不是杧果过敏吗？吃吃吃，终于吃出毛病了吧？"

叶佳楠头疼地解释："我已经好几年没事了，我怎么知道会突然这样。"

何茉莉哪肯放过她，发挥作为一位中学班主任的特长，将她一路数落到急诊医生门口。

刚开始，叶佳楠还可以和她对戗，后来渐渐连话也不说了。

何茉莉察觉出不对劲来了。

"还好吧？"

"没事，我就是有点胸闷。"

叶佳楠觉得自己的嗓子似乎被堵住了，呼吸都有点困难，

她们本来坐在急诊室的门口，等着医生给前一个病人开药。何茉莉看着叶佳楠的样子，焦急地冲进去："大夫，你能不能先替她看看？"

护士和医生闻讯而来，责备道："这么严重的过敏，你怎么不早说？"

接下来又是输液，又是静脉注射，一顿折腾。

等叶佳楠的情况都稳定下来，护士才让何茉莉去缴费。

何茉莉拿着单子走到收费处，去翻自己的包。

她俩为了来医院方便，只带了一个包，刚才上车前，她就把叶佳楠的手机钱包钥匙一股脑塞进了自己包里。

此刻，她拿钱缴费，发现叶佳楠的手机屏幕亮着，又渐渐暗了。

原来是之前有未接来电，来电显示的是"唇珠精"。叶佳楠的手机开的是振动，所以也没注意到有人来电话。

何茉莉正在纳闷这个"唇珠精"是谁的时候，手机又一次振动了起来。

她一看，还是"唇珠精"。

何茉莉十分怀疑这人就是行崇宁，于是干脆将电话接起来："喂——"

对方听到她的声音，显然比较意外，愣了一秒没说话。

"我找叶佳楠。"对方说。

何茉莉一阵汗颜，还真是他："行先生吗？我是何茉莉。"

"我是。"

"叶佳楠有点不舒服在医院里，她电话在我这里。"何茉莉说。

"她怎么了？"他嗓子一紧。

"她喝了点酒，然后又吃东西过敏了。"何茉莉急忙解释了一遍。

"哪家医院？我就在 A 城，刚下飞机。"行崇宁说。

"不是吧！"

待何茉莉交了医药费，又把单据交给护士。回到观察室，发现叶佳楠已经睡着了。

她替叶佳楠掖了掖被子，在门口坐着，没等多久，行崇宁就赶来了。她大致跟行崇宁说了一下情况。

行崇宁默默地听着，末了才说一句："时间很晚了，你先回去休息，这里有我。"

待何茉莉走后，行崇宁推开门，看到病床上的叶佳楠。

大概她刚才想要坐着，所以护士将她病床的床头摇高了，还垫了两个枕头。可是此刻她就那样半倚半靠着睡着了。睡着后，身体又不自觉地往下滑，于是整个身体几乎就缩在了下半张床上。

他走进去摇着床尾的把手，将整张床调平了。

然后，他俯下身，叫她："佳楠。"

大概是酒精的原因，她的呼吸有点沉，眼帘丝毫未动。

他伸手摸了摸她的额头，又揉了揉她的头发，将脸贴得更近一些，又唤一声："佳楠。"

她的脑袋晃了晃，眉毛皱在一起，应该是这样的睡姿让她十分难受，可是又舍不得睁开眼。

"你不要这样歪着头睡，会落枕。"他说。

她的睫毛动了一下，眼睛睁开一点，眼神模模糊糊的并没有聚焦，半开半闭的，像是醒了，又像是还在梦中。

他喜欢她的眼睛。

她有一双很暖的眼睛，他每次被她一动不动地盯着看的时候，会觉得周遭的风连同自己的心好像都是暖和的。如果他是阿布辛贝神庙里的雕像的话，那她就是太阳节清晨的那一缕日光。

他垂下头用额头贴着她的额头，捏了捏她的耳垂，又说："我现在抱不动你，你听话。"

她似乎觉得耳朵被他捏得痒，脖子缩了一下，然后肩膀往下一滑闭着眼继续睡，而身体却蜷得更厉害了。

行崇宁见状，无奈极了，只好伸手揽她入怀，忍着右肩的疼痛，将她抱起来重新规范了一下睡觉的姿态，还替她把头摆在了枕头上。

做完这一切，他站在床边静静地看了她一会儿。她的脸上和脖子上已经起了大片红色的疹子，他有点庆幸她此刻睡着了，不然还不知道会难受成什么样，说不定又要哭。

可是他转念又想，她好像又不是那样的姑娘。上一次，她手臂脱臼了疼成那样却没掉一滴眼泪。

这时候，小唐来了个电话。

"行先生，需不需要我送点什么东西过去？"小唐问。

"不用了。"

"医院里需要帮忙吗？您要不要用车？"

"暂时不用。你先休息。"

讲完电话，他又去让护士加药，然后又趁闲把自己腕表的时间调了过来。他是从机场直接赶到医院的，时差使得他没有一丁点儿睡意，只是十多个小时的飞行确实让人疲惫。加上他已经像个陀飞轮一样，没日没夜地转了好多天了，不过就是为了早一点回来见她。

–6–

睡在病床上打着点滴的叶佳楠做了一个梦。她梦见自己和妹妹去河里游泳，下水的时候水是清凉的，不知道怎么游了两圈之后，水就脏得跟黑泥似的。

她顿时就觉得脸上有些痒。

于是，她就伸手去挠。

却被一只温暖的手握住："别动，越挠会越严重。"

她脾气倔，一点也不听话，只想甩开手上的桎梏，继续去挠自己的脸。

可是那只手的主人仍然没放手，似有似无地扣着她。

过了一会儿，她终于放弃了。

然后，她睁开眼睛，看到了床边看着自己的行崇宁。

叶佳楠一个激灵，猛地坐了起来。

四目相对。

一时间，她都说不出话来，却是行崇宁先开口："本来是想给你惊喜，你倒好，抢在前头先给了我一个惊吓。"

这一句话好像触碰了叶佳楠的开关，她脸色一变，拉起枕头旁边的外套迅速地遮住头，又缩回被子里，将自己整个脸捂得严严实实，瓮声瓮气地说："你不要看我，我肯定满脸疹子，丑死了。"

以前上中学她过敏的时候，整个脸会肿得像猪头，完全不敢去上学，不然会引人围观。

"知道过敏还吃？你还敢喝酒？"他皱眉。

"我错了还不行吗？"她说。

"醒了就走，反正你的点滴已经输完了，医生说可以回家了。"

她严实地捂着自己，并不吭声。

"我数三下，你还这样我就自己一个人走了。"行崇宁起身说。

"行崇宁，你没有同情心！"她气结。

"一。"

"二。"

快数三的时候，他顿了一下，叶佳楠急忙掀开罩着头的衣服，再一次坐了起来，又急又恼："什么一二三，你以为是教育你儿子吗？"

她脸上的疹子因为捂着的热气，愈加猖狂，所以皮肤问题比刚才更严重了一点。

他居高临下地斜睨着她："你以为我儿子以后敢这样跟我顶嘴？"

"你的家长专制作风真是令人发指。"

叶佳楠怒气冲冲地掀开腿上的被子，坐在床边朝下面瞅了瞅，没有发现自己的鞋。然后她又换到床的另一边，双腿垂在床沿拿脚丫去够自己的那双球鞋。

大概是护士在加液体的时候，不小心给她踢到床底下去了。

正在叶佳楠琢磨着自己要不要干脆穿着袜子踩在地上去捡鞋子的时候，行崇宁已经先于她弯腰将鞋子拾了起来。

他蹲在地上，直接握着她的脚，替她将球鞋穿了进去。

整个过程十分自然，就好像他已做过千百遍一样。

穿好了左脚，又换右脚。

她坐在床沿，看着这样低身蹲在自己眼前的行崇宁，双颊一下子就红了。

听完护士的交代，取了白天要吃的药，两个人走在医院的走廊上，叶佳楠突然就想起上次也是这样的凌晨，也是他陪着她。

行崇宁拦了辆出租车，然后送她回家。

叶佳楠急忙又转头问："你送了我就走吗？"

她的双眼紧紧地盯着他。

他回看她："我再待会儿。"

"好啊。"她笑。

凌晨三点的街道会让人觉得冷清又寂寥，可是叶佳楠却觉得十分甜蜜。他回来了，他出现了，他就坐在她的身边。

"你什么时候回来的？"叶佳楠问。

"刚才。"他答。

"我今天给你打了很多电话。"

"我知道，我下了飞机正找你，何小姐就说你在医院了。"

"对了，我手机呢？"

"你的手机？"行崇宁不解。

"我的手机、钥匙、钱包全部都在何茉莉那里，她走的时候没给你吗？"

"没有。"

叶佳楠目瞪口呆。

"那我怎么回家？"

"就去我家。"行崇宁淡淡说。

行崇宁一个人单独在市区有一套公寓，楼层不太高，是他常住的地方。他按开密码锁，带叶佳楠进了门。

"密码是圆周率前六位。"他说。

"什么？"

"门锁的密码，我不在的时候，你可以自己开门进来。"

客厅里放着行崇宁的行李箱，大概是他在医院的时候小唐替他从机场送来的。他将行李箱拉到墙边，又安置她洗漱。

叶佳楠刚进浴室，行崇宁就敲开门，递给她一身干净的衣服。叶佳楠抖开一看，有一条运动裤、一件长袖 T 恤，不是新的，大概都是他平时穿惯的东西。

"别洗太热，不然会更痒。"他叮嘱。

"知道了。"叶佳楠笑眯眯地冲他乐。

她将水温调低，开着莲蓬头三下两下冲了一遍，然后套上衣服。

行崇宁在阳台上匆匆抽完一支烟也去洗漱，然后他睡沙发，她睡卧室的床。

她进卧室的时候，迟疑了一下，没有将门关上。

他从厨房出来，拿着一瓶矿泉水走进卧室，拧松了瓶盖，放在她的床头。

她还没睡着，歪着脑袋说："晚安。"

行崇宁点点头，没有答话，随手将房间门关上。

门缝里可以看见客厅里的亮光，过了一会儿，他也关了灯。

夜，几乎要尽了。

叶佳楠却睡不着。

一来因为她刚才已经扎扎实实地睡过一觉，所以一点困意也没有；二来是因为皮肤又烧又痒，她下意识地想要找手机打游戏分散注意力，又想起来手机在何茉莉那里。

她从床上起身，没有手机便想找本书看看转移注意力，可是光着脚在他的房间里转了一圈，甚至连衣帽间都找了，也没发现任何书籍杂志，然后她才恍然想起来，他的家里怎么可能会有书。

她将头发扎起来，又不得不重新躺回床上。

脖子的皮肤仍然痒，她都不敢让脖子挨着枕头，只好朝下趴着。这是她最讨厌的睡姿，于是更加难受了。

她烦躁地起来喝口水降降温。

然后，她琢磨隔壁书房里会不会有电脑，或者有本说明书也行。

叶佳楠轻手轻脚地走到门口，小心翼翼地打开门，不敢弄出任何声响。

客厅里还有光亮。

行崇宁躺在沙发上已经睡着了，可是电视却开着。电视机里并未传出任何声音，只有光与影在黑暗的空间里闪烁。

这情景却让叶佳楠觉得他并不是看着电视睡着的，而是这就是他睡觉的常态。

他睡着的时候，半张脸都陷到枕头里，嘴唇闭得紧紧的，眉心微微拢着，额前蓬松的头发耷下来，显得五官都柔软极了。

哪里还像第一次和他在山月庄开会时，他倨傲地对他们说："但是今天，对于给我提出的这些东西，我的态度只有一个字——不。"

那个样子，当时她真想一拳揍在他脸上。

他睡得似乎不怎么安稳，毯子已经掉到地上去了。

她怕弄出动静，所以拖鞋也不敢穿，光着脚走到他的身边，然后拾起毯子轻轻地给他重新搭上，然后又去找电视机的遥控器。

他睡得太浅了。

动作这么轻，还是将他弄醒了。

行崇宁睁开眼睛看了看对面电视机的光，又看了看叶佳楠。此刻的他，睡意蒙眬，再衬着那一脸困意，让叶佳楠觉得他有些呆萌。

"我看见你毯子掉了……"她小声解释。

他揉着眼睛，坐了起来，看了下旁边的时间："你上洗手间？"

"我睡不着，想去书房看看可不可以上网。"她老实交代。

"怎么睡不着？"大概还没完全从睡梦中恢复神志，所以他说话的语速也是慢慢的。

"脖子痒得难受。"她说。

四月初的天气，并没有开地暖，夜晚还是会冷的。

借着电视荧屏的光，他看到她赤脚踩在地上，于是掀开毯子，在沙发上挪出一个空位，对她说："我看看。"

叶佳楠听话地坐到他旁边。

他伸手撩开她脖子上的碎发。

她本以为他真的只是会看一看，然后再说一些她坚持一下，不要挠之类话，哪会想到他居然垂下头，对着那凹凸不平的皮肤认真地吹了几口气，就像哄三岁的孩子一样。

那从嘴里吹出来的风，凉丝丝的，掠过皮肤的时候特别舒服。

"好点了？"他停下动作，问了一句。

依旧是那种慢悠悠的带着困意的语气。

"嗯。"叶佳楠轻轻答。

风是凉的，吹在她的身上，却将她的一颗心都暖得快化掉了。

他背过手去将沙发靠背的大靠垫拿开，沙发顿时宽敞了很多。然后他拍了拍枕头："你躺下。"

叶佳楠捧着一颗滚烫的心在他面前，只觉得就算他此刻一口生吞了自己，她恐怕也甘之如饴，于是乖乖照做。

她背对着他，侧躺在他怀里。

他有一下没一下地替她吹着后颈那片痒热难熬的皮肤。

"睡吧。"他说。

"行崇宁。"她叫他。

脖子上的微风稍稍一顿，大概是在等着她的下文。

叶佳楠本想问他是不是为了自己才这么早回来的，忽而又想告诉他如果不是签证太麻烦，说不定她已经在去瑞士的路上了。

可是，待念头一转，又什么也不想说，好像什么都不必说，就如他睡在客厅里却故意开着电视睡觉一样，她没有好奇，他也没有刻意解释。

她侧躺在沙发上，背脊和他的胸膛有一点点距离，眼睛看着电视画面，里面正在重播着什么娱乐节目。

身后那一点点的清风滋润着她，十分舒服。

最后，睡意袭来的那一刻，叶佳楠不禁想，难怪古代社会有钱人睡觉的时候都喜欢雇个人在旁边扇风，真是太会享受了。

她的呼吸变得绵长平缓，而行崇宁那一头的睡意却渐渐淡去。

叶佳楠特有的气息萦绕在鼻前，软玉温香在怀，他似乎也有些心猿意马。

行崇宁缓缓起身，却见电视正对着她的眼帘，她有些排斥那些光线，浅浅地皱着眉，还不安地动了一动。

他想抱她进卧室，可是既怕惊扰了她的好眠，又怕距离太远，自己肩伤未愈反而将她摔着了。

于是，他走去将电视关掉。

整个房间转瞬间就沉入黑暗。

他站在暗沉的阴影中，听着她浅浅的呼吸声，半晌没动。他很想在这屋子里再弄点什么光亮出来，可是又强忍了下来。他想出去抽烟，却发现家里没烟了。

过了一会儿，他重复去确认了一遍门锁和窗户后，又轻轻地躺回狭窄的沙发上，小心地拥她入怀，一睡到天明。

第十二章
何止是喜欢

叶佳楠迷迷糊糊地翻了一个身，睁眼就看到了近在眼前的一颗唇珠。

她嘴角翘起来。

原来他真的回来了，不是她在做梦。

于是，她想吻他。

哪知她刚刚起意，他就醒了。

那双漆黑如墨的眼睛渐渐清明起来。

她想起自己第一次在大巴车上看到他的情景，被压得低低的鸭舌帽，还有这颗唇珠。

"我想亲你。"叶佳楠说出来的时候带着试探。

他眯起眼睛，俊眉微皱："你以前亲我的时候，有征求过我的意见？"

叶佳楠笑。

笑了两三秒钟之后，她敛去笑颜，然后抬起自己下巴啄了一下他的唇珠。等她想退开的时候，他已经伸手，掌住她的后脑勺，深吻了过来。

唇齿相碰的同时，大门处却传来有人开门锁的声音，沙发上的叶佳楠顿时一个惊吓，猛然将行崇宁推开，结果沙发太窄，她扑通一声就滚到地上。

等她揉着屁股从地上爬起来，就看到了站在门口的那位四十多岁的阿姨。

阿姨拎着一袋东西，站在门口有点进退两难的样子，犹豫后朝叶佳楠点点头："早。我姓梁，来给小宁做饭。"

叶佳楠羞红了脸颊，回了一个"早"就匆忙逃去卧室。

行崇宁从沙发上起来，淡定地打着招呼："梁阿姨，这么早。"

梁阿姨关了门，将一大袋食材暂放在鞋柜上，开始换鞋，解释说："静姐跟我说你回国了，叫我今天一一早来给你做点你爱吃的。"

只要行崇宁在国内，她平时也是这个时间来，要么行崇宁已经上班去了，要么还在卧室睡觉，无论怎样，她一个人在外面做事都很轻，从不会打扰到他。独独没有遇见过这样的。

"姑娘姓什么？"梁阿姨又问。

"叶。"行崇宁弯腰简单叠了下毯子。

"小叶姑娘喜欢吃什么？我给她做早餐。"

行崇宁看了眼紧闭的卧室门，不得不说："梁阿姨，您要不今天先休息下？"

他上次做手术，母亲厉娴静是直接飞奔瑞士，如今他提前回来了，母亲却懒得搬动，于是继续在瑞士留一段时间。他实在没想到，母亲居然提前给梁阿姨打电话安排了工作。

梁阿姨倒也不介意，笑嘻嘻地说："那我把东西先放冰箱。"

她进了厨房一会儿，又说："我本来买了排骨和山药，静姐说你的伤没痊愈，叫我记得煲汤给你补补。你看……"

"您先放着，我……"行崇宁本来想说等下他自己弄就行了，依她们对他的了解，这句话丝毫不具备说服力，于是改口说，"明天吧。"

"那我明天来。"

"我先给您打电话，您再来吧。"他改口说。

梁阿姨没敢多耽误就离开了。

行崇宁敲开叶佳楠的门。

"阿姨走了？"她小声地问。

"嗯。"

"幸亏不是你妈妈。"

"不管是谁，你都不用躲。"

"你不知道，我听同事说了你妈妈的事情，我真怕她填一张支票扔我脸上，叫我离开你。"叶佳楠无比认真地说。

行崇宁听了忍俊不禁道："那要不要我跟她说你不要支票，要现钞？"

叶佳楠瞪大眼睛："我没有跟你开玩笑，我是认真的，我真的很紧张。"

"对了，送你一个东西。"他拉开自己昨天的行李箱，拿出一个纸袋子。

叶佳楠好奇地打开，看到里面黑色的籽，便倒了一些在掌心："种子？"

"牵牛花的种子。"他说。

"我只看到过花，种子从哪里来的？"她觉得新奇。

"花开过就结籽了，过一段时间，等籽从绿色变成褐色就摘下来，放着晒干以后壳会裂开，里面就是种子。"

"你种的？"她诧异。

"嗯。"

"我以为你第一次送我礼物，会送家传的祖母绿，或者帕拉伊巴碧玺，不然一颗缅甸红宝石也行啊。"

行崇宁一愣，仿佛真的在自省是不是自己确实太随意了。

叶佳楠却扑哧一笑，踮起脚尖摸了摸他的头，摇着手里的牵牛花种子："可是我更喜欢这个。"

他察觉自己被叶佳楠戏弄，伸手发狠地捏了下她的脸颊，捏得她哇哇直叫。

"我是病人！"她不服气。

"今天周几？"他无厘头地问了一句。

"周二。"她揉着脸颊，恶狠狠地答。

"你们公司可以随意旷工？"他斜睨她。

"我去！"叶佳楠哀号一声，看了下时间，已经快十一点了，连忙拿起沙发边的座机打电话向公司请假。

手机在何茉莉那里，幸亏她还记得公司的座机号码，打了总机，又转到刘总监办公室，点头哈腰地解释了一番自己过敏的事情，刘总监很好说话，准了她一天假。

这时，行崇宁的手机也响了。

他看了一眼屏幕上的数字，离梁阿姨离开还不到半个小时。

来电话的是厉娴静。

"妈。"

"昨天航班顺利吧？"

"嗯。"

"今天下雨没有？"厉娴静又问。

"您那边才早上五点，只是想问问这些？有什么话就直说吧。"行崇宁摊牌。

"姑娘姓叶啊？"

"嗯。"

"什么时候认识的？"

"元旦节您见过。"

"有吗？"

"大哥带回来的那个朋友的女儿。"他说。

厉娴静听见后，仔细地回想了一下才有点印象，迟疑了半晌问道："高中生吧？有十八岁了吗？你对人家有没有做什么？"

行崇宁一脸黑线，草草敷衍了母亲几句，便掐断了电话。

叶佳楠倒是对这一切一无所知，刷牙洗脸时，发现自己脸上的疹子几乎没有了，真是来得快去得也快。简单吃了点东西之后，行崇宁陪着叶佳楠去门诊输液。

输完液已经下午了，行崇宁又让医生给看了看。

医生说不用继续输液了，回家继续吃药就好了。

从医院出来，叶佳楠琢磨着何茉莉下课的时间，给她打了个电话。

"你什么时候下班？"叶佳楠问。

"我下班说不定要去徐庆浩那里，你的手机和钱包，早上我放你家里了，钥匙在牛奶箱里。"

"你真是聪明。"叶佳楠佩服。

"我昨天回到家才想起来。可是又联系不上你，早知道就记一个行崇宁的电话号码了。欸，对了，你怎么才给我打电话，身体还好吧？"

"我起晚了，刚才又在输液。"

"起——晚——了？是不是我神助攻了一把？"何茉莉在电话那头坏笑。

叶佳楠正坐在行崇宁的车里，小唐在前排开车，车里只有她发出的声音。听见何茉莉的话，她下意识地将身体挪得离行崇宁远一点，然后含糊地说："你觉得有可能吗？"

"也对，你一脸疹子，如果都还亲得下去，也蛮重口味的。"

"靠，"叶佳楠道，"何茉莉，友尽！"

行崇宁抬了抬眼睑。

待她和何茉莉说完电话，行崇宁从她手中接过自己的手机，不禁说："叶佳楠，我想和你谈一谈关于你说话的口头禅问题。"

"我有什么口头禅了？"叶佳楠纳闷。

行崇宁冷冷地瞥了她一眼。

小唐轻咳了半声。

"噢。"叶佳楠明白他指的是她不按常理出牌，时不时冒出来的粗口，嘿嘿一笑道，"有时候太激动了就忍不住，大不了我以后在你面前用英文代替好了。"

行崇宁觉得自己额角的那根筋被激得猛烈地跳动了一下。

车到了叶佳楠小区门口,小唐去停车,行崇宁陪着她上楼去。

他见她真的从牛奶箱里掏出了一串钥匙,然后开了门。

"你别担心了,我们经常这么干。"

"经常?"行崇宁蹙眉。

"是啊,一个人住老是忘记带钥匙,有时候会干脆放一把备用的钥匙在牛奶箱。"

"要是有歹心的,知道你一个女孩独居,又有这种习惯,后果真是不堪设想。"他一边说,一边进了她的家门,把每间屋子和可以藏人的角落都检查了一遍。

叶佳楠静静地看着他做完这些,眼见着他又开始联系人换锁。

"锁是房东的,私下换了会不会不太好?"叶佳楠迟疑道。

"你住进来之前,没有换新锁?"

"锁好好的,我换它干吗?"

听完这话,行崇宁简直一刻都不能忍了。

突然,窗外就下雨了。

行崇宁没有离开,等着人来换锁。

叶佳楠连忙去关窗户,还把之前晾在阳台的衣服赶紧收起来,等她回到客厅的时候,发现行崇宁正在看被她随手摆在茶几上的相册。

那相册是她一直带在身边的,从家里带到美国,再到这里。

"介意吗?"行崇宁问。

"不介意啊。但是你肯定分不清我和我妹妹小时候谁是谁。"叶佳楠放下怀里的干衣服,饶有兴趣地将脑袋凑过去,指着一张老照片,"你看是不是很像?"

那是一张在照相馆照的照片,那个年代流行的样式,照片里叶佳楠将比自己矮了半个头的妹妹搂在怀里，妹妹又抱着洋娃娃。

行崇宁的视线在上面停留。

两张稚嫩的脸果真长得有八九分相似。

下一页是一张半身的户外单人照。

"你猜这是妹妹还是我？"叶佳楠问。

照片里的小女孩瞪着水汪汪的大眼睛，怀里有一只小猫咪。小女孩和猫都是圆脸，还一起瞪着镜头，圆眼，圆鼻头，简直就像是用圆规画出来的一样。行崇宁嘴角溢出浅浅笑意，毫不迟疑地说："这是你。"

"怎么认出来的？"叶佳楠好奇。

"你小时候的手这么丑，一眼就看到了。"他无情地评价。

叶佳楠气结，红着脖子辩解："哪里丑了，那是因为我那时候胖，手也恰恰比一般人胖了一点好吗？不信你看看我现在。"说完，她就把手伸出去给他看。

他摊开掌，接过她的手假装认真地察看了起来。

大概因为她个子高，手不似一般女孩子那么柔弱无骨、指如葱根，可是指骨却匀称修长，像个细腻的美少年的手。

"越长越好看了吧？"叶佳楠沾沾自喜地说，"妹妹和我的手不一样，她的指甲盖是圆的，我的指甲盖是长方形，也不知道我们分别遗传了谁的？"

过了会儿，叶佳楠喃喃自语说："不过我爸爸的手可丑了。"

"你还记得这些？"他问。

"就是和你聊这些的时候不知道怎么的突然灵光一现，想起来他的手好像很不好看，而且还没有拇指。"

"没有拇指？"行崇宁一愣，觉得仿佛有东西要从自己脑子里闪出来，他又刻意把它压回去了。

这时，换锁的师傅来了，熟练地拆掉旧锁，装上新锁。等那师傅把一切弄妥走了之后，行崇宁接了一个工作上的电话，然后好像也到了他要离开的时候。

他一手拉着门把手，回首想说点什么，盯着她，好像又不知道该说什么，最后点头告别道："我先走了，去公司一趟。有事打电话。"

"好的。"她说。

行崇宁走后，叶佳楠站在客厅中间，陡然觉得心空落落的。

她本想找点别的事情做，又发现无论做什么都分散不了自己的注意力，满脑子都是他的脸、他的眼睛、他的笑，叶佳楠觉得自己似乎一分钟都不能忍了，干脆将手机和钱包塞进包里就开门追了出去。

待门一开，她发现行崇宁竟然还在。

行崇宁站在不远处电梯旁的窗户边，面对窗外，正在吸烟，听见身后开门的动静才转过身来。他也有点意外，蹙着眉，隔着一团青色薄烟看着她。

他去北非的那几天被晒黑了好几层，回到瑞士两个月好像又给捂白了，从叶佳楠这里看去，站在窗户的光源处的他，看起来连发梢都是亮的。

"你还在？"叶佳楠意外。

他却未答，迈开长腿走到电梯口，将还未抽完的烟蒂按灭在垃圾桶里，反问道："你要出去？"

"我……"叶佳楠一时之间不知道说什么好，干脆现编蹩脚的谎言说，"我刚才发现停水了，我就想着今天没法住了，所以我……"

"家里没水了？"

叶佳楠觉得停水还不够严重的样子，马上继续胡扯道："是的，还停电了。"

行崇宁下意识地看了一眼电梯。

电梯还在动，也许这是备用发电机。

可是，楼下哪位邻居还在开门放着电视剧，声音十分清晰，那也许是幻觉。

"刚才灯闪了一下，我以为要停电了，也许一会儿就会停电……"她有点编不下去了，只觉得自己智商不够用，干脆把问题踢过去，"那你干吗没走？"

行崇宁指了指刚才的垃圾桶："出门后突然想吸支烟。"

正在她琢磨着该怎么顺着他的话题往下说时，却听见行崇宁又开口了。

"还有，"他语气顿了一顿，盯着她的眼睛继续说，"好像，有点舍不得离开。"

叶佳楠听见这句话，陡然一怔，随即心花怒放，下一秒已经像只小兔子似的蹦到行崇宁的跟前，撞进他怀中，伸出手紧紧地搂住他的腰。

"真的吗？"

"嗯。"他说。

她扬起脸，闪着一双又黑又大的眼睛，说："行崇宁你知不知道，在开罗的时候，我在儿童医院一张床一张床地找你，我当时一边哭就一边想，我是不是不小心把你搞丢了。我不该让他们带走你的，也许就是死我也不该让他们就这么带走你，要是你死了大不了我就陪着你死，总比没有任何告别就走散了好。可是找到后来还是不见你，我又觉得是不是你要撇下我了，你故意这样，你嫌我给你添麻烦让你受伤，嫌我不够好，嫌我是累赘不讨人喜欢，你不喜欢我，所以干脆也离开了。"

她那双眼睛，说着说着就微微红了。

夹着细雨的风从他身后的窗户吹进来。

站在风中的他听得连心尖都在微微发颤，他不禁垂头，吻了她额头，启唇说出两个字。

叶佳楠听清那两个字后，激动地踮起脚尖在他的脸上亲了一口："其实我一秒钟都不愿意和你分开，就想和你在一起。"

叶佳楠说完话，松手离开他，却不想他抿着唇，将她往自己身前狠狠一拉，两人的身体又贴到了一起。而下一刻，他已经扣紧她的手腕，按开电梯，不由分说地拉着她一起离开。

就在刚才，他的吻落下来之前，他对她浅浅说出的那两个字是——
喜欢。

喜欢。

何止是喜欢。

−2−

等到被行崇宁带到泊灵表业，叶佳楠整个人都还有点蒙。他就这么带着她来上班了。

于是，她完全是被行崇宁在众目睽睽之下带进了他的办公室。

"这样高调是不是有点不太好？"叶佳楠有点忐忑。

哪知行崇宁关上门后，竟然面无表情地开始脱自己的衣服："你不是说一秒钟都不想离开我，还想和我在一起吗？"

叶佳楠看到他的动作，急忙问："你、你要干什么？"

"你提到的'在一起'这三个字，我觉得有点耳熟。"他手上动作没停下。

是的。在开罗的时候，这三个字早就被《一千零一夜》里那二十个男奴和二十个女奴给毁掉了，谁知道刚才她自己怎么又脱口而出的。她只好解释："我们对这个词语的理解也许有点偏差。"

"什么偏差？"行崇宁挑起眉梢，走近一步。

叶佳楠下意识地后退："地方不对。"

他上身已经赤裸了。

"有人会进来的。"叶佳楠提醒他的同时，也没忘记多瞄了两眼他的胸。

"没我同意谁敢进来。"他说着又去解裤子的拉链。

没想到叶佳楠随着他的手，又将视线移到了拉链上。

察觉到她目不转睛的注视，他的手顿了一下，回看她，漫不经心地问：“你需要看得这么认真？”

叶佳楠不服气地偏过头去：“明明是你主动给我看的。”

行崇宁收回动作，进了办公室的内间。

内间有休息室，还有个衣帽间。

仅过了几分钟，他已经把刚才的毛衣和牛仔裤脱了下来，重新换了身西服和衬衣走出来，一边扣袖扣一边说：“我去楼下开个会，你等我，就一会儿。”

她点头。

中途一个女助理来敲门给叶佳楠送了些点心和茶。那助理既没抬眼多看，也没和叶佳楠套近乎，只说要是还有什么需要就叫她。

叶佳楠给陆剑打了个电话。

“想起新线索了？”陆剑不太意外。

“嗯，我爸爸，手上少了一根手指。”叶佳楠说。

“能再具体点吗？哪根手指？”

“大拇指。”她说。

“缺大拇指这是比较严重的残疾了，你确定？左手还是右手？”陆剑略有诧异，在伤残鉴定标准里，拇指的缺失是所有手指里面级别最高的，因为对生活影响最大。

“我确定是大拇指，但是到底是左手还是右手我不确定。”

“这个线索还挺重要的，你等我的消息。”陆剑扯下一张纸记了下来。

等和陆剑通完电话，叶佳楠看到行崇宁的桌面放着一本名字叫《A Child of Astronomy》的书，是关于上个月日内瓦钟表展的详细图文介绍。

想来应该是上面有他们公司的相关文章，所以助理按惯例放了一份在老板桌上。果不其然，才翻到第二页就看到了行崇宁的照片。

那是张表展的大合影，十多个重要人物站在红毯上一起对着闪光灯看着镜头。照片中的行崇宁穿得特别正式，一身贴身的纯黑西服，搭配着白衬衣和小领结。即便是这样英俊的一个人，叶佳楠仍然被站在他旁边的老头吸引了注意力。

老头子个子不高，挺着个圆肚腩，地中海的发顶只剩下细细的一圈头发，然后戴了副十分夸张的眼镜，最有趣的就是他嘴上的两撇小胡子，跟小时候电视上的阿凡提一模一样，胡子尾巴是高高翘起来的。

叶佳楠乐了。

她反正闲得无聊，索性抽出笔筒里的笔，又拿了张桌上的 A4 纸，对折了之后，照着老头的可爱形象在上面画了个简笔画的卡通形象。

她自己一边画一边笑。

画完胖老头后，她拿起来自己欣赏了半晌，一个人乐不可支，然后看到行崇宁那张小领结黑西服的形象，本来也想给他画一幅小卡通，可是她发现他真是太好看了，面对这样一张美艳又冷冰冰的脸，叶佳楠真心觉得在他的脸上加一撮阿凡提的小胡子，头上加一顶阿凡提的帽子似乎更有意思。

她有时候动作比脑子快，立刻就动笔。

画完后发现因为人像太小了，不太满意，于是继续往后翻，想找一找有没有单人照大图，结果还真有。她又乐颠颠地开始涂鸦，哪想才涂了一半，就听见行崇宁对门口的助理说话的声音，然后门就开了。

她有一种做坏事快被人抓现行的感觉，迅速地将那张纸塞进书里藏起来。

行崇宁一边进门一边侧头和方昕说话，并没有将注意力转到叶佳楠身上。

方昕离开，他看到叶佳楠手边的书和笔，问：“你在干吗？”

“没有，我什么也没有做。”她故作无辜地笑了笑，然后将铅笔也放回原位。

“饿了没？”行崇宁问，“梁阿姨做了饭，叫我们回家吃。”

“啊？”叶佳楠一时没反应过来，在脑子里想了一想才明白“回家吃”

中的这个家指的是哪里。

"我们到家之后，大概她已经走了，你不会撞见的。"行崇宁知道她的顾虑，解释了一下。

"你这么笨，自己都不会做饭啊？"叶佳楠问。

他瞥了她一眼，从牙缝里挤出一个字："会。"

"那你会些什么？微波炉热牛奶？"

行崇宁没答话，冷着脸又瞥了她一眼，那眼神让叶佳楠觉得自己肯定猜对了。

"可惜我不喝牛奶。"他答。

回到行崇宁的住处，果然没看见梁阿姨，却有一桌香喷喷的晚餐，灶上还有一锅山药排骨汤。梁阿姨的厨艺特别好，加上叶佳楠本来就饿了，吃得她差点咬掉自己的舌头。

饭后，行崇宁洗碗，她留在客厅擦桌子，擦着擦着听见厨房里的水声，她不禁有些恍惚出神，这是她几个月前想都不敢想的事情。

她说她片刻都不想和他分开，所以下午他才干脆带着她一起工作？

那要是她说想要星星，是不是他真的也会去摘？

忽然之间，叶佳楠心中升起了一种从小到大从未在异性那里体验过的甜蜜感。

行崇宁从厨房里收拾完东西，出来的时候看到叶佳楠正在把他给的牵牛花种子倒在手心里细细地研究。

她抬头冲着他笑："我想要种，怎么种？"

"那要先去买个盆。"他说。

"现在？"叶佳楠看了看玻璃外的天空。

"嗯。反正也要给你买些日常用品。"他继续说。

"我真的要住这儿？"叶佳楠迟疑。

"不乐意？"他反问。

"我睡卧室，你睡地板？"

"也可以我睡卧室，你睡地板。"他答。

这时叶佳楠的电话响了，是陆剑。

"佳楠，你在家？"

"嗯。"算是家吧。

"你要是有新的线索就随时补充我，但是我这边也许一时半会儿没有结果。"陆剑解释道。

"没事没事。"叶佳楠说，"反正这么久了，不着急这几天，是我给你添麻烦了。"

收线后，叶佳楠主动跟行崇宁说了一下托陆剑帮忙找人的前后情况。

"我也可以帮忙。"他说。

"不用了，就随便找一找，反正我也没抱什么希望。"她淡淡说。

他没有再说，轻轻捏了捏她的脸。

小区不远处有个商场，两个人去商场负一楼的超市挑了个花盆，还有叶佳楠临时要用的牙刷、漱口杯、毛巾、拖鞋和内衣等。

行崇宁去排队付款的时候，叶佳楠在旁边掏出手机，看到了何茉莉给她发的消息。

何茉莉：我到家了，我累死了，你痊愈了吗？晚上有没有留吃的，我过去吃。

叶佳楠：我在行崇宁家里。

何茉莉：我听见什么了，是我想的那个意思吗？你们要同居？

叶佳楠：应该是吧。

叶佳楠正要继续说，才发现何茉莉不是开的私聊窗口，而是在"开罗四姐妹"那个群里发的群聊。她顿时汗颜，怕妹妹和朱小蓝看见了，急忙撤回之前的消息。刚撤回一条就看见朱小蓝已经出现了，先发出一个笑脸，随后慢悠悠地来了一句。

朱小蓝：同居多好。

朱小蓝："日"久见人心嘛。

叶佳楠开始没明白过来，再琢磨了下那个引号，陡然喷了。

何茉莉笑得在群聊里刷了整整三行的"哈哈哈"。

叶佳楠一脸无语地想回复朱小蓝：你大爷！手机才输入一个"你"字的时候，行崇宁已经拎着东西回头对她说："走吧。"

正在打字的叶佳楠急忙把手机按在胸口，想起他早上才跟她说要约束她这个"出口成脏"的坏习惯，只好故作无辜地朝他傻笑。

"你做亏心事了？"他问。

"没有啊。"她继续傻笑。

两个人走出商场，发现外面飘着毛毛细雨，走了半条街之后，雨陡然大了起来，行崇宁在雨中脱下自己的外套搭在叶佳楠的头上，一手拎着东西，一手牵着她加快了回家的脚步。

他衣服几乎湿透了，连头发都在滴水，回家就去洗手间脱衣服。

叶佳楠怕他感冒了，急急忙忙找到卧室的吹风机，推门就说："你要不要吹头发？"

洗手间里的行崇宁已经脱掉了上衣，在拿毛巾擦头发。他背对着门，没回头，说了一句："你先放着，我洗澡洗头。"

叶佳楠看着他赤裸的背却愣了。

白天在公司，当时他正拿话捉弄她，她就压根儿没往那方面想，如今他完全背对着她，她才注意到。

行崇宁右边的肩胛骨那里有一道约莫十厘米长的疤痕，那疤痕像一条狰狞的虫子一样贴在他的皮肤上。

叶佳楠觉得有些难受。

她放下吹风机，走过去，伸手用指尖摸了摸那疤痕。

他动作一滞。

她本想说一句什么，可是半晌却说不出来话。

他也没有出声。

叶佳楠再次回忆起当时的凶险和他在黑暗中为了让她安心而故作无事的样子，霎时心脏好像狠狠地抽搐了几下。

她以前喜欢他有一半的原因是他长得好看，还有就是他跟人说起陀飞轮的时候那专注的样子，后来在开罗她才发现，原来真正的爱也许就是这样的。

想到这里，她的眼泪吧嗒掉了一颗下来，然后——

她将双唇覆在了他的那道疤痕上面。

在皮肤感受到这柔软温热触感，并传回大脑的那一瞬间，行崇宁全身一僵，整个人被激起了一阵战栗。

下一秒钟，他已经转身将叶佳楠抵在洗手间的墙上，使劲地吻起来。

这是和以往完全不同的吻。

丝毫不见克制，只有强硬的侵略。

叶佳楠有些不适应被这样凶狠地掠夺，双手撑在他的胸前，想要推开他。可是他的力道那么大，哪里会让她轻易逃脱，不但如此，她这样一个动作，手心便直接贴紧了他赤裸的前胸，还碰到了他胸前的那两点，恰恰适得其反。

他的呼吸被她弄得更沉了。

他干脆捉住她那双惹得他越来越心烦意乱的手，将它们举在她头顶，一并固定在墙上。

没了她的手，他渐渐地找到了自己残留的理智，放松了钳制她的力道。

而叶佳楠也有了呼吸的诀窍，适应了他。

"佳楠。"他唤了她一声。

沉沉的嗓音蕴含着一种翻涌的情愫。

别人撇开姓，叫她的名字，她会觉得很亲切。可是，行崇宁却不同。他嗓子低低地沉沉地喊着佳楠两个字，她在任何时候听了，脸都会红，何况是此情此景。

"嗯。"她应着。

他将自己的唇移到旁边，轻轻咬了下她的耳朵。

她十分怕痒，想要躲开，可是下意识地又不想躲开。

他松开了她的手将她抱了起来，放在盥洗台上，然后又开始吻她的唇，随后是脖子、锁骨。

紧接着，他解开了她的上衣。

就在叶佳楠已经全身心地准备好，以为他会继续往下的时候，他却停了下来，将脸埋在她的肩颈处，做了个深呼吸，然后鼻尖一嗅，竟然笑了。

他笑得胸膛都振动了起来。

须臾后，他说："对不起。"

脸正红心正跳的叶佳楠满脸不解。

他将她从盥洗台上抱了下来，又帮忙把衣服重新扣好，最后来了一句："刚才我忽然就想起你那张六岁的照片，白天对它印象太深刻了，现在满脑子里都是那张脸，实在是……"一看见她，就想起照片上那张稚气的面庞，实在是下不了口。

解释完这话，他原封不动地把她送出了洗手间，还顺带关上了门，自己继续脱衣服，打开淋浴开始洗澡。

留下叶佳楠一个人呆呆地对着洗手间的这扇门。

听着里面哗啦啦的水声，叶佳楠心中仿佛有一万头羊驼咆哮而过。

这个男人，在她下定决心要为爱献身的时候，他居然笑——场——了——

-3-

叶佳楠一点也不想可怜他，晚上直接占着卧室的床，关上门，让他继续睡沙发。

第二天一早，倒是行崇宁先醒，起床第一件事关电视，然后刷牙洗脸，接着就去煮咖啡。他胃不太好，到点就必须吃饭，如果饿了，就会脾气不好。

按照厉娴静的吩咐，他早起必须先喝半杯温水暖暖胃，再去跑步，随后吃了早点才能喝咖啡。可是，他只要是在无人看管的状态下，就无所顾虑了。

行崇宁在厨房喝着咖啡，又烤了两片吐司，直到吐司吃完叶佳楠还没起。行崇宁看了看时间——七点半，按照日常的生活习惯，这个时候他如果早起在家，就应该去跑步了。

他怕扰了她，只好将就穿着昨晚睡觉的家居服，换了跑鞋去附近的公园跑步。

公园附近有个卖花鸟的早市，八点以前很热闹，他远远路过时看到花农的小三轮车上有土，才想起昨天买的花盆因为没有合适的土所以还在玄关放着。

等他拎着一小袋土回家，发现卧房的门开着，但是大床上的叶佳楠还在睡。大概她起来上了洗手间，又继续去睡觉了。他跑了步一身汗，必须洗澡换衣服，他忍不了，不得不进卧室去找衣服。

叶佳楠睡觉明显很不老实。

被子已经被滚得旋转了个九十度，结果盖得长短方向不对，被子拉到脖子处却盖不住腿，短了一截，于是她睡得像一只煮熟的基围虾，身体蜷起来，脚趾却依旧露了出来。

叶佳楠背对着他进门的方向侧躺着，一头又黑又浓密的长发铺散在他的枕头上，像黑色的缎子一般。

她的头发很美。

在亚历山大的那一晚，她的头发被海风吹到他的脸上，他才心神不宁地想要吻她。

如今又有些浮躁不定。

他本想俯下身去亲她，上前一步后又嫌弃自己身上的汗，怕弄脏她，于是随意取了一身衣服去浴室洗澡。

等他洗完澡，叶佳楠已经起床在做早餐了。

"你要不要吃煎蛋？"她从厨房里跳出来问。

"好。"他说。

"你给我看看，早上好像又发了一点疮起来。"她说着将头发撩到耳后，把耳边脸颊的那一片红色露了出来。

行崇宁偏头一看，果然是又起了疹子，他又孩子气地朝她皮肤上吹了几口气说："有点反复，一会儿再去看看。"

说完这句，他视线一移，眼睛捕捉到她那慵懒的搭在肩头的黑发一点一点地往下滑，他不禁伸手接住了一点。

她问："怎么了？"

他嘴上什么也没说，却情不自禁地伸手顺势从头到尾摸了一遍。

叶佳楠把煎好的鸡蛋放在餐桌上，他拉开椅子在她对面坐下。

"我看到你的冰箱里有鱼。"她说，"你不是不吃鱼吗？"

"三文鱼？"

"嗯。"

"前天带的，本来说趁着新鲜弄给你吃，结果你在医院里。"

"怎么吃？生吃？"她只吃过刺身和寿司里的三文鱼。

"我不喜欢吃生的。"

"煮熟了就不好吃了吧？"她说。

"嗯，三文鱼做熟之后吃，就跟嚼木头一样。"

"那你要怎么吃？"

"熏了吃，剔了骨用苹果木或者枫木烟熏。这样肉质还是很嫩，但是口感和生的又不同。"他说。

"你自己喜欢用什么木头？"

"苹果木吧。"他答。

"瑞士人喜欢研究美食吗？那里有什么好吃的？"她好奇。

他抬头看了她一看，似乎想起了有趣的答案，嘴角渐渐浮起浅浅笑意："瑞士有道国菜叫吕斯蒂，德语叫 Rosti。"

"嗯，好吃吗？"

"国菜的做法就是把吃剩的土豆在黄油里煎一下，撒上盐。"他面不改色地说。

"噗！"叶佳楠笑了，她没想到行崇宁还会冷幽默。

叶佳楠继续笑："难怪我以前听同学说瑞士人做的都是黑暗料理。"

"你同学没说错。"

咖啡机里咖啡的香味飘了出来，打断了他们的谈话。

他端来咖啡呷了一小口，她继续喝牛奶。

"你喜欢瑞士还是国内？"

"每次留在瑞士没多久就想回国，可是回国待了两三个月会不太习惯又想要去瑞士。"

"纠结又徘徊？"

"有点。"

"那你以后呢？"她埋头看着自己已经见底的牛奶杯，小心翼翼地问。

"以后你喜欢哪里，我就在哪里。"他面不改色地说完，又浅浅地呷了口咖啡。

咖啡醇厚的香味在空气中弥漫。

叶佳楠本想也学着他板起脸，可是又实在没有他那样的功力，于是干脆朝着他乐颠颠地眯着眼睛笑。

他眼中隐约闪过一丝不自在。

早餐后，他送她去医院看病，医生解释说会有这种病情反复的情况，但是不严重的话，继续吃两天抗过敏的药就行了。

回到车上，行崇宁说要去一趟公司，并且征求叶佳楠的意见问她要不要同行。

叶佳楠摇头，说自己也要回公司上班。

"好，下班电话联系。"行崇宁说。

行崇宁到了办公室。

方昕把今天的日程提醒了一遍。

行崇宁一边听她说话，一边将西服脱了下来搭在沙发扶手上，回到桌前。

方昕说完事情合上门离开。

桌上还摆着昨天那本杂志。

按照以往，他是一点兴趣也没有的，助理摆在这里也只是例行公事而已。他却想起昨天叶佳楠摆弄这书时一副偷偷摸摸的模样，饶有兴趣地翻了翻。

没翻几页果然看到杂志上自己被她胡乱涂鸦的脸，行崇宁不禁摇了摇头。而后，那张被叶佳楠胡乱塞进去的纸掉了出来，落到桌面上。

白纸上的卡通小老头憨态可掬。

小画的角落里她落了款，昨天的年月日，外加"佳楠"两个字。

桌上的座机响了，他正要伸手去接，却在移开视线的瞬间，看到"佳楠"二字的右上角有两个"＋"的符号，写得十分随意又俏皮，好像是她独有的签名一样。

　　佳楠＋＋

他脸上的神色僵住了。

同时，似乎连全身的血液也凝固了。

电话铃声响了四五下之后停了下来，继而办公室恢复了安静。

"没有拇指""壮年男性""＋＋""寻而不得的父亲"……所有事情在瞬间串联起来，在他心中陡然就有了条脉络，但是他却不敢面对。

寂然半晌后，他缓缓打开抽屉，从里面最上面拿出一盒新铅笔还有刀，在手上削了起来。他削笔的动作特别慢，一手握笔，一手执刀，木头屑随着刀刃的起伏一点一点地掉在桌面上。笔还没削到一半，他的手指开始轻微地抖了起来，他停下动作，静了会儿，又继续削，却还是抖，最后好不容易削完了一支，他面无表情地伸手又去拿了支铅笔继续。这个时候，他的手抖得更厉害了，削到后面，"咔嚓"一下，快要成型的笔芯却被自己颤抖的手给意外折断了。

他放下东西，将十指平摊开紧贴着桌面，努力让心情和双手都平静下来，许久之后，才从座位上起身，掏出手机拨了个号码。

"行先生，好久不见。"对方接电话很快。

"你替我查一个人。"

"您说。"

"千重珠宝，叶佳楠。"他说。

挂断电话后，他又面色如常地开始工作。

午饭时间，方昕陪他到外面就餐。

方昕按照他的习惯点了餐，哪想在末尾，行崇宁却多要了一杯威士忌加冰。方昕有些诧异，哪怕是公事上的应酬，她也极少见他喝酒。

叶佳楠来了电话。

他的手机摆在桌面上，就在手边，无声地振动着，他伸出手在快触到它的那一刻，又收了回去，手指蜷曲在空中。

屏幕上面亮着"佳楠"两个字。

长久的振动停顿了几秒钟后，第二通又来了，还是叶佳楠。

这是行崇宁的私人电话，只有家里人才会打，所以极少假手于他人。但是此刻，他却看了方昕一眼。

在他身边许多年，方昕何其聪明，拿起手机替他接了起来。

"叶小姐，我是方昕。"她说。

"方姐好，行崇宁呢？"叶佳楠似乎心情不错，嘴里还在吃着东西。

方昕望向行崇宁："行先生他在忙，手机在我这里。"

"哦。"叶佳楠笑了下，"那让他忙吧，我一会儿再打好了。再见。"

"再见。"

方昕收了线，又把手机放回原位。

"下午三点的会……"方昕欲言又止。

"会议有问题？"他抬眸反问。

方昕一怔，忙答："没有。"

三点的例会，准时开始。

行崇宁坐在会议桌前一直没有说话，只是盯着自己的手机愣愣出神。会议中途有人询问他意见，他也是完全心不在焉的状态，直到桌面的手机突然又亮了起来。

行崇宁下意识地拿起手机走到玻璃门外接了起来。

"行先生，您要的东西已经大致查到了。"对方说。

"你说。"行崇宁答。

这通电话时间不是很长，可是收线之后，他却有些恍惚。他茫然地回到会议室，在自己的座位坐下。Toms 正在说话，他这人嗓门一直都不小，此刻行崇宁更是被这声音震得心烦意乱。

"你们都先出去。"行崇宁开口说了半个多小时以来的第一句话。

大家都愣了一下，停下声音和动作，一齐看着他，不明缘由。

"都出去！"他沉下声，又重复了一遍。

方昕率先起身，一并招呼着在座的所有人："那会就暂时开到这儿，我们先出去。"

其他人闻言窸窸窣窣地起身，拿起东西离开了会议室。

最后一个离开的是方昕，她看了行崇宁一眼，欲言又止，最终还是走出去，带上了玻璃门。

偌大的会议室仅剩行崇宁一个人。他脑子里反复都是刚才电话里的那句话："可能性很大，如果需要进一步确定的话，要么验 DNA，要么需要这位叶佳楠小姐去辨别一下当年死者的照片。"

他的气息一沉，猛然起身，捞起自己手边的椅子，狠狠地扔向会议桌。

—4—

十多年前的那段经历，他这一生都不想再回忆，但是那些场景就像渗入骨髓的梦魇，无论如何也抹不掉。

那天，他和父亲在篮球场上为了一点小事又吵了一架。

他甩了球衣，愤然离场。

十五六岁时的他正值叛逆期的顶峰。当时母亲远在瑞士，特地将他留在父亲身边，培养父子感情。可是，他却事事都与父亲格格不入。

父亲行海正是那种典型的严父性格。

两个人唯一可以亲近的方式就是打篮球，为此父亲还专门弄了个篮球队。可是从性格上来说，父子俩都是十分较真的人，结果篮球场反而成了他们摩擦最多的场合。

球场上父亲行海正也不怎么给他留情面，丢了分直接当着所有人的面劈头盖脸教训他。

行崇宁不服气地顶了回去。

"你才多大就翅膀硬了，敢跟你老子顶嘴？"父亲呵斥。

"我生下来你教养过我几天？也算是我老子？"他冷笑着扔了手里的篮球。

大哥行争鸣正好在旁边观战，连忙上前劝解："崇宁，你怎么和爸爸说话的？"

行海正看到眼前的大儿子懂事听话、无可挑剔，而小儿子是他老来所得，本来依仗着厉家的那一层血脉关系，在任何时候都会更偏爱他一点，哪想幼子桀骜难驯还总和他不亲，于是一时间心中更加窝火："就属你脾气大，会不会打球，不会你就给我滚！"

行崇宁脾气犟，立马脱了球衣扔在地上，拿起自己场边的包，一个人愤然离开。

那是夏日的傍晚，斜阳在西边只剩一丝橘色，整个天已经灰蒙蒙的。他憋着一肚子火，怒气冲冲走在路上。

整支球队里只有他未成年，个子身体都还不及别人，可是这一切在父亲眼中似乎都不存在，反而有任何配合问题，父亲首先数落的就是他。

他一个人走了好长一段路之后，心情缓了下来才想起自己脱了球衣还赤裸着上身，幸亏路上也没遇见什么人，于是停下来从包里翻了一件 T恤穿上。

正好一辆空载的出租车路过，司机放缓车速摇下车窗问他要不要搭车。

他没多想，就上了车。

谁知道车没开出去几米，突然后排有人用帕子捂住他的口鼻，事发突然，他挣扎了几下，可是下一秒就没了意识。等他醒来，已经不知道过了多久。

他被人绑在一把椅子上。绳子捆住了手脚，嘴里也塞着一条毛巾。而他眼睛上蒙着一个眼罩，什么也看不见，能闻到鸟粪的气味，却没有鸟的声音。

行崇宁觉得自己应该是在一个鸽棚里。然后，他再次努力回忆了被绑架前的一切，却没有丝毫的头绪。

过了一会儿，有脚步声渐渐靠近，打开门。

随后，对方进屋拉开了灯。

白炽灯的光线从蒙住他眼睛的布条的缝隙中透了一点进来。

行崇宁有点不适应，不安地动了一下。

"你醒了？"男人开口问。

行崇宁绷紧了全身的神经，一句话也不说。

"小朋友，你别太害怕，我们也不会对你怎么样。"男人说，"等你家给了钱，就放你走。"

行崇宁觉得这个男人应该是之前从后排拿麻醉药捂住自己的那个。

又过了很久，又进来了一个男人，在外面小声问了一句刚才那人："老王，情况怎么样？"

对方一开口，行崇宁就认出了这个声音，这个人应该就是停下出租车问自己要不要上车的那个司机。

"醒了，不过不肯说话。"被称为"老王"的这人回答。

随后，两人又回到外面那间屋子里去了，说了一会儿话，压低了声音特意不让行崇宁听见。要说他压根儿不害怕那是假的，无论个性如何要强，他也不过是个十五岁的少年。

片刻，司机走了，又剩下老王。

老王问行崇宁饿不饿，他依旧不开口。老王自讨没趣，也懒得管他，自己到外屋吃了点饼干，就准备睡觉。行崇宁感觉这两个人不但是早有预谋，还是有明确分工的，司机对外联系，老王负责看守他。

因为要看人，老王睡在外屋，没有关门。行崇宁就这么被绑着坐了一晚上，他听见老王在外面一直翻来覆去的，几乎没睡着。

行崇宁也在猜想父亲要是接到消息是惊慌失措还是暴跳如雷。或者，他们还没有联络过家里，然后父亲以为他一气之下离家彻夜鬼混？他甚至自嘲地预想了一下自己应该值多少钱。

胡思乱想了一通之后，他居然就这么坐着睡着了。

到了早上，老王放他上了次厕所，然后又照原样捆起来，一切相安无事，直到到了黄昏，司机一直没有出现，然后老王再次叫行崇宁吃干粮，他没有张嘴。

"你跟老子装什么有种？饿死了我找谁拿钱去。"老王怒了，拧开一瓶矿泉水钳住行崇宁的下颌，分开他的嘴，将水灌进去。行崇宁被迫吞了几口，剩下的却含在嘴里，待一挣脱对方的钳制，他直接一口喷到老王身上。老王勃然大怒，抬起脚狠踹在了行崇宁的心窝上，椅子猛地往后翻，行崇宁整个人跟着椅子一起跌下去，后脑勺狠狠砸在水泥地上。

老王不但没有扶起他，还趁机在他身上多踹了几脚。

行崇宁没吭声，忍着疼咳嗽了几声。

老王冷笑着说："小少爷，我看你撑得了多久？"随后又到外面去抽烟。

虽然行崇宁被揍了一顿，脑袋还摔得差点失去意识，但是蒙住眼睛的眼罩却松了。他仰躺着，身体还保持着坐在椅子上的姿势，脚高头低，他抬起眼睛，正好可以透过布条松开的那一丝缝隙看到头顶的那面墙。

那墙其实是木板搭起来的，然后墙上胡乱地糊了一些旧报纸。木板之间也没有很严实，于是有缝隙的地方，报纸早就被风吹破了。这个方向正好对着阳光，夕阳从木板之间的缝隙透进来。

他就以这么奇怪的姿势又躺了一天，老王也懒得将他扶起来。

除了偶尔听见老王在隔壁弄出点响动，再也没有什么可以陪伴他度过这漫长煎熬的时光。说不饿是假的，只是他绝食的这个举动与其说是反抗，还不如说是他自己和自己怄气，羞愧自己的蠢，他居然可以蠢到被人绑架。

老王和司机的事情似乎并不顺利，行崇宁也不清楚具体怎么样。

晚上，司机又来了，干脆扯下套在行崇宁脸上的布条。

行崇宁花了些时间才让眼睛适应室内灯泡的光线，然后抬头看到了老王和司机，不过，两个人在他面前都分别套上了卡通面具。司机拿着手机打开摄像头，老王拿出一张纸，然后下令行崇宁对着镜头念纸上的内容。

行崇宁压根儿不照做，反而扭开头。

老王性子急躁，走上前伸手就掴了行崇宁一耳光。

这一巴掌下手很重，而且有一半打在行崇宁的鼻子上，行崇宁的鼻子顿时鲜血如注。

司机冷静了许多，拉开老王，一边从旁边扯了一些纸替行崇宁擦了擦脸上的血，一边说："小朋友，你要是不合作，我们就只有剁你一根手指头给你亲爹亲妈，证明你还活着。你要不要试试？"

行崇宁盯着对方脸上的卡通面具，那面具是一只笑着的猪八戒，表情十分滑稽，和面具下面那张嘴说出来的话，形成了巨大的反差。

鼻血还在流，血从上唇流了一些进嘴里，行崇宁下意识地抿了下嘴，尝到了一股咸腥味。

司机慢悠悠地又扯出两张纸替行崇宁把鼻子塞住，然后松开他手上的绳子，又将那张纸条递给他，示意他照着念。

行崇宁瞄了一眼，上面写了赎金的数目和投送的地址，还有警告父母不要报警之类的话。

"念。"司机说。

行崇宁将目光收了回来，也没伸手接，继续保持缄默。

那司机看了他一眼："很多人在你这个年纪都是个愣头青，也都不怕死，但是你就不怕把你那老娘一起吓死？"

对方软下语气继续说："你是老来子，我知道些你的事情，你亲娘把你养到如今这个地步不容易，是不是？"

一直默不作声的老王从裤兜里掏出一个揉得皱皱巴巴的烟盒子，他从盒子里抖出一支烟，原想塞自己嘴里，结果到了嘴边才想起自己戴了面具没法抽。他想了想，递到行崇宁的眼前。

行崇宁没和他客气，抬手接过去。

这下，行崇宁才看到老王的左手没有大拇指，他用起残手上剩下的四个指头虽然姿势有些奇怪，却很灵活。

行崇宁借着老王手里的火，刚刚放嘴里试着抽了一口，就呛得直咳嗽。这是他第一次抽烟。他一边咳嗽，一边暗暗观察了下这个他待了一天一夜的地方。

这是个楼顶的违章小木屋，原来的用途是作为鸽子棚。但是鸽子早没了，能带走的东西全没了，只剩一些凌乱的废弃垃圾。他猜想也许这就是一个待拆迁的废弃居民楼，整栋楼都没有人，不然他们不会不塞住他的嘴，所以他要呼救几乎不可能。其次，依照老王那健硕的身形，还有那谨慎劲儿，他想趁机偷偷逃走或者放倒老王再逃走也是不太可能的。

过了一会儿，他扔了烟蒂，揉了揉被捆了二十多个小时的胳膊，看着对面的两个人说："录吧。"

这是他被绑架以来开口说的第一句话。

后来，警察破门而入的那个时候，什么也看不见的行崇宁静候在黑暗中，都不记得自己在那个小木屋里待了多少天。

司机拿到赎金提前跑了，老王在警察的包围下，如同一头困兽，气急攻心。随后，他决心鱼死网破，拖着行崇宁从楼上跳了下来。

老王当场毙命。

而他被树枝托了一下。

等他醒来已经是三年多以后，父亲在这期间去世了。

父子间最后一面竟然是互相斗气，然后他负气离开。而他最终都没有机会和父亲好好地说一句再见。

随后，又过了十二年，他遇见了叶佳楠。

如果是看电视电影的话，一行字幕就可以是十年或者数十年。可是当这些就是自己切身经历的生活的时候，无论这位主角多痛苦，日子多煎熬，都没有快进键，也没有人给他字幕，有的只是漫长时间的消磨和面对着黑夜的叹息。

第十三章
再见是何时见

腕表的指针走一圈会经过十二个数字。

十二就是零。

零也是十二。

十二年，他以为自己已经可以去开始人生新的生活，却没想到漫漫旅途仿佛绕了一圈又回到了起点。

行崇宁甚至不敢在脑子里浮现叶佳楠这三个字。

向来做事雷厉风行的他，人生第一次，懦弱了。

下班后的叶佳楠去超市买了些新鲜食材，准备去行崇宁那里做晚饭。

她从小照顾妹妹，甚至照顾生病的养父还有忙于事业的养母，所以家务活样样精通。她一旦确定了自己的心意，且又得到了对方回应的话，就会死心塌地掏出心来对对方好，就像有的恋人对自己的另一半一样，恨不得吃苦受罪都是自己，还事事百依百顺，所以她在超市选了一大堆东西，就琢磨着以后每顿怎么变着花样做他喜欢的给他吃。

她用之前行崇宁告知的密码开了公寓门，发现他果然还没回来，也没多想，自己撸起袖子就开始做饭。

叶佳楠一边在厨房忙活一边等他，哪知眼见天黑，他依旧没有回来。然后饭菜凉了，直到夜里，他的电话也不通。

她越等心中越忐忑，一会儿怕他出什么意外，过一会儿，那种从小潜伏在内心深处的不安全感又冒了出来。她拼命抑制住自己的这种念想，就像她上次神经兮兮质疑行崇宁是不是心里没有她，结果事后证明完全是自己瞎想，还给人添乱。

于是，她习惯性地打开手机玩以前常玩的那个艾达公主的游戏。其实她早闯到了游戏的最后，却在每每不顺心或者紧张的时候，又翻来覆去地玩。

游戏中途，屏幕上插入了一句话。

朽骨暗夜，候多时，沉默的公主，您已徘徊多远？

夜里，她一个人待到很晚才睡，等到第二天醒来还不见人，她怀着不安的心情，强打起精神去上班。

临近中午，突然接到陆剑的电话。

"佳楠。"陆剑迟疑着说，"你今天工作要是不是特别忙的话，能不能下午请个假？"

叶佳楠听见他的话，暂时抛开了行崇宁的事情，反问："是不是有消息了？"

"我在之前见面的那个星巴克等你，见了面再说。"陆剑答。

叶佳楠没多耽误，迅速完结手上的工作，跟上司告了个假，就出门去了。

到了咖啡馆，看见陆剑一脸凝重地正等着她。

"有什么消息？"叶佳楠见状不禁有些急。

陆剑盯着叶佳楠的眼睛看了看，然后说："事情有点复杂，我本来想叫何茉莉陪你一起的，但是我觉得这涉及你的隐私，也许你找亲人的这件事情并不想被别人知道。"

叶佳楠点点头。

拜托陆剑寻找生父的事，她只跟行崇宁提过，除此以外并没有告诉别的什么人。

"到底怎么了？"叶佳楠有一种不太好的预感。

"谢小勇，有可能去世了。"陆剑也不太会拐弯抹角，开门见山地告诉了她。

听见这个结果，叶佳楠"哦"了一声。随后，她避开陆剑的目光，转脸看向玻璃外的街道，闷了半晌也没吭声。

她觉得自己也不是不能接受这个答案，甚至这个结果是她提前设想过的情况之一。

陆剑离开一会儿后，端着两杯热咖啡回到座位，分了一杯给叶佳楠。

叶佳楠捋了捋自己的头发，说完谢谢之后，接着问："他是什么时候去世的？"

陆剑没有立刻回答，从他的表情来看，似乎刚才那句谢小勇去世的话不难，接下来的解释才更艰难："佳楠，刚才我之所以说是有可能去世了，是我们还没有下结论。"

叶佳楠疑惑地看着他："我不懂。"

"简言之，就是我们怀疑曾经的一具无名男尸，是你的生父。因为他符合你描述的谢小勇的大部分特征。"

"无名男尸？"

"是的。他涉及一起刑事案件，因为无法确定尸体的身份，所以一直没有结案。"陆剑叹了口气，对上叶佳楠不解的目光，干脆从头说起。

"因为你不知道谢小勇的身份证号码，所以我只能按照姓名或者同音字，全部筛选了一遍，没有符合的结果。然后按照你们姐妹俩作为走失儿童案件来查，也没有结果。"

"嗯。"叶佳楠认同，这是上一次两人在这里见面时就得到的讯息。

"但是那天一位有经验的同事突然提醒我，可以再试试在无名尸里查查。每年也有很多无人认领的无名尸，大部分是江里捞上来的，会先放在殡仪馆，如果一直无人认领又查不到身份，就会留下一些证据，民政局再安排火化。可是因为你和你父亲失联的时间太长了，这是特别难筛查的，资料也参差不齐，如同大海捞针。但是——"他顿了下，"如果涉及刑事案件，无论时间多久远，存档也会很详细。你又正好补充告诉我，你父亲缺了一个大拇指的事情。我跟局里的老法医沟通了一下，他记忆中还真有这么个人，然后我调出资料比对了一下，觉得这人有极大的可能就是谢小勇。"

"案子严重吗？资料可以给我看看吗？"叶佳楠问。

"按照规定资料我不能随意拿出来，你如果准备好，可以和我去一趟局里，也可以帮忙确认尸体身份。"陆剑说。

"不过佳楠，你也可以选择不去。"陆剑又说，"或者回去想想再说。"

叶佳楠几乎完全平静了下来，拿起包从座椅上起身："我现在就可以去。"

陆剑没有开车来，拦了辆出租车和叶佳楠一起去了局里。

一路上两个人都没怎么说话。

叶佳楠坐在出租车的后排，心情已经从最初听到生父去世的消息的情绪中脱离了出来，此刻想的更多的是需不需要将事情原原本本告诉妹妹，如果要说又该如何开口。她有点惊讶自己的反应，大概她从骨子里来讲，还是个冷漠的人，或者在她内心深处，早就将谢小勇划分到和自己无关的一类人里面去了。

等红绿灯的时候，叶佳楠突然问："他是什么时候去世的？"

"就是你们被收养的那一年夏天，现在看来应该是他将你们姐妹扔下之后不久。"

"没隔多久？"叶佳楠诧异道。

"嗯。这个我确定。"

"就是那一年？"叶佳楠喃喃自语。

刚刚轻松一点的心情，仿佛又沉重了一些。

因为陆剑在车上就联系好了，到了警局，已经有位姓余的同事准备好东西等着他俩。

"是要认尸吗？"叶佳楠茫然地问。

余警官被她的话问得一愣，忙摇头说："尸体哪能存这么久，因为案件比较重大，所以我们保存了很详细的档案资料，如果有需要，大概要取你的 DNA 做一个鉴定。"

余警官将一沓厚厚的资料先递给陆剑。

陆剑仔细翻了一下，挑出几页出来："这是嫌疑人的随身物品，你看下。"

那是一些物品的照片。

"这是衣物的照片。"陆剑一一展示给她看。

叶佳楠摇头。

"这是鞋。"

叶佳楠继续摇头。

"这是他的手机。"

叶佳楠仍然摇头。

"这是他随身带的物品。"

叶佳楠又随着陆剑的指引看过去，一张照片上是两盒烟，一张照片上是一些零钱，还有一张照片上就是单纯的一张纸。

那是一张素描一样的纸，因为被折叠成了小方块太多次，有折痕的地方已经破出了洞。纸上画的是一幅儿童的水彩画，两个大人牵着两个孩子站在一栋房子前，房子旁边还有几棵树。不过是一个几岁的孩子画的再普通不过的画，很多人小时候都画过。叶佳楠却在看到房子右上角的那个

"＋＋"时，心中一颤。那个时候，她还不太会认字，就用加号当作自己的名字。她想开口对余警官还有陆剑解释说明一下，却发现自己竟然一个字也说不出来，只是朝陆剑轻轻点了下头。

陆剑抬头和同事默契地对了一下眼神，突然百感交集。

三个人一起沉默了起来。

刚才听闻生父的死讯，叶佳楠一点也不想哭，她还觉得自己哪怕亲眼看到他的尸体也不会哭，可是就在这一刻，在他随身的遗物中看到他竟然到死都一直带着自己画的这张画的时候，眼眶却渐渐积满了泪水。

陆剑从旁边抽了一张纸巾给她。

余警官比较公事公办，眼睛闪着激动的光芒，也没有陆剑那么多顾忌，等一会儿又追问："那叶小姐你可以替我们再辨认一下嫌疑人吗？"说着拿出尸体的照片要给叶佳楠看。

陆剑急忙截住："佳楠要是你觉得不想看……"

"都已经到这一步，我还是确认一下吧。"叶佳楠说。

陆剑挑了挑自己手上的几张尸体照片，将殡仪馆入殓后的那张谢小勇的照片递给叶佳楠："因为他是坠楼当场身亡的，现场照片不太好，所以你先看下这个。"

叶佳楠抬手接了过来，看了一眼，照片上那张脸应该就是谢小勇。

原本她都已经快忘了他的样子，可是看到这张照片之后，好像某些记忆又鲜活了起来，突然有了一种与故人久别重逢的熟悉感。

"是他吗？"余警官迫不及待。

"是。"叶佳楠答。

余警官几乎要跳起来，因为这些资料给无数人看过，都是石沉大海，如今终于有人给了他们新的线索。他急急忙忙想要去汇报，朝门那边走了几步之后，又退回来，跟陆剑握了握手："兄弟，谢谢！"

握完之后，他还想对叶佳楠说点什么，可是又觉得说什么都不合适，干脆作罢。

待余警官走了之后，叶佳楠擤了擤鼻涕，淡淡地问陆剑："可以告诉我他犯了什么案吗？为什么会坠楼？"

陆剑整理着桌子上的资料说："你记得我之前跟你说过的那个案子吗？"

"什么案子？"

陆剑手里不小心掉出来一张照片，正好落在叶佳楠的脚下，她一边等着他的下文，一边弯腰去替他捡照片。

可是，就在叶佳楠看到照片上的影像的时候，她的呼吸瞬间停住了。

那张照片是案发现场的拍照。照片里谢小勇躺在地上，身下一摊血，而血泊中还有一个人，那个人只露了一个侧脸，口鼻都是血，可是叶佳楠也能认得出——那是行崇宁。

少年时代的行崇宁。

十多年前的行崇宁。

那一刹那，叶佳楠感觉自己的整个世界轰然坍塌了。

-2-

叶佳楠只觉得脑子已经全乱了，茫然地抬头看着陆剑。

陆剑却浑然不知，正埋头将资料装进去："关于行崇宁的绑架案，有两个嫌疑人，你父亲当场身亡，另一个嫌疑人在警方通缉后异地上吊自尽……"

陆剑正说着，一抬头就见到叶佳楠突然一副面如死灰的样子，以为她是看到手里的照片吓着了，急忙将照片拿回来，走到墙角给她倒了杯水，她也没动。

陆剑有些着急："要不要我陪你出去走走？你今天接收的信息太多了，或者叫何茉莉来陪陪你？"

叶佳楠看见近处陆剑的嘴巴一张一合，却完全听不进去他在说什么。

"佳楠？"陆剑提高声音叫着她，见她还是没什么反应就更急了，一把将她从座椅上拉了起来。

情急之下，陆剑没注意下手的力道，将叶佳楠拉了个趔趄。

她的膝盖狠狠撞到桌腿上。

突如其来的疼痛让叶佳楠顿时清醒了不少，她将胳膊从陆剑手里缓缓抽出来，轻轻说："我还好，我去上个洗手间。"

陆剑连忙指路。

到了洗手间，叶佳楠打开水龙头用凉水洗了把脸，然后下意识地掏出手机又开始玩艾达的迷宫。

游戏中间，屏幕上再次出现了一行字。

窃贼公主，为何您又归来？

之前玩这款游戏的时候，这些文字她读了无数次，可是如今再次看到却觉得如此刺眼。她关掉手机，走到盥洗台的镜子面前，看着镜子中的自己，脑海中忽然浮现了很多的画面，例如完全没有留下什么印象的生母，在记忆中残存着一些片段的生父，临终前病得脱了形的养父，还有活蹦乱跳的叶优桢，以及母亲林曼仪。她甚至想起去年秋天雨师湖畔的路灯下，行崇宁渐行渐远的背影……

见她在里面待得太久，陆剑不怎么放心，就让一个女同事帮忙进洗手间看看叶佳楠有没有异样。其实，他并不知道行崇宁和叶佳楠的私人关系，只是简单地觉得是生父的情况让叶佳楠如此惊骇。

等叶佳楠从洗手间出来，再回到刚才那间屋子的时候，余警官又回来了。

余警官已经没了刚才的兴奋，他先拿了些东西叫叶佳楠签字，然后法医又来取了叶佳楠的 DNA。

随后，余警官跟叶佳楠大致讲了一下案件经过，一直说到最后老王拉着被害人从七楼跳下去，然后被害人如何命大地活了下来。

叶佳楠垂着眼，静静地听着。

陆剑以为她冷静了下来，其实，他不知道她几乎是心如死灰了。

"被害人说他被人叫作老王，所以我们也找错了方向。"被余警官称作被害人的当然就是行崇宁了。

至于谢小勇为什么化名叫"老王"，叶佳楠也摇头不知。

她对生父的记忆太有限了，对他们的帮助并不多。

余警官有些感慨："要是早几年找到你就好了。还有，你养母当时领养你们的时候，包裹和衣服里有没有什么有用的线索？"

叶佳楠依旧摇头，如果有的话，林曼仪早就告诉她了，而且她也不想继续将家里人牵扯进来。

"他们的绑架是随意的，还是有预谋的？"叶佳楠淡淡地问。

"应该是有预谋。"余警官答。

"另一个嫌疑人呢？"

"在通缉令的追捕下，在一个小旅馆内上吊自尽了。"

其实，还有一些余警官就没有详说了。

例如勒索的那些现金和另一个嫌疑人的尸体是一起找到的。那个嫌疑人叫殷石，是本市人，之前确实是一个出租车司机，染上毒瘾后，便与前妻离异，并无子女。离异后，殷石租房独居，父母和他不和，也不常往来。后来殷石毒瘾复发卖掉了出租车，混迹于各种地下赌场。据知情人提供的线索，他是在南城的大桥桥洞下遇见了"老王"，当时老王在那里已经睡了两天了，也没人知道老王叫什么，从哪里来。绑架行崇宁所用的那辆出租车是两个人在黑车店出钱请人喷的假出租车。

所以查到了殷石，却仍然不知道老王的身份。

又因为两人未留下只言片语便先后死亡，就完全成了一桩无头案。

停顿了片刻，叶佳楠不禁又问："那谢小勇的骨灰……"她记得刚才陆剑说无名尸也会被送去火化。

"民政局火化之后会分批找地方存放。"余警官答。

"我们一会儿替你问问。"陆剑补充。

余警官感叹："十多年了，没想到还真的会出现新的线索，而且也不知道是不是有预感，恰好在昨天，被害人那边的律师还又来看了看当年留下的这些资料。"

听见这句话，叶佳楠死寂的眼神中终于出现了一点波动，抬头反问："昨天？"

"是啊。"

回去的车上，叶佳楠一直都在想余警官的那句话。

看来，是这样了。

行崇宁也知道了。

他心思那么缜密，又同时跟她和谢小勇都亲自相处过，稍微有蛛丝马迹应该就会觉察。

所以他选择直接从她的世界消失了。

其实，这样也许对彼此都好，否则他们大概都无法面对对方。

叶佳楠回到家，就跟怕冷似的紧紧地裹着毯子，蜷缩在沙发上。她完全不知道该干什么，整个脑子都是空的，浑浑噩噩就这样过了一个下午。

妹妹叶优桢就跟有什么心电感应一般突然从澳大利亚打来电话。

"姐，你最近怎么样？我今天眼皮一直跳。"

"那是你要发财。"叶佳楠强打起精神应付她，"和我有什么关系？"

她没有整理好自己的情绪，便决定暂时不将今天的一切告诉妹妹。有的事情真的是，知道也许还不如不知道。

"小姐姐，我是关心你好不好。"叶优桢撒娇。

"你是不是应该先关心关心自己，春节自己没管住嘴涨上去的体重还没减下来吧？"

"你真缺德。"叶优桢说，"是姐夫把你宠坏了吧？"

"管事婆，你最近有没有好好训练？"叶佳楠故意岔开话题，和她说点别的。

叶优桢又絮絮叨叨说了好久才结束。

叶佳楠用完手机之后，将它放在沙发前的茶几上。

如果有新来的消息让手机屏幕突然亮起，她整个心会骤然一缩，紧张又忐忑地拿起来查看是什么。

她都不知道自己到底是期待接到行崇宁的电话，还是害怕接到行崇宁的电话。

这时候，手机第二次响了。是何茉莉。

"佳楠，"何茉莉一开口就怒气冲天，"我不要和徐庆浩过了！"

叶佳楠忍着乏力和头痛，听何茉莉埋怨徐庆浩和朋友一起连续三晚都打牌到半夜才回家。

"不是不可以打牌，可是他能不能考虑一下别人的感受。还没结婚就已经这样，什么家务活儿都不干，扫把倒了也不扶，也不陪我，以后还怎么过。我稍微说了他两句，他就说没见哪个男人一天到晚都憋在家里做家务的，然后就又出去打牌了。"何茉莉念叨。

叶佳楠没怎么接话。

何茉莉到底是她最好的朋友，马上就察觉出异样："你怎么了？"

"有点不舒服。"叶佳楠说。

"感冒了？过敏还没好？你家行崇宁呢？"

不提还好，妹妹说起行崇宁，现在闺密又说，叶佳楠听得更难受了，只是说自己感冒了难受，匆匆应付了何茉莉。

等耳朵再次安静下来，叶佳楠盯着手中渐渐变暗的手机屏幕，一颗心就像被什么东西揉捏着，坐立难安。

她紧紧咬着唇干脆关了手机，粒米未进，也懒得洗漱，直接就去卧室睡觉了。

-3-

　　酒店里的行崇宁因为宿醉，睡到很晚才清醒过来，下午他到雨师湖的山月庄附近走了一圈，然后又去了之前跟叶佳楠相处的那栋小别墅。司机小唐不知道行崇宁是什么状况，送他到了别墅外面。

　　小别墅里，他刚进门就接到律师的电话，说那边来消息："老王"的亲属指认了老王新的身份。

　　"知道了。"行崇宁回答。

　　接着梁阿姨的电话又来了，说这两天公寓里都没见到他人，是不是又出差去了，什么时候回来。然后又问小叶怎么也一直不在。

　　行崇宁看到玄关处那个被修好了的地球仪，等梁阿姨说完，然后默不作声地挂了电话。

　　她已经知道了一切。

　　行崇宁依旧站在玄关处，这里一直都有钟点工定期打扫，所以很多东西都被细微地移动过，包括这个地球仪也被不经意换了个方向。

　　他情不自禁地抬起手，将地球仪转到了叶佳楠最喜欢的那个方向。随后，他僵立在原地，盯着它看了许久才走进屋子。

　　行崇宁上二楼打开自己的房门，然后从屋子中间的一个抽屉里取出一个盒子。

　　盒子里有一只古董表，这只古董表上次他从摩洛哥回来时给叶佳楠看过，其实在配齐零件后早该修好的，他做事很少如此拖拉，只是之前弄了大部分，接着就去了埃及，然后又去了瑞士。

　　行崇宁拉开椅子，打开桌灯，在桌前坐下来，拿出工具盒，戴上手套，继续开始修那只表。

　　时值初夏，四五点的阳光从窗外的树缝中射进来，仍然有点烘烤的热度。桌面的斑驳光点随着日落渐渐移动，最后消失得一点儿也不见了。

　　窗外的天慢慢暗沉下去。

他在灯下垂着头，丝毫没有受到外面光与影的影响。

等行崇宁再次抬头，夜幕已经降了下来。

他拧了拧表冠，给表上了弦，然后面无表情拿到耳边，听了一会儿，他又调整了一下摆幅，随后起身从身后的架子上拿出一个校表仪。

校表仪是个测量手表的简单仪器，它的原理是根据机芯内部的擒纵装置的那两声"嘀"和"嗒"的对比，来衡量其运行时的准确性。

因为它的机芯受到过外力的毁灭性破坏，所以无论如何调整，精准度仍旧比不上它的全盛时期。他又调试了很多次，最后，暂时也只能这样了。

行崇宁浅浅地叹了口气，就合上了表底盖，再对着自己的表调了下时间。

此刻，室内外都变成了漆黑一片，仅剩他桌上的那盏灯散发着明亮的光。

行崇宁坐在光亮之外，静静地看着表盘上的长针舒缓地走了一圈又一圈。

他面无表情，似乎心里什么也没有想，又好像想了很多，而双眸却是落寞的。

灯光照出他的影子，孤零零地映在地面上，一动不动。

忽然，地上的影子动了一下，是行崇宁伸手去摸自己兜里的手机。

他拿出手机，解锁屏幕，翻开电话本，第一个就是叶佳楠的名字。

他的视线一触及到"叶佳楠"三个字的时候，就有一种久违的世界都被颠倒的晕眩感。

行崇宁闭上眼，一脸苍白。

片刻后，他定了定心神，然后迅速地触摸屏幕，点击拨出键。

从拨出号码到听筒里出现声音的那几秒钟，就好像整个世界都沉默了，又特别漫长。

然后，他听见的是"用户已关机"的系统提示音。

从小别墅出来，直到上了小唐的车，行崇宁一直都冷着脸。

他没有去酒店，而是回了公寓。公寓里，他们之前一起买的那些生活用品还在，她一样也没拿走，包括那包牵牛花种子。

行崇宁又拨了一次她的手机，仍然关机。

他知道除非外出手机实在没电，叶佳楠从来不关机。

此时此刻她关机的意思，他也能明白了。

他们应该再也回不去了。

就像那块表。

他这人虽然表面不爱多言，低调沉默，内心却有些狂傲，也曾经一度自负地认为自己在钟表这个领域应该无所不能，所以当那一次叶佳楠挑战他的权威的时候，他毫不留情地抨击了她。

可是，有些事情就像那块表，已经碎了，无论再如何努力，也不能修复如初。

第二天一早，行崇宁来到了叶佳楠的家门口，没有敲门也没有再打电话，默然地待在那层楼的过道里抽了两支烟。然后，他将那块腕表跟牵牛花种子一起放在了她门口墙上钉着的牛奶箱里，转身离开。

−4−

叶佳楠按照日常的闹钟起床，打开手机，刷牙洗脸，乘车去上班。

她二十四小时没吃东西也不觉得饿。

中午才跟着小肖吃了些蔬菜沙拉。

下午，在下班的公交车上，叶佳楠接到陆剑的电话说在民政局那里查到了存放谢小勇骨灰的地点。

她从包里拿出记事本，用耳朵和肩膀夹着手机，扯开笔帽，匆匆地在纸上记下陆剑告知的那个地址。

就在这时，公交车正好到了市博物馆那一站。博物馆的外墙上正挂着巨幅的宣传海报，海报上面写的是"尼罗河之光——古埃及神殿巡礼"，海报的背景图片理所当然就是尼罗河上最声名远播的阿布辛贝神庙。

公交车停下,又开走。

叶佳楠并未下车,看了一眼又赶紧挪开视线。

她依旧每天按时上班下班,要么回家做饭,要么和同事约饭。何茉莉来过几个电话,问她感冒怎么样,都被叶佳楠敷衍过去。

陆剑又来电话说 DNA 鉴定结果已经出来了,那个人确实就是她的生父谢小勇。其实,生父存放骨灰的地址还一直存在记事本里,她也没有去。

她晚上做梦又梦见自己在一步一步地教行崇宁玩那个艾达游戏,玩到中途突然跳出里面的文字。

> 窃贼公主,为何您又归来?
>
> 在这里,没有剩下可以原谅我们的人。

梦中醒来后,她干脆把 APP 直接从手机里卸载了。

公司里,小肖是唯一一个知道她和行崇宁些许八卦的人,但是小肖只知道开头,却不知道结尾。

叶佳楠原本就不怎么喜欢对别人说自己的事情,也就任由她继续误会下去。

反正从年前泊灵表业和千重珠宝的合作进入正轨后,后来的设计碰头会行崇宁就再没出现过,要么是网络会议,要么是他的助理设计师来现场传达他的意思。

所以叶佳楠曾经一度以为,他们大概再也不会见面了。

直到"尼罗河之光"展览的最后一个开放日那天,她本来想周五下午趁着给客户送资料的借口早些翘班,去博物馆看看。哪想刚走到博物馆,却被告之今天并不是全天开放,中午就已经闭馆了,为周末的"前秦青铜展"做准备。

她有些惋惜地从博物馆出来，踩着斑马线走到马路对面。

转身时，正好看到工作人员在撤下博物馆外墙上阿布辛贝神庙的宣传海报。她就冷冷地立在路边的人行道上，隔着马路，看着对面墙上工人的一举一动。

有一辆路过的空的士以为她是在等车，还在她跟前停了下来。司机摇下副驾驶的车窗发现她无意坐车，才又离开。

随后一辆银色的轿车，从叶佳楠面前缓缓驶过，随即又靠边泊在路边不远处。

叶佳楠并没有怎么注意，只是看着那幅巨大的阿布辛贝神庙的宣传海报从平展挂在墙上，到被卸掉一些支点，最后变得皱皱巴巴，且摇摇欲坠。

这是城市的主干道，全路段禁止停车。

可是那辆银色的轿车却一直停在原地，不知道是在等人，还是和她一样在看工作人员拆那幅海报。

最后，那张海报终于被拆了下来，"哗啦"一下掉在地上。

叶佳楠浅浅地垂下头，嘴角牵出一丝叹息。

没想到的是，下一刻，银色轿车缓缓往后倒，最后停在叶佳楠的跟前。后排的车窗降下来，露出行崇宁的脸。

"叶佳楠。"他连名带姓喊出她的名字。

叶佳楠错愕。

这居然是行崇宁的车？她完全没有意料到。

那么他刚才叫司机停在那里，也是在看那张海报？

"我……"她手足无措。

"上车，我送你。"他说。

"不用了，我自己搭车。"这场见面令人猝不及防，她完全没有任何心理准备。

"上车。"他抬眼看着她，简洁地重复了一遍。

她咬着唇照做，与他同坐在后排。

行崇宁没说话，倒是小唐转头问叶佳楠："叶小姐准备去哪里？"

叶佳楠回答说自己要回家去。

这时，博物馆那边的工作人员因为要挂新的海报，便将堆在墙根的那张画着阿布辛贝神庙的海报拖到博物馆馆前广场的另一边去。

塑料材质的巨型画布在广场的地面上发出巨大的摩擦声。

闻声，行崇宁和叶佳楠同时朝那个方向望去。

他们没来得及看到最后，因为连续几辆公交车在市博物馆站停靠，挡在了轿车和博物馆之间，也拦住了两人的视线。

行崇宁合上车窗说："走吧。"

小唐开着车在前面的路口掉了个头，朝叶佳楠的小区驶去。

周五的下午，因为此刻离下班的时间还早，所以路上并不堵。车行驶得很顺利，只是在遇见红绿灯时偶尔停下来。小唐车开得十分稳，几乎感觉不到每次减速和加速带来的惯性。

车里静谧的气氛让叶佳楠渐渐冷静了下来。

过了前面那个路口，她就到了。

叶佳楠觉得自己应该说点什么。

如果他不愿意开口，那就由她开始好了。

"其实，你以前对我说……"叶佳楠打破了彼此的沉默，直视着前方的红绿灯，并不看他。

"你以前对我说，"叶佳楠将前半句重复道，"如果跟生命中很重要的人到了不得不分别的时刻，至少应该好好说再见。"

他缓缓抬眼，同样望向车窗前方的交通灯，毫无情绪地"嗯"了一声。

这时候，斑马线两侧的人行绿灯也亮了。

熙熙攘攘的行人开始在交通灯的提醒下踏上斑马线，有的人形色匆匆，有的人闲庭信步，有年轻人一边看手机一边走着，也有父亲牵着孩子，还有恋人夫妻十指相扣有说有笑地从车前走过去。

他们的车是排在车道最前面的一辆，所以将这一切看得十分清楚。

　　这个十字路口，是叶佳楠家所在的小区到附近一家超市的必经之路，所以她走过很多遍。他在瑞士养伤的那段时间，她还在这个路口接到过他的电话。

　　当时她还想，等他回来，她要带他到对面巷子里那家很有名的大排档去吃宵夜。

　　可惜——还没来得及。

　　车行红灯变成了绿灯。

　　车的引擎又开始工作。

　　小唐将车驶过路口，朝前开了几百米，在叶佳楠家的小区门口停下来。

　　叶佳楠转头，终于鼓起勇气看了行崇宁的脸。

　　叶佳楠嘴唇微微开合，发出的声音却是十分低哑，在嘈杂的街道上几乎低不可闻。

　　"再见。"她说。

　　行崇宁的眼神继续直视着前方，没有挪动丝毫，叶佳楠都怀疑他是不是真的没听见。

　　于是，她又说了一遍："再见，行崇宁。"

　　行崇宁终于动了一下，回头看她，看了很久，却没有应有的回应。他看着她，眼神渐渐地冷了下来，她仿佛感觉到他第一次见她时，眼中透露出的那种对陌生人的疏离。

　　叶佳楠躲开他的目光，伸手打开车门。

　　下车。

　　关车门。

　　离开。

　　留在车里的行崇宁没有去看她在人群中的背影，不知道是不愿还是不敢，只是清冷地自言自语般地问了一句。

　　"那再见是什么时候见？"

第十四章
永恒的主题——Twelve12

—1—

其实开始的日子并不难熬，因为她完全可以避开不让自己多想，刻意地忘掉失恋这件事情，就当他还在瑞士，或者在地球上某个地方出差。

六月的时候，叶优桢参加了一个比赛归国后，有了几天假期，便又来找叶佳楠。

叶优桢将行崇宁一会儿叫作姐夫，一会儿又叫作行叔叔，问东问西。

叶佳楠说行崇宁回瑞士去了，想着把她敷衍过去，反正过几天她就走了。因为按照叶优桢打破砂锅问到底的性格，势必要追问她跟行崇宁分手的原因，她实在是懒得解释。

可是当时间久了之后，她发现自己也骗不了自己了。

周末，叶优桢独自出去看偶像的电影。

叶佳楠一个人在家里做饭，突然就想到这辈子也许都不会再和行崇宁见面了，一瞬间就绝望地涌出眼泪来，眼泪一旦决堤，就一发不可收拾。

她哭着给何茉莉打了电话，告诉闺密自己失恋了。

何茉莉什么时候见过她这样，吓得一路拿着手机，保持着通话匆匆跑来。

何茉莉这段时间正在和徐庆浩闹分手，于是她搂着叶佳楠说："男人嘛，什么玩意儿，不要也罢。你干脆搬回去重新和我一起过吧？"

叶佳楠擦着眼泪点头。

妹妹叶优桢看完电影回家，看到哭得眼睛都肿了的叶佳楠正等着她，被吓了一跳。

"你怎么了？"叶优桢心里有些发毛。

事情再也瞒不住了。

叶佳楠愣愣地盯着她默不作声，然后回到自己房间拿出以前的记事本，找到陆剑说的那个地址。她又去洗手间洗了一把脸，换了衣服，叫叶优桢跟她走。

何茉莉不太放心，也跟了去。

三个人走到小区大门外面，拦了一辆出租车。

纸上的地址是个陵园墓地，离市区有些远。

叶优桢开始还问要去干吗，后来，她看到姐姐的脸色，姐妹俩一直都心有灵犀，似乎也预感到了什么，就再也没多问。

到了陵园，找到管理处，询问管理人员存放谢小勇骨灰的地方。

对方是个五十多岁的阿姨，环视了下眼前的三个人，好奇道："老早前民政局那边就说家属要来，怎么隔了这么久？"

叶佳楠没有回答。

阿姨不太高兴了，冷冷地说："B区，6702号。"

叶佳楠在心里默记了一下，就带着何茉莉跟叶优桢找地点去了。

末了，在一个狭长的走廊处的一面墙上找到6702这个号码。

墙面是黑色的花岗岩，上面是一个一个的巴掌大的小格子，他们一路找来，看见别的花岗岩上刻着死者的名字和家属信息，就这一块，花岗岩上漆黑光滑，什么也没有。

此时此刻，叶优桢已经明白了。

叶佳楠回头对她说："这是谢小勇。"

"怎么找到的？你刚才是为了这件事情哭？"叶优桢问。

叶佳楠就站在墓碑前，从谢小勇如何将她们姐妹俩遗弃说起，再说到他之后和殷石如何将一个十五岁的学生绑架，又如何一起拉着被害人跳楼，丧了命。

叶佳楠全程说得平铺直叙并没有加入什么情感。

叶优桢默默地听着，到最后才开口："他为什么要去干这事？"

"不知道，也许是为了钱。"叶佳楠回答。

"被绑架的那个受害者也一起死了吗？那他是杀人犯了？"叶优桢又问。

"没有。对方命大，在床上当了几年植物人，然后醒了过来。"

"幸好，那他还没欠上人命。"叶优桢虽然有些无奈的唏嘘，却并无太多悲痛。

叶佳楠停顿了一下，问叶优桢："你知道被谢小勇绑架的那个人是谁吗？"

"是谁？"

"是行崇宁。"

听见这个答案，叶优桢和何茉莉同时惊愕了。

何茉莉忙说："这就是你和他分手的原因？"

"你和行崇宁分手了？"叶优桢连忙追问，"什么时候的事情？他因为谢小勇的事情恨你了？"

叶佳楠说："没有问过。反正没在一起了。"

"是你提的分手？"

叶佳楠没有回答，转移话题说："优优，你有没有想过他为什么会去干这事？"

"为了什么谁知道，总不能让我俩背这个锅吧？"叶优桢冷笑。

叶佳楠没有发声。

叶优桢脸色一变，吃惊道："姐，你不会真的以为他是为了我们吧？"

叶佳楠喃喃地说："他丢下我们之后，没多久就被人说动去绑架勒索了。当时你要住院看病，我要上学念书，说不定他就是想着拿钱，然后再把我们找回去。"

"叶佳楠，你脑子进水了吧？他是什么人，你不是比我更清楚吗？他嫌弃我俩是赔钱货，一想起这事就砸东西打人出气，打了生母又打我们。整天喝酒赌钱欠了一屁股烂债，一个好好的家被他弄成什么样？他没把我们俩卖给人贩子继续拿钱去赌就算谢天谢地了。你居然还想着他去勒索别人的钱，是为了你和我？"叶优桢越说越激动，"他一个青壮年，好手好脚又有力气，干吗不去老老实实赚钱养孩子。如果说他是为了给我看病为了养你，就要去害死别人家的孩子，那我情愿当时死了得了，也不背这锅。"

"你真的这么想？"叶佳楠问。

妹妹激动生气的时候，就会涨得整张脸通红，和自己一模一样。

叶佳楠看着叶优桢，居然觉得叶优桢长大了，不是以前那个只知道在她跟前撒娇，需要她照顾牵挂的小孩子了。

"你以前不也经常跟我说，最烦的就是道德绑架吗？谢小勇他不是个好人，也不是个好父亲。你看你胳膊，当时才几岁就被他打成习惯性脱臼。真该谢谢他遗弃了我们，不然都不知道还能不能手脚完好地活到现在，所以他甚至都不能算是个人。不能因为他死了，就给他洗白了。"

叶优桢又指着那块无字的黑色花岗岩说："我们对他的唯一义务就是有空来看看他，你别把自己也给搭进去。我现在算是知道你为什么要和行崇宁分手了，你觉得谢小勇因他而死，心里埋怨他。"

叶佳楠转眼看向别处，没有否认。

"我问你，是行崇宁叫他去绑架自己的吗？是行崇宁硬拉着他的手一起跳楼的吗？不是！是谢小勇见钱眼开，无缘无故害了人家。行崇宁他有什么错？他唯一的错就是，谢小勇死了，而他命大没死成！"

叶佳楠闭上眼，泪珠从眼眶里滚了下来。

何茉莉拉了拉叶优桢的手，示意她别说了。

虽然话说得那么狠，叶优桢见姐姐哭了，自己也跟着掉眼泪。姐姐一直是她的主心骨，从小就教她很多事情。这些道理，叶佳楠不是不懂，就如叶优桢刚才所说的，她被遗弃的时候已经有记忆了，谢小勇是什么样的人，她再清楚不过。

可是，有时候感情就是一张复杂的网，人被套在其中越挣扎反而越出不来。

何茉莉为了缓和气氛，打岔说："刚才我在陵园门口看到有很多卖花的，优优跟我去买束花放这里吧，反正大家来都来了。"说着，就拉着叶优桢走了，剩下叶佳楠一个人站在谢小勇的墓前。

夏日的陵园，除了树上的蝉声，十分寂静。

叶佳楠的眼泪肆无忌惮地往外涌，开始还默默地流泪，到后来干脆放声大哭。

等何茉莉和叶优桢拿着一束黄菊回来的时候，叶佳楠已经平静下来了。

鲜花立在墙边，姐妹俩对着墓依次鞠了个躬，就回了家。

-2-

从陵园回去，所有人都再也没有提谢小勇的事情。

三个人去火锅店大吃了一顿。

叶优桢口里嚼着肉，发音含混不清："这顿我请客，别跟我抢啊。"

叶佳楠瞥她一眼："吃吃吃，就知道吃，等你归队的时候，你们汪教练看见你的体重会气得把你的皮给扒了，再重新称。"

叶优桢也不示弱："你是比我瘦，可是你也不看看你那胸。这段时间失恋了，食不知味吧，你瘦成多少斤了，还有三位数吗？常言道：体重不过百，不是平胸就是矮。小姐姐，这说的就是你啊。"

"我去——"叶佳楠瞄了一眼自己的胸，"回家你立马脱光，跟我比比。"

几天的假期很快就要结束了，临行前一夜，同床的叶优桢从后面抱住姐姐。

"干吗干吗，不嫌热啊？"叶佳楠问。

"姐姐。"她开始撒娇。

"有事就说。"

"我知道你很喜欢行崇宁，去找他好不好？"叶优桢说。

"大人的事，小孩子管那么多做什么？"叶佳楠敷衍她。

"姐，在开罗，他为了你命都差点没有了，自己都生死未卜却要先把你的退路安排好。这些你都不记得了吗？"

叶佳楠不吭声。

"所以你要是告诉我说他不喜欢你，不爱你，我一点也不信。所以去找他好不好？"叶优桢说。

叶佳楠转过身来对着她，狠狠地捏了捏她的脸："跟个管事婆一样。"

等叶优桢走了之后，日子就过得更快了。

中途最大的事情莫过于朱小蓝打来电话说要请何茉莉跟叶佳楠吃饭。然后两个人到了之后，发现陆剑也在。

朱小蓝故意傍着陆剑的胳膊，一脸甜蜜地宣布："我终于追到他了。"

何茉莉瞪大双眼说："我的妈，你这哪儿是请吃饭，是请我们两个单身狗吃狗粮吧？"

陆剑对着叶佳楠的目光，一脸窘迫。

叶佳楠倒是觉得没什么，坦荡地对两人说："恭喜啊。"

因为吃的是烤肉自助餐，何茉莉和朱小蓝自告奋勇去拿菜，剩下叶佳楠跟陆剑在座位上。

这是那天在警察局一别后，两个人第一次见面。

陆剑迟疑着说："我后来才从小蓝那里知道，你和行崇宁是恋人。真没想到……"他本来想安慰下叶佳楠，却不知道该怎么说。

叶佳楠笑了笑："都过去了。不过，还真的要谢谢你帮忙。"

朱小蓝远远看到这边两人在说话，心里不怎么放心，急忙将陆剑叫到身边帮忙端菜。

叶佳楠见状，心下已经明了，盘算着日后要尽量避开和陆剑独处。

有了泊灵表业提供的机芯，千重珠宝进军女表的进程迅速推进。叶佳楠再也没见过行崇宁，也对小肖坦白了两人分手的事情。

从公司那边的合作中，她得知了行崇宁最近几个月一直都待在日内瓦。偶尔，在新闻和网络上听到这个地名的时候，她都会多看一眼，好像自己真的和这个地方有什么关系一样。

七月底，她和房东签的半年租房合约到期了。

在何茉莉的说服下，叶佳楠决定退掉房子，搬回去和好友继续同居。

"要是徐庆浩浪子回头，让我滚蛋怎么办？"叶佳楠斜睨着闺密问。

"不可能，那我肯定是让他先滚。"

"要是你有了新欢，你让我滚蛋怎么办？"叶佳楠又问。

"那我就自己滚蛋好了，不会拖累你的。"何茉莉傻笑。

做了决定之后，叶佳楠连续两天下班就回家收拾家当。何茉莉就在隔壁单元，而叶佳楠两边都有钥匙，所以搬起东西来不是很麻烦。

晚上何茉莉去学校上晚自习，叶佳楠就一个人先搬点不太常用的东西过去。

她一次拿一点，多跑几趟，就跟锻炼身体一样。

在叶佳楠第三次往回走的时候，她看了眼自己门口的牛奶箱。牛奶箱大概是上一位租户安装上的，她没有订牛奶的习惯，也就偶尔拿来放放备用钥匙，但是自从上次被行崇宁数落了一通之后，她也就再也没有往里面放过钥匙。

乳白的牛奶箱因为搁置太久，上面已经积了一层厚厚的灰。

虽然知道里面肯定是空的，她还是下意识地伸手打开了上面的小门，却发现竟然有东西。

待她搞明白到底是什么东西的刹那，心痛得像被刀绞过一样。

那是一只表，以及一袋种子——牵牛花的种子。

而表是去年行崇宁从摩洛哥带回来的那只。叶佳楠还记得他告诉她这只表是一对老夫妻年轻时的定情信物，只是因为破损太严重才割爱给他。

定情信物。

他为什么要送来留给她？

叶佳楠拿着这两样东西，指尖微微颤抖着。她都不知道他什么时候来过，并将这两样东西留下来的。是在她对他说"再见"之前，还是之后？

又或者，他以为她看见了"定情信物"，却依然要和他说再见？

她痴呆地回了屋，陡然觉得胸腔里的那颗心仿佛潮湿了起来，一摸脸才发现自己真的哭了，大颗大颗的泪珠滚下面颊，不停地往下坠。

-3-

大概是盛夏这个季节不对。

叶佳楠试了好几次，花盆里的牵牛花种子一点点动静也没有，她不死心地又多弄了几个盆，再播了一些花种进去。

在等待牵牛花逆袭发芽的日子里，千重珠宝和泊灵表业合作的女表被定在八月初揭幕首发。

因为瑞士手表在业界无可动摇的地位，双方决定在瑞士日内瓦召开全球发布会，随后再在其他地区陆续推广。

这一次，叶佳楠跟随整个团队一起去了瑞士。

她在首发会的现场见到了人群中如太阳一般耀眼的行崇宁。他穿着一身宝蓝色的西服，身形挺拔如常，只是远远看去好像瘦了一些。

行崇宁主持设计的那款女表，被命名叫"Twelve12"。

这是行崇宁设计的第一款女表，并且打破了之前时计界对女表只重外观而忽略精准计时的偏见，所以格外引人注目。

他是个低调且寡言的人，因此整个首发会除了由他上台和千重珠宝的老总携手一起为"Twelve12"揭幕以外，几乎没有多余的言语。

主持人先详解了"Twelve12"的外观特征和所镶嵌的珠宝材质，紧接着又展示了机芯的各种创新和一些让人惊叹的数据。

第二阶段，主持人开始介绍"Twelve12"这个名字的来历，无非是说12这个数字是腕表表盘上永恒的主题，还引用了一些希腊神话中关于12的典故。

然后才是这个系列的其他几款女表。

发布会结束后，是新品的自由展示时间。

而行崇宁作为被媒体追逐的主要焦点，在宣布发布会结束的时候，竟然一眨眼就已经不见人影了，完全不给任何人接近的机会。

叶佳楠隔得远，同样寻不到他的身影。

媒体记者和受邀参加发布会的嘉宾前往展示厅近距离参观新品，而发布厅的台上，巨大的屏幕里还在放着各种花絮和采访。

这时却临时插入了一句中文，吸引了叶佳楠的注意力。

叶佳楠抬头发现是一家国内知名媒体的记者在后台得到了单独现场采访行崇宁的机会，在视频里正用中文对他提问。

女记者开始的时候，问了一下整个泊灵表业未来的发展规划以及在中国的下一步计划，还有就是问他有没有继续涉足女表设计的打算。

行崇宁耐着性子简短地回答了几句。

"行先生，还有最后一个问题。"女记者含着笑说，"刚才发布会上听主持人说'Twelve12'这个名字是由您亲自命名的，请问除了之前官方对它的诠释，从个人感情上来说，它对您有什么特别的意义吗？"

行崇宁沉默了稍许。

这是所有问题中，他思考得最久的一个。

然后，才听见他说："我少年时出过一点意外，当时从死亡的边缘醒来之后，我以为自己失去了一切。后来，过了十二年，我遇见了一个将我的世界点亮的人。所以12对我而言是个很特别的数字，也就是这款表带给我的意义。"

他在以往的采访中极少谈论私人生活和感情，都是外交辞令一般的冷淡回复，只有刚才这几句话，和平时略有不同，甚至连神色都鲜活了起来。

女记者还没有从惊讶和惊喜中回过神来，行崇宁已经说了句抱歉，然后起身离开了摄像机的拍摄范围。

叶佳楠听完他最后那一席话，恍惚了许久后，才想起来去后台找他。

她有工作人员的胸牌，出入很方便，可是她在后台的休息间和会议室一间一间地开门找，都没有看到行崇宁的影子。

她越找越急，走得上气不接下气，生怕一个不留神就错过了他。

忽然，身后有个熟悉的声音问："你是在找我？"

叶佳楠慌慌张张地转过身，看到了不远处的行崇宁。

她傻愣着，没敢动。

他一步一步朝她走来。

走到她跟前之后，行崇宁停了下来，又问了一遍："叶佳楠，你是在找我？"

他注视着她，一双眼睛似乎想穿透一切看一看她的心。

她说："是。"

在得到这个回答后，他的嘴角渐渐扬起，唇珠微微一动，就笑了。

尾声

"你来找我做什么？"他问。

"牵牛花老种不活，只有找你帮忙。"她说。

"我又不是花农。"

"可是它就是不发芽啊。"

"现在季节不合适。"

"你不会拿的假种子骗我吧？"

"你以为呢？"

"还有——"

"嗯？"

"那么贵的表啊，你就放牛奶箱里，你也太视钱财如粪土了吧。"

"你什么时候看见的？"

"两个星期前。"

"为什么这么晚？"

"是你不准我用牛奶箱的啊！而且，你都把东西放在里面了，干吗不能敲门先说一声？"

"因为你故意关机不接我电话，我生气。"

"行叔叔，你今年几岁了？"叶佳楠想翻白眼。

"你不想接我电话。"他耿耿于怀。

"那你怎么不说我对你说再见，你还不搭理我呢？没礼貌。"

"我为什么要搭理你？我就是不想和你说再见。"

"没礼貌。"

"你再说一遍？"

"没——礼——貌！"

"你再说一遍？"

"你没礼貌，又小气，自以为是，目中无人，还老摆着一副"老子天下第一"的样子，你以为你是宇宙的中心啊。我早就看不顺眼，想发作了……"

却不想，最后那个"了"字还未出口，他已经一把扣住她的手腕，顺手打开走廊上离两人最近的那间屋子的门，迅速地将她拉进门去，然后按在墙上，狠狠地吻住她。

他吻得十分用力，将她紧紧地禁锢着，带着一种失而复得的欣喜和辛酸。

直到她有些窒息地捶着他的胸口，他才恋恋不舍地放开，眼睛却始终没有离开过她的脸，一双眼眸深邃得如同化不开的墨。

叶佳楠觉得任谁被这样的眼神凝视，也会沉醉得无法自拔。

他却突然想起了什么，眉峰轻拢，对她说道："对不起，佳楠。对不起。"

"什么对不起？"叶佳楠问。

"你父亲的事情，对不起。"他黯然道。

我不杀伯仁，伯仁却因我而死。

他一生都会因此对她感到愧疚。

她和他隔得那么近，一眼就看到了他眼中的无助，那神色深深地刺痛了她，她伸出右手，用手心覆住他的眼睛，然后说："该说对不起的是我，我应该替他对你说一声对不起。"

他的眼在她的手下动了动，浓密的睫毛轻轻刮过叶佳楠的掌心，痒痒的，让她觉得整颗心都要软化了。

在她用手蒙住他的双眼之后，那颗露出来的莹润鲜活的唇珠就更加诱人了。

她其实很想重新亲它一下，可是当她注意到他的身后是什么情况时，活生生地忍了下来。

"你干吗拉我进来？"她收回留在他脸上的手。

"难道你想接吻时被人围观？"他反问。

叶佳楠轻轻地咳了一声，然后示意他赶紧转身看看。

行崇宁收到暗示，回头一看，顿时明白叶佳楠常说的那句"有一万头羊驼从胸中咆哮而过"是什么心情了。

屋子里坐着一堆人，安静地、整齐划一地看着他们，原来是千重珠宝和泊灵表业的一部分人正聚在一起，规划着明天的庆功宴，然后就一不小心听到了两人的说话声，还饱了一顿眼福。

于是，从这一天起，无论行崇宁再怎么在人前摆出一副"老子天下第一"的表情，大家都会默默地脑补——其实您最多也就只能排"天下第二"。